OESTE

A GUERRA DO JOGO DO BICHO

ALEXANDRE FRAGA

OESTE

A GUERRA DO JOGO DO BICHO

1ª edição

EDITORA RECORD
RIO DE JANEIRO • SÃO PAULO
2014

CIP-BRASIL. CATALOGAÇÃO NA FONTE
SINDICATO NACIONAL DOS EDITORES DE LIVROS, RJ

Fraga, Alexandre
F87o Oeste: a guerra do jogo do bicho / Alexandre Fraga. – 1. ed. – Rio de Janeiro: Record, 2014.

ISBN 978-85-01-06692-3

1. Romance brasileiro. I. Título.

14-14846 CDD: 869.93
CDU: 821.134.3(81)-3

Texto revisado segundo o novo Acordo Ortográfico da Língua Portuguesa.

Os personagens e as ações desta obra são ficcionais.
Quaisquer coincidências com pessoas e fatos reais são apenas coincidências.

Editoração eletrônica: Abreu's System

Direitos exclusivos desta edição reservados pela
EDITORA RECORD LTDA.
Rua Argentina, 171 – Rio de Janeiro, RJ – 20921-380 – Tel.: 2585-2000

Impresso no Brasil

EDITORA AFILIADA

ISBN 978-85-01-06692-3

“Você pagou com traição
a quem sempre lhe deu a mão...
Chora, não vou ligar, não vou ligar.
Chegou a hora, vais me pagar,
pode chorar, pode chorar...”

Jorge Aragão, Neoci Dias e Dida

PARTE I

A cúpula

CAPÍTULO I

— "Eles já têm carteira e arma, querem mais o quê? De-de-delegacia... não pode consertar te-te-telhado de delegacia... tem que de-deixar o te-telhado velho, cheio de bu-buraco: po-po-porque sempre pinga alguma coisaaa." E eu ouvi isso do governador do estado, Excelência. Os polícias trê-trê-três meses com salário a-atrasadoo... Uma covardia, um descaso com a segurança pu-pu-pública... Como é que os polícias iam fazer pra se virar sem o bicho? Como é que iam arcar com o su-su-sustento da família sem a ajuda da contravenção? Tá-tá lá, todo mês na ga-ga-gavetinha. Se não fosse o meu cliente, os polícias iam ter ficado... com o perdão da palavra... — o punho esquerdo cerrado do advogado batia de leve contra a mão direita espalmada, sua boca querendo cuspir um "f" com "o". Ele soprou "fo", "fo-fo", "fo-fo-fo", suspirou, relaxou os ombros e desistiu. — De-de-deixa pra lá, Excelência...

O juiz deixou o corpanzil sexagenário escorregar pela poltrona de couro preto, o comportamento de um velho rei que recupera o trono. Mas agora era um rei cansado. Estava de volta à Vara de Execuções Penais contra a vontade, cansara da luta pelo poder. E justamente quando desprezou a fortuna, lá vinha ela ao seu encalço, junto com os espectros do passado, assombrar-lhe os últimos anos de magistratura, os anos que ele queria calmos, tranquilos, surdos, mudos, invisíveis. Mas o seu gabinete de pé direito alto com a estátua da mulher grega vendada, a balança nas mãos; um bar rústico e clássico, farto de bebidas caras; os móveis todos em mogno; a foto do presidente na parede ensejavam uma aura incompatível com homens cansados.

O magistrado encarou Dr. Estélio por um instante. Sem palavras, apenas aquele olhar gélido e felino, investigando o gestual do interlocutor. Estélio foi adiante:

— Afinal, po-po-polícia também é gente.

O juiz rebateu:

— Tenho minhas dúvidas.

O advogado era um gago sob controle, a patologia dependia da emoção para se manifestar. O juiz, inabalável, se dirigiu ao aparador, apanhou uma jarra de cristal e serviu dois copos de uísque. Duplo, dose farta. Enquanto o magistrado, de costas, servia os copos, Dr. Estélio colocou uma maleta preta sobre a mesa. O advogado aguardou ansioso pelo girar de corpo do juiz, que confrontaria a toga negra com a maleta. Tudo era negro naquela sala.

O magistrado terminou de servir as doses, virou-se para a mesa, estendeu um copo para Estélio, sentou-se na confortável poltrona de couro curtido preto e fez um brinde discreto ao seu retorno à Vara de Execuções Penais.

— É bom estar de volta.

Nem um pio sobre a maleta.

O advogado comentou, contendo a saliva:

— Não podia ser em me-melhor hora, Exce... Excelência.

O juiz deu um gole no uísque, travou o malte na goela e iniciou:

— Vai em frente, Estélio. Me conta sua história.

Estélio tinha que desatolar as pernas do pantanoso terreno da Justiça e lembrar os velhos tempos, os arroubos na juventude, "a gente tinha ideais, valores, princípios e toda uma vida pela frente para mudar o mundo. Lembra disso, Excelência? Éramos tão bravos, corajosos e tã-tã... tão... inocentes."

O velho juiz nem piscava, acompanhando a retórica de Estélio com goles de uísque.

Eram conhecidos de longa data, sabiam do passado um do outro. Mas as pessoas mudam, os tempos mudam, cautela é um troço que se recomenda. A intimidade já não era mais a mesma, "acho que ele não gostou daquele meu início". A cabeça do advogado, sob pressão, trabalhava a mil: "controla a dicção, bota ritmo nessa porra", pensava Estélio. Tomou também de sua dose. "Cumplicidade, troca, camaradagem..." Inspirou fundo e relaxou, coçando o bigodinho fino. Hora da proposta:

— Meu cliente é idoso, sofre do coração, Excelência. Ca-ca-ca-ca... cardioo-patiaaa. Por uma questão de caridade, ele só quer passar os últimos mo-mo-mentos da vida co-co-com a família.

— O que quer de mim? Soltar o velho eu não posso.

— Quero que ele passe do regime fechado pa-pa... para — ao contrário do juiz, Estélio piscava; a gagueira, na crise, faz piscar — prisão do-do... domiciliar.

— Seu cliente é o líder da cúpula do bicho, um homem em evidência... doutor... a mídia vai fazer um tremendo estardalhaço se eu atender esse pedido.

A imprensa deixava Estélio aborrecido e acelerado. A ira melhorava a fala:

— Dr. Nabor é um homem de bem. A mídia não deveria ter tanta influência no julgamento de um homem bo-bo-bom. O jogo nunca fez mal a ninguém.

O juiz deixou escapar um sorriso sarcástico:

— Seu cliente é um homem com alto poder de corrupção.

Dr. Estélio deixou o indicador dobrado no ar, ponderando:

— O Dr. Nabor tem um alto po-po-poder de persuasão...

O juiz curvou o corpo sobre a mesa e, com a secura que os anos de tribunal lhe conferiram, chamou Estélio à responsabilidade:

— E essa maleta em cima da minha mesa... seria um sinal do tal poder de persuasão do seu cliente?

Era um magistrado objetivo, sem dúvida. "Habilidade, agora muita habilidade. É uma caçada, Estélio, uma caçada, vamos, vamos, num fôlego só, bota ar nesse peito magro..."

— Excelência, eu tenho respeito por esse juízo. Um respeito que não tenho por outros nessa ca-casa de justiça. Tenho admiração por Vossa Excelência. Acompanho a carreira de Vossa Excelência. Já frequentei a casa, conheci a fa-família de Vossa Excelência. Eu jamais ofereceria uma mala a uma autoridade a quem eu conheço há tanto tempo, e pela qual tenho uma a-a-amizade tão sólida e sin-sin-cera.

O juiz seguiu acompanhando o advogado, mexendo a cabeça pra cima e pra baixo.

Estélio encarou o juiz com uma postura determinada, o sangue aquecendo os ossos de seu corpo esquálido. Os braços de Estélio desceram sob a mesa do juiz, o advogado agora também arqueava o corpo, sua testa quase colando na do magistrado, tornando-se um igual. Fez-se um breve silêncio. Muito breve. As veias de Estélio, que lhe marcavam o pescoço desde o início do debate, relaxaram. Então ele concluiu, sem gaguejar:

— Eu trouxe duas malas, Excelência... — E, imponente, bateu com a segunda maleta sobre a mesa do juiz.

CAPÍTULO II

Fazia dias que Duda escondia os olhos do pai, usando óculos escuros a todo o tempo. Pura formalidade. Duda sabia que seu coroa velho, Jamil, um bicheiro conservador, tinha plena consciência do uso que o filho fazia de seu corpo. E que os óculos escuros escondiam mais uma surra que a rua lhe impusera. O bicho proporcionava toda a riqueza e o poder que um jovem podia sonhar. Mas tudo o que Dudinha queria era se ver livre daquele submundo marginal, onde reinavam a grosseria, o ouro e a morte. E aproveitar os belos rapazes dourados do Arpoador, os corpos curtidos de sol, com os músculos trabalhados pelas ondas, os dragões tatuados nos braços. Duda não podia ver um dragão...

Duda não via a mãe havia semanas. Ela vivia enclausurada em seu quarto, na mais clara rejeição ao filho. Jamil aguentava o quanto podia. A verdade se escancarava à frente, sua sucessão era fraca, já que Duda era filho único. Ele já manifestara o desejo de fazer moda na Europa, e Jamil até consultara o velho Nabor sobre a questão: "Manda pra longe, homem! É o melhor a fazer, Jamil. Esse aí orgulho nunca vai dar! Só dor de cabeça."

Nabor era o chefe da cúpula, sabia plenamente do risco que uma bicha louca à frente de um território, de uma família, representava para a contravenção: "Manda ele pra Europa e faz um testamento. Escolhe o arrendatário logo, enquanto é tempo. Com discrição, tudo se resolve", dissera Nabor, ainda de dentro da cadeia, via Dr. Estélio, que teve que exercer essa função de pombo-correio a contragosto, em tempos mais apertados.

— Bichas loucas não sabem o que é discrição — respondera ao advogado um desolado Jamil.

Alheio a toda a problemática, Duda só pensava em seu jovem e generoso coração, que agora era propriedade de Adão, um surfista do Arpoador. Fora uma única vez, na areia, na madrugada carioca, mas com força e intensidade, o suficiente para despertar a paixão de Duda. No dia seguinte, ele foi assistir à performance do amante surfista dentro d'água. Adão parecia mandar em Netuno, as ondas se apresentavam com reverência, e Adão as dominava como um deus. Duda, se pudesse, teria batido palminhas com a última onda surfada por Adão, aproveitando o resto de luz do final de tarde. Cauteloso, ele apenas esperou que o *surf-lover* (foi assim que Adão se identificou quando fez a corte) da madrugada anterior saísse da água. E Adão simplesmente acenou com a cabeça com indiferença e acelerou os passos rumo ao calçadão.

Como assim? E a noite anterior? Nada? Nem um aperto de mãos, um sorriso? Não, não, não aceitava ser descartado dessa maneira... Apaixonado, Duda seguiu seu surfista de prata até o prédio onde residia. Tocou o interfone, falou com o porteiro: "Não saio daqui enquanto ele não me atender!"

O porteiro, curioso, ainda perguntou:

— Mas o que que ele é seu?

— É meu namorado!

Adão recebeu o recado do porteiro, que além de curioso era sacana: "Seu namorado está aqui na portaria." Adão desceu as escadarias do prédio como uma bala:

— Que porra é essa, tá maluco? — Adão sussurrou, ao chegar à portaria, apontando o dedo para Duda.

— Poxa, Adão, eu só queria te ver!

— Que negócio é esse de namorado?

— Que que foi? Não podia contar, não?

Adão não tomou conhecimento da ponderação. Avançou contra o novo namorado e surrou, socou, pisou nas mãos, cuspiu, chutou o corpo de Duda, o mesmo corpo de que se aproveitara na madrugada anterior. Sem misericórdia, sem piedade. Jogou um Duda desacordado na calçada em frente ao prédio, como se fosse o lixo do dia.

Duda foi socorrido por um salva-vidas de Ipanema, que passava na hora pelo local e com quem já tinha trocado alguns carinhos, após uma simulação de afogamento. Passou uns tempos no apartamento do rapaz e pediu a ele discrição, se é que isso era possível. Deu-lhe ainda algum dinheiro. Voltou pra casa com os óculos escuros, ocultando o roxo dos olhos. Jamil fingiu que não viu.

Apenas fingiu.

CAPÍTULO III

O Ponto Zero, no bairro de Benfica, era um bom lugar pra cair, depois de ir em cana. Pra se hospedar lá, o preso deveria ter nível superior, grana ou um bom advogado. Passava o dia tomando banho de sol, jogando conversa fora com seus colegas de cadeia, filando um cigarrinho ou uma cerveja, que corriam de mão em mão, ignorados pelo sistema.

Nabor de Cavalcante preenchia todos os requisitos, e durante sua estada os cigarros foram trocados pelos charutos e a cerveja, pelo uísque. O velho capo era querido pelos internos e pela administração penitenciária, que também recebia seus regalos. Por isso, o alvará que conferia "liberdade" a Nabor caiu como uma bigorna sobre a cabeça de todos.

"É domiciliar, não liberdade."

Funcionava como ordem de soltura, todos sabiam. Viera pela manhã, mas os colegas de trabalho de Nabor resolveram lhe oferecer uma festa, o que acabou prolongando sua estada no xadrez até o cair da noite. Os garçons passeavam à vontade pelo pátio e dependências, servindo camarões, lagostas e drinks sobre bandejas de prata. E entre um drink e um charuto, vinham os pedidos:

— Patrão, guento mais isso aqui, não. Foram me buscar no Nordeste! Quero voltar pra Salvador.

— Em Salvador não tem uísque nem lagosta. Não é tão ruim assim aqui, você guenta mais uns meses...

— Meses, patrão? É o senhor sair por essa porta e a dureza voltar pra dentro da cela.

Nabor segurou o ombro do contraventor:

— Vou brigar por você, meu querido. Por todos vocês.

O bicheiro baiano, do escalão inferior, deu um beijo no rosto do velho chefe e abriu espaço para o segundo da fila:

— Doutor Nabor, me empresta teu advogado. Aquele juizinho muquirana me deu dez anos, não custa lembrar o senhor...

De sua cela, com a porta aberta, Plácido, genro de Nabor, apreciava o congraçamento. Não era mais um jovenzinho, estava na casa dos quarenta, por isso aproveitara o tempo de reclusão para fortalecer o corpo com exercícios físicos diários. Também fazia questão de se mostrar útil, participava do preparo das refeições todos os dias, fiscalizava cada prato e cada ingrediente que entravam no presídio. Nabor era um homem poderoso e ponderado, mas, como todo bicheiro, tinha inimigos tanto no Estado quanto na contravenção. O cuidado e a guarda prestada pelo genro, a juventude leal posta a serviço do capo, deviam ser recompensados, apesar de tudo...

Apesar daquele lapso...

O poder do sogro era imenso. Plácido ficava perplexo ao constatar a subserviência dos homens a Nabor. Aquele corpo antigo, rodado, parecia envolto em uma aura lilás que quase o fazia levitar. Os cabelos brancos não o enfraqueciam. Experiência, sabedoria, conexões, estratégia... Aprendera muito com o sogro ao longo daqueles anos de cadeia, tinha por ele um respeito que beirava a devoção. Mas sem a subserviência dos homens comuns.

Nabor soprou a fumaça do charuto antes de responder ao segundo da fila, que não se cansava de reclamar do juiz:

— O cretino teve seus cinco minutos de fama, mas agora está fora, virou até deputado. O tribunal voltou a ser nosso.

O preso chegou mais perto de Nabor e com os olhos apontou para o genro do bicheiro, que arrumava as malas da dupla dentro da cela:

— Isso é que é sogro, hein? Livrou o cara, puta que o pariu...

Nabor respondeu em voz alta, aproximando-se de Plácido:

— O que a gente não faz pelas filhas... agora ele tá mais bem preparado, pode contar com isso — completou, dando um tapinha nas costas do genro, seguido por um afago no pescoço.

A façanha de Dr. Estélio não se restringia a trazer Nabor de volta ao lar. Ele conseguira um milagre com suas maletas: botou Nabor na domiciliar e de quebra livrou Plácido das grades, por excesso de prazo na preventiva.

Os bicheiros tinham caído por força de um descuido do genro de Nabor, tempos atrás. Na visão de Plácido, todo policial era corrupto, todo homem tinha um preço. E havia um tira na Corregedoria da Civil, um tal de delegado Munhoz, que vinha trazendo problemas ao esquema da contravenção, interrogando chefes de delegacia, estourando pontos de bicho, prendendo apontadores, apreendendo talonários, dinheiro, o escambau. Um louco completo, um dom-quixote carioca, um comportamento incompatível com o cargo.

— Tá querendo que alguém chegue junto — apostou Plácido, à época.

Nabor foi mais conservador:

— Talvez seja um polícia honesto. Deixa o sujeito fazer o trabalho dele. A gente acerta por cima depois.

— Conheço um polícia que já trabalhou com o cara. Diz que não é santo, não, dá pra acertar por baixo.

Nabor lavou as mãos.

Plácido fez contato com o tal polícia amigo. Ficou de frente com Munhoz, num café sofisticado, na Rua da Assembleia. O delegado era homem de poucas palavras, mas ao final da conversa pareciam ter chegado a um acordo:

— Podemos marcar sempre nesse mesmo lugar.

Munhoz permaneceu calado, segurando a xícara de café.

— Todo dia primeiro.

Munhoz deu um gole no café.

Não havia clientes nas mesas vizinhas. Estavam a sós.

Plácido tirou um envelope pardo de dentro de uma pasta. Confiante, pôs o envelope gordo em cima do prato do homem da lei.

— Isso fica pelo primeiro mês.

O delegado olhou para o envelope e permaneceu parado, com as mãos circundando a xícara de café posta à mesa. Em seguida, olhou para a pasta pousada nas mãos de Plácido. O silêncio da autoridade tornava tudo mais constrangedor. O delegado apalpou o envelope. Em seguida, abriu e começou a contar o dinheiro em cima da mesa, jogando as notas sobre o prato onde fora servido um sanduíche de parma.

— Ei, tá tudo aí, não precisa contar, não!

O delegado continuou a espalhar as notas sobre o prato, como se estivesse servindo a janta. Depois de juntar todo o dinheiro do envelope, ele voltou o pescoço para trás e levantou o braço:

— Garçom, traz a conta.

Plácido devia ter pensado duas vezes antes de colocar o dinheiro na mesa. Amigos a gente faz em mesa de bar, mas não tomando café. Não era todo mundo que tinha o talento de Dr. Estélio.

Dois polícias invadiram a cafeteria e renderam Plácido. Os tiras algemaram Plácido com as mãos pra trás, conduzindo o bicheiro aos tapas em direção à porta de saída.

— Tá em cana, filhinho.

Munhoz terminou o café, levantou-se e bateu nas costas da equipe:

— E essa pasta aí? — O delegado resolveu esculachar. — Que tipo de imbecil vem encontrar com polícia todo documentado?

Plácido saíra de casa com a pasta errada. Tinha vários modelos, em preto e marrom. A escolhida do dia portava toda a lista do bicho, com propinas pras delegacias, batalhões, tribunais, jornais...

Um descuido, mas que resultou numa grande merda...

Plácido foi levado pra delegacia. Antes que o secretário de Segurança, o governador ou o chefe de Polícia pudessem se movimentar para tirar o flagrante das mãos de Munhoz, ele chamou a imprensa, um dos jornais que não estavam na lista de propinas da contravenção. Foi um estardalhaço dos diabos. Um exército de advogados do bicho foi pra frente da delegacia, se misturar com os jornalistas e radialistas. Lá dentro, o delegado tocava o interrogatório de Plácido:

— "14º Orfanato azul e branco"... O senhor pode me dizer o que é que significa isso?

— Um orfanato, ué.

— Não seria o batalhão da PM em Bangu?

— O senhor tá com cisma de polícia. A PM do Rio é correta, honesta.

— Um mosteiro...

— Não, mosteiro, não, tá escrito aí: orfanato. Na minha família, a gente faz muita caridade.

Munhoz voou pra cima do pescoço de Plácido. Mas Dr. Estélio estava lá pra impedir:

— Oh, oh, va-va-vamos com calma, doutor.

No fim das contas, Plácido conseguiu livrar o pessoal do 14º, mas os bicheiros tiveram que amargar sua primeira derrota. Agora, com a liberdade restituída, Plácido experimentava o poder especial de ser o genro do homem mais poderoso da cúpula do bicho. Era impossível deixar de notar o olhar de inveja e certo rancor daqueles que ficavam para trás, em Benfica, por culpa dele, mas isso é a vida. A sorte e a fortuna não têm tantos sorrisos para distribuir. Em dois anos de cana, ele se aproximara ao máximo do sogro e se sentia preparado para assumir, quando chegasse o momento, o comando de sua família.

CAPÍTULO IV

Na Capela de Santo Inácio, Antenor Libanês reuniu os homens da cúpula do bicho e suas famílias para celebrar a volta do capo. Nabor não pôde comparecer, não queria submeter o padre que celebraria a missa a constrangimentos. Já estava dando suas saídas, sempre à noite, obedecendo às restrições impostas pela Justiça e sempre lembradas por Dr. Estélio. Sair de dia seria um abuso, uma esculhambação, ao menos na primeira semana. Essa limitação no ir e vir de Nabor acabava sendo conveniente para Libanês. Expunha a limitação do capo, um homem que não podia sair à luz do sol se tornava um vampiro. Nabor só podia sugar o sangue à noite...

Nos tempos em que Nabor permaneceu às expensas do Estado, Antenor Libanês se manteve à frente da cúpula. Experimentou o gosto pelo poder, a bajulação de seus pares, a admiração das mulheres... e descobriu que o dinheiro que antes tinha era dinheiro pequeno perto do que a posição de capo proporcionava. Sentou a mesas com políticos, desembargadores, donos de emissoras de TV. Mesmo com seu nariz torto e malfeito, fodeu jovens atrizes, modelos, damas da alta sociedade; mulheres solteiras e casadas. A sensação era de que poderia ter fodido até a mais pudica das freiras, algemando-a num altar cristão e gritando palavras de ordem a Cristo. E depois despejar um maço de notas sobre seu corpo vilipendiado.

Mas agora Nabor estava de volta, com seu inevitável carisma, e a liderança inata que não havia como ser arrancada de seus punhos. Por quê? Por que as coisas tinham que ser assim? Eram contemporâneos, por que não fazer um revezamento, uma coisa mais justa, uma alternância no poder? Ele gostava de Nabor, mas questionava, em seu íntimo, a concentração de poder nas mãos de um só homem. A não ser que esse homem fosse ele...

Antenor olhava ao seu redor, a igreja lotada de contraventores, agregados e seus familiares. O respeito por Nabor tornara o bicho, em sua essência, uma religião. Aqueles homens, todos eles, tinham as mãos sujas de sangue e, numa sacra hipocrisia, repetiam as orações de Nosso Senhor Jesus Cristo e da Virgem Maria de cabo a rabo, não perdiam um verso sequer, uma estrofe, talvez na esperança de terem seus pecados absolvidos:

"Cordeiro de Deus que tirais os pecados do mundo...

tende piedade de nós."

Chegava a hora da comunhão. A hóstia sagrada derretendo na língua de assassinos comuns, protagonistas de uma guerra suja e secular. Mas o maior pecador do grupo, aos olhos de Antenor, não sujava as mãos. O maior pecador era aquele que acabara de subtrair o poder de suas mãos.

Libanês acompanhou o momento em que Dr. Estélio deixou que o padre colocasse a hóstia em sua boca. O advogado retornou ao banco de madeira sacra e ajoelhou na tábua acolchoada. Contrito, colou a testa sobre as duas mãos entrelaçadas. Libanês sabia por quem ele estava rezando, por quem estava agradecendo.

"Ele jamais rezaria por mim... jamais rezaria por mim."

Libanês encaminhou-se para o altar e serviu-se também da hóstia. Imitando os gestos de Dr. Estélio, ajoelhou-se na tábua em frente ao banco de madeira. E rezou, mas não exatamente pela saúde de Nabor...

CAPÍTULO V

Nabor recebeu o relatório de Libanês com os ganhos da descarga, o "banco" da contravenção. Embora um tanto quanto conservador, Libanês mantivera o banco de pé, com lucros decentes para todos. Antenor enviara os relatórios por um empregado, que informou a Nabor que o capo em exercício não comparecera pessoalmente a fim de evitar problemas com a Justiça. Nabor não se incomodou. Mandou agradecer a missa celebrada e deu uma generosa gorjeta ao rapaz.

O primeiro a visitar Nabor, na Atlântica, foi Jamil, o dono de Jacarepaguá, um bicheiro inconformado com a escolha sexual de seu filho único, Eduardo, sem solução.

A vida na orla da Zona Sul, em especial a tradicional avenida em Copacabana, era um sinal de força, e a maior parte dos chefes do bicho, donos de área, preservava um imóvel naquela praia. Jamil tinha também a sua cobertura de frente pra praia de Copa, e sempre foi um dos homens fortes do negócio. A vaidade o aproximava de Nabor, via seus cordões de ouro, pulseiras, relógios e anéis com pedras como um componente do sucesso da contravenção. Os homens querem fazer negócio com gente alinhada, não com plebeus duros ao volante de um carro popular.

Jamil chegou apoiado numa bengala com cabeça de tigre, feita em prata, seu estandarte na contravenção.

— Você voltou da cadeia melhor que antes.

Não era verdade. Nabor, mesmo tendo se alimentado bem nos dias de xadrez, estava mais magro. Seus cabelos estavam mais ralos e alvos como neve, e era necessário penteá-los para trás com gomalina, a fim de disfarçar a calvície. Eram homens velhos, todos eles, mas não haviam perdido a vaidade.

Jamil chegou lamentando aquele problema insolúvel, a masculinidade do filho:

— A mãe já nem deixa mais o quarto. Não consegue nem olhar no rosto dele.

— É difícil imaginar que da tua seiva vai sair um troço desses. Você vê crescer, troca as fraldas, vira as noites, bota pra dormir, e olha só o resultado...

O ex-combatente da Segunda Guerra estava amargurado, destruído. Nabor o confortava como podia:

— Vamos falar de coisas boas, meu amigo. Afinal, tô solto de novo, ao seu lado. Velhos e soltos. Bichos soltos.

— Não tem nada de bom em ter um filho veado. É como se tivesse trabalhado a vida inteira pra nada. O jeito dele andar me incomoda, o jeito dele falar me incomoda, o jeito dele morder uma maçã me incomoda. O pior — então Jamil abaixou a cabeça, inconsolável — é que isso tudo é culpa minha... fui eu que fiz... não me conformo.

— Mordendo a maçã deve incomodar mesmo.

— E ainda tenho que suportar o achincalhe dos meus amigos, meus colegas de trabalho...

— Desculpe, eu acabei de sair do xadrez. Ouvi tanta sacanagem nesses tempos... tô com meu senso prejudicado.

— Prejudicado ou não, você está aí, me sacaneando. Eu sou um ex-combatente da FEB, não tinha que admitir ninguém me sacaneando, nem você, nem ninguém... Agora carrego essa cruz... esse filho devasso... essa aberração...

Nabor espalmou as mãos, num gesto contemporizador. Um empregado servia ovos de codorna, outro lhes enchia os copos com vinho, ambos trajando seus smokings brancos, impecáveis. Nabor aguardou a saída dos garçons e observou:

— Ei, Jamil, veja a realidade: ele contrariou a Natureza, e não tem Deus que vá mudar isso. Você precisa arrumar um sucessor. Adota alguém, ué! Tá cheio de moleque forte aí pela rua, procurando serviço!

Jamil rosnou como um cão vira-lata:

— Tenho medalha na guerra. Não vou dar meu sobrenome pra sangue sujo.

— Pro veadinho você dá, né?

Jamil se segurou pra não perder o controle. Nabor manteve o semblante grave, certo de que colocara o "colega de trabalho" em seu lugar, e que o respeito o manteria sentado onde estava.

— Tô com uma prioridade — desviou Jamil.

— Do que precisa?

— Tenho alguns bombeiros da praia trabalhando pra mim. Me contaram que meu filho... o Eduardo... foi surrado pelo... pelo... por um "amigo". Um sujeito tosco, um playboy, com um dragão tatuado no braço.

— E eles querem pegar o serviço?

— Se ofereceram. Mas eu preferia alguém que não fosse ligado a mim.

Nabor assentiu com a cabeça e acendeu um charuto.

— De que precisa?

— Basta Já Morreu.

— Já Morreu é homem de Glauco Astuto.

— Glauco Astuto está doente, você sabe disso. Não volta mais. E é bom que não volte mesmo, o verme. E Já Morreu, agora, trabalha pra você. Não diga que não.

— Por que escolheu Já Morreu?

— Já Morreu é prático e rápido com essas coisas.

Nabor não gostava de banalizar o valor da vida:

— Jamil, meu velho, pensa bem no que você tá fazendo: o Dudinha... o Eduardo... o Eduardo é boiola, homem! Gosta de garotão de praia! Vai parar, não! Aceita a realidade! É uma merda, mas é a realidade! Porra, eu vi Dudi... — Nabor pigarreou, eximindo-se da intimidade — o Eduardo garotinho ainda, bonitinho o menino... mas não tinha jeito, Jamil! Não é culpa sua!

Jamil baixou a cabeça. Nabor tentou dar uma decisão:

— Vai eliminar todos os playboys tatuados da Zona Sul?

— Não, Dr. Nabor — o chefe da cúpula apertou os olhos ante o sarcasmo de Jamil —, só esse merdinha que surrou meu filho. Dudinha pode ser uma bicha, um depravado, uma aberração, mas é meu filho. Meu sangue — Jamil completou de forma seca, batendo nas veias do braço.

— E por que não procurou Libanês antes?

O sangue do velho Jamil ferveu, a pele toda vermelha:

— Quer que eu assuma minha desgraça pra contravenção inteira?

Nabor inspirou fundo e mexeu a cabeça pra cima e pra baixo, num sinal de anuência. Sim, era uma desgraça, ele devia ser compreensivo com as dores daquele pai. O capo segurou os ombros de Jamil, o homem estava próximo de um colapso:

— Já Morreu tem um serviço urgente a cumprir, pra mim. Depois disso, eu o libero — prometeu Nabor, aproximando-se da janela da varanda e inspirando o cheiro da maresia, como se pedisse a bênção do mar.

Jamil apareceu por trás do chefe e encerrou:

— Nada pode ser mais urgente que vingar um filho.

Nabor corrigiu, conferindo as ondas do Posto 5, que explodiam na areia:

— O poder é mais urgente.

CAPÍTULO VI

O trauma da prisão do capo fez com que os bicheiros mudassem os hábitos. As reuniões agora eram marcadas pelos advogados, sempre em códigos, já que a polícia começava a adotar o método americano de investigação, com escutas telefônicas espalhadas por todos os lados. Passados os primeiros dias de domiciliar, Nabor revezou seu tempo entre o apartamento na Atlântica e sua chácara em Vargem Grande, pondo-se a par da situação de seus negócios. Colocara muita fé no empreendimento com caça-níqueis, que haviam transformado os botequins do Rio de Janeiro em pequenos cassinos.

Reempossado como chefe da cúpula, Nabor recuperava a descarga — o "banco" da contravenção —, que guardava um quinhão do dinheiro do jogo de cada bairro do estado. Esse "banco" era quem mais arrecadava da loteria do bicho, mas também era responsável por pagar os prêmios milionários. Tamanha soma de dinheiro tinha que ficar nas mãos de alguém muito firme; na verdade, o mais firme. E, pela responsabilidade em zelar pelo dinheiro comum a todos os sócios, esse administrador-capo merecia a maior remuneração.

Ao mesmo tempo em que administrava a descarga, Nabor tinha que manter os olhos abertos sobre a sua própria área: a Zona Oeste, herança secular da família Cavalcante.

Com os números à frente, Nabor percebeu a defasagem entre a arrecadação da Zona Oeste e a da Zona Sul. Por mais que Copacabana contasse com suas prostitutas, marítimos, cafetões, travestis e viciados, era inadmissível que uma única porta de bar com trinta metros quadrados pudesse render quarenta e oito mil reais mensais. Enquanto na Zona Oeste...

Nabor sabia que seu filho Saulo nunca fora um prodígio como administrador, mas o quadro apresentado ao capo beirava o ridículo. Nabor inquiriu o filho, de sua cadeira tosca, em seu tosco escritório:

— Que porra é essa, afinal?

— Eu arrendei as máquinas, pai.

— E quanto estão te pagando?

— Quatrocentos mil por área.

— Por semana?

— Por mês.

— Acha que fez um bom negócio?

— É um negócio novo, não quis arriscar muito.

— Já perguntou a seu primo Roger sobre os números da área dele? Talvez não seja um negócio tão arriscado assim.

— Não me dou bem com meu primo.

— Não se dá bem com seu primo... mas adora os crioulos dessa porra dessa escola de samba....

Nabor ficou parado olhando para o semblante do filho. Saulinho estava trêmulo, buscando fixar os olhos nos do pai.

— Eu tentei fazer um bom negócio, pai, um negócio seguro...

Nabor foi taxativo:

— E você acha que eu cheguei aqui, onde estamos hoje, fazendo negócio seguro? Acha que eu fiquei em cana esse tempo todo porque o negócio da família é seguro? Saulo, a partir de agora, você vai cuidar só do escrito, junto com seu Chiquinho. Vai aprender muito com ele. E deixa esse negócio de samba de lado. Isso é coisa de crioulo.

O rosto de Saulo ficou vermelho, ele estava comendo uma das passistas, uma mulatinha linda, de feições finas e com as formas de uma deusa grega, da sua escola do coração em Padre Miguel. Encarou feio o pai. Nabor estranhou:

— Qual foi o problema?

— Os pretos... os negros... sempre trabalharam pro senhor. Por que esse preconceito?

Nabor riu:

— Ah, você não tem jeito mesmo! Tenho preconceito contra o samba, não é contra preto, não. O camarada vai pra quadra sambar e não aparece no dia seguinte pra trabalhar. Cresce, rapaz!

O semblante de Saulo descansou.

— Vou passar a cobrar deles, papai.

— Não, não vai, não. A partir de agora você vai trabalhar no escrito, com seu Chiquinho. Vai aprender muito.

— Mas pai...

— Sem mas. Pode começar agora. Tem muito trabalho pela frente.

Saulo assentiu e virou as costas. Nabor ainda lhe fez uma advertência:

— E vê se toma tenência. Esse negócio de ficar defendendo crioulo não vai te ajudar em nada. O máximo que vai arrumar é uma punhalada nas costas ou uma bala na cabeça. É preto e chinês... Essas raças não valem porra nenhuma.

— Mas o senhor falou que não tinha preconceito...

— Mudei de ideia, porra!

Saulo ignorou o conselho e atravessou a porta do escritório, mas ainda pôde ouvir, agora aos berros, a voz de Nabor:

— Ouviu bem? Não valem porra nenhuma!

CAPÍTULO VII

O capitão da PM Carlos Godoy mergulhara fundo na escória das circunscrições fluminenses por onde passou. Ganhou dinheiro de maus motoristas, usuários de drogas, pequenos ladrões, comerciantes assustados, mas nunca tivera um fixo que desse tranquilidade à sua família, de mulher e três filhos. Até parar no 14º Batalhão, em Bangu. Com o capo Nabor preso, seu filho, o indolente Saulo, entregara a área por trezentos mil mensais. O arrendatário era um velho açougueiro, Arnaldo Viking, um sujeito com uma aparência bárbara, que tinha um tórax semelhante a uma armadura medieval. Arnaldo instalava as máquinas nos estabelecimentos comerciais e recolhia oitenta por cento do faturamento dos caça-níqueis toda semana. As máquinas tinham contador de giro e lacre, e não era tão fácil para os apuradores dar a volta em Viking. Toda vez que surgia uma desconfiança em relação aos números, os apuradores respondiam ao martelo do patrão, que lhes arrebentava os dedos pra acabar com a dúvida. Onde há dinheiro, há dúvidas.

Logo, os caça-níqueis se tornavam uma febre, e não havia estabelecimento comercial que não contasse com os brinquedinhos, comendo e cuspindo moedas, comendo muito e cuspindo pouco. Os cofres do açougueiro transbordavam de níqueis, dinheiro que ele reinvestia em máquinas mais modernas e com grande variação de jogos. Godoy, como capitão de Patamo da região, assistia ressentido à revolução na jogatina. "E pro capita aqui, não pinga nada?"

Godoy aproveitou sua influência junto aos comerciantes, além do poder da farda e das divisas, e começou a colocar máquinas nos lugares a que servia como segurança, ignorando as regras do bicho e o mandato de Viking como arrendatário da área. Arnaldo Viking não gostou da invasão e tentou procurar Saulo, mas não foi sequer recebido pelo bicheiro. O funcionário Pica-Pau tratou de aconselhar Arnaldo:

— Você não é açougueiro? Então deve saber como lidar com a situação.

Mas a atitude de Arnaldo não teve nada de bárbara. Martelar os dedos dos comerciantes de Bangu era tarefa simples; martelar um capitão de Patamo, acostumado a bater de frente com as ratazanas gordas e ensaboadas dos becos escuros de Bangu, era mais complicado. Deixou a barbárie de lado e apelou pra diplomacia. Marcou um almoço com o policial militar no restaurante vizinho ao açougue e lhe fez uma proposta:

— Quinze mil mensais, pra fazer a supervisão da segurança da minha área.

— Sua área? Açougueiro, açougueiro... você tá tratando com um capitão da Polícia Militar do Estado do Rio de Janeiro. Um capitão da briosa.

— Capitão, seja razoável. Você pode ficar com suas máquinas, vender... ou tentar outro local... embora eu ache difícil conseguir uma concessão. Não é assim que o jogo funciona.

— E como funciona?

— Eu pago a contravenção pela área. Você sabe disso, seu coronel sabe disso, o 14º inteiro sabe disso. E todo mundo sabe que a contravenção não conversa...

— É, açougueiro, talvez não seja bem assim...

Os pontos de Arnaldo Viking passaram a ser assaltados com regularidade. Os donos de bares que resistiam eram surrados. Viking teve que pagar hospital e tratamento pras vítimas, pra manter a credibilidade na empresa. O prejuízo chegou ao caixa e Viking decidiu subir o tom.

Uma carta anônima denunciou Godoy para a Corregedoria da PM, dando conta de que o capitão era o responsável pelo controle de toda a contravenção na Zona Oeste. Denúncias contra policiais militares de Bangu nasciam todos os dias, e na mesma proporção que os bebês do bairro. Mas a cartinha anônima preparada por Viking veio acompanhada de uma sacola de plástico com alguns pacos de dinheiro.

— Coronel, eu não estou pagando pra me livrar do problema. Estou lhe pagando pra foder esse policial!

O coronel, com o nariz enfiado no saco com o dinheiro, inspirando fundo prometeu:

— Me visite todo mês, que eu fodo ele todo mês.

Logo o comandante do 14º ameaçava tomar também dinheiro do capitão Godoy. O capitão se mostrou mais forte e resistente do que o coronel imaginava, e algumas cabines e viaturas da PM do 14º apareceram incendiadas. A culpa recaiu sobre os traficantes da área, mas toda a tropa sabia que era coisa de Godoy.

O capitão foi destituído de sua Patamo, retirado das ruas e lotado no serviço burocrático. O bravo Godoy agora era responsável pelo setor de Recursos Humanos, que organizava a folha de pagamento dos policiais, férias, licenças médicas, novos recrutas e... eventos. E havia um evento próximo, especial, comemorativo dos oitenta anos de vida do quartel. O coronel mandou separar uma verba para um grande churrasco, a se realizar no pátio do 14º Batalhão da Polícia Militar.

Caprichoso como de costume, Godoy deixou o pátio do 14º brilhando; mandou vir a banda oficial da PM; contratou o melhor serviço de garçons da Zona Oeste. E, com o apoio dos companheiros dos tempos de Patamo, despiu a farda, incorporou o avental e assumiu a frente da churrasqueira. Os convidados se refestelaram ante a fartura e o preparo das peças oferecidas pela equipe de Godoy: coração, linguiça, asas de frango, paleta de cordeiro, picanha suína, as melhores carnes. O ponto estava perfeito, o corte era cirúrgico, o cheiro chamava a fome. Mas nenhuma daquelas peças poderia se comparar à alcatra servida por Godoy. O capitão recebeu cumprimentos de soldados e oficiais; o coronel pareceu esquecer da rusga e até tirou uma foto ao lado da equipe encarregada pelo churrasco; mesmo o secretário de Segurança, um gaúcho que adotara o Rio como lar, bateu nas costas de Godoy:

— Bah, tchê, parece carne de gaúcho!

A carne não era de gaúcho. Era a carne de Arnaldo Viking. E não era a do açougue, mas a do corpo.

— Bah, mas que carne macia!

Muito saborosa.

Com o desaparecimento de Viking, capitão Godoy parou de ser incomodado pelo comandante do 14º. Mas agora passava a ter contas a prestar à contravenção. O capitão procurou um velho amigo de seu falecido pai, um advogado calejado, homem de confiança e força no mundo do bicho.

— Posso tomar conta das coisas no bairro, doutor.

— Andam di-di-dizendo que o Arnaldinho foi coi-coi-coisa tua.

— O senhor sabe como é a Zona Oeste. Essa coisa de subúrbio, as pessoas falam da vida umas das outras. Eu só quero trabalhar, organizar, servir e ter a confiança da cúpula. Dr. Estélio, pode fazer chegar isso ao homem?

— As coisas não sã-são fáceis assim.

— Posso arrecadar mais de trezentos mil.

— Dinheiro se-se-sempre ajuda, mas não é tudo.

— Era o que Arnaldo pagava.

— Arruma mais um po-pouco. Chega lá-lá bonito... e te a-apresento.

Godoy reuniu os comerciantes da Zona Oeste que tinham máquinas de Viking funcionando em seus estabelecimentos. Informou que era o novo capataz e que tudo permaneceria como no mandato anterior, exercido pelo açougueiro desaparecido. Logo no primeiro mês, Godoy descobriu que o negócio administrado pelo açougueiro não era coisa de amador. A arrecadação bateu os dois milhões, sem contar o faturamento das máquinas clandestinas de Godoy. O capitão pagou os honorários de Dr. Estélio e passou a separar quatrocentos mil para Saulo. Religiosamente, franciscanamente. Militarmente.

As maquininhas trouxeram dignidade para o capitão da Polícia Militar. Ele agora frequentava as melhores churrascarias, mimava seus belos e robustos filhos com presentes de grife e dera à esposa um cartão com limite digno de madame. Tudo isso conquistado com força e coragem. Um herói de nossos tempos.

E agora vinha aquela história de intimação, em seu nome, Ernesto Godoy, pra comparecer ao galpão das máquinas de Bangu. Nem a patente colocaram no "convite". Apenas: "Ernesto Godoy deve comparecer no galpão sito aos fundos do bar..." Era uma intimação... uma intimação para ficar frente a frente com o velho capo da contravenção, Nabor de Cavalcante. Sabia que o velho não podia dar muito as caras pela cidade, quanto mais à noite. Chegou a pensar numa emboscada, mas a verdade é que todos os comerciantes da Zona Oeste, área controlada pelo bicheiro, tinham sido convidados para a mesma reunião. Godoy já comprara doze bares e talvez fosse o homem que mais tivesse a perder dentre todos eles.

Godoy reuniu os PMs de sua Patamo numa casa alugada em Santa Cruz, que lhe servia de base e paiol. Eram ao todo cinco:

um sargento, um cabo e dois soldados, além de Godoy. Eles trabalhavam como membros da sua segurança e ganhavam o triplo do soldo. O pelotão armou seus fuzis, vestiu coletes e embarcou na viatura, ao comando de seu capitão:

— Hoje é briga de cachorro grande.

A viatura ganhava a noite da Zona Oeste. O soldado mais novo, garboso, exibia a cabeça e o fuzil pra fora da escotilha aberta no teto da Patamo. Absoluto, como absoluto era o orgulhoso pelotão comandado por Godoy. O capitão voltava-se para observar os movimentos do defensor da Patamo, se lembrava de seus tempos de recruta, atento, altivo e ambicioso. Com o caráter forjado no cotidiano do submundo, as marcas de guerra espalhadas pelo corpo inspiravam o respeito da tropa. Sobrevivera aos estilhaços de uma granada lançada por traficantes da Maré, tinha ferimentos de 45 e 9 mm no tórax e na perna, além de cicatrizes no rosto atribuídas a uma luta de facas. Era um homem valente, mas de sorte. E, depois de picotar Arnaldo Viking, até a alma do coronel passou a lhe pertencer.

"Só os fortes sobrevivem, Godoy", a voz interior, um espírito, lhe soprava aos ouvidos.

A Patamo não demorou a chegar a Bangu, o piloto era veloz e dominava os percursos da Zona Oeste. Godoy acompanhou de longe a entrada dos convidados na reunião. Deu um tapa amigável na perna do piloto e anunciou pra tiragem:

— Nesse galinheiro, só tem um galo que canta — engatilhou o fuzil e completou: — Isso aqui é Zona Oeste. E o galo que canta sou eu.

CAPÍTULO VIII

Roger, o sobrinho empreendedor de Nabor, encostou sua Ténéré em frente ao boteco Vermelho e Branco, na Rua Galhardina. Era um jovem atlético, não exatamente alto ou forte. Um cara em forma, com cabelos castanhos lisos e uma boa estampa, traços duros mas finos, poderia até passar por bom-moço, mas não se incomodava propriamente em parecer um santo. Os negócios da família não admitiam bons-moços.

Alguns botecos de Bangu contavam com anexo na parte dos fundos, sempre aproveitado por Nabor para um carteado, uma roletinha, um minicassino; o Vermelho e Branco tinha uma área mais ampla, usada para abrigar o depósito dos caça-níqueis de Nabor, devidamente protegido pela lei e pela ordem. De Bangu. Era um pé-sujo simples, discreto, com uma portinha oculta que levava direto ao galpão. Talvez o último lugar pra se marcar uma reunião. Era o que pensava Roger ao estacionar sua moto.

"Essa cadeia deixou titio piroca da cabeça."

Noite de verão fria em Bangu, coisa rara. Roger entrou no bar vestido com seu casaco de couro preto. Bigode, o dono, deu boa-noite ao garoto, que conhecia desde criança.

— Teu tio já tá aí.

Roger apertou a mão de Bigode, passou por baixo do balcão e logo sumiu pela passagem para o outro mundo.

O galpão das máquinas, o novo ouro do bicho.

O espaço era a imagem da ordem. Todo mundo sentadinho: comerciantes, policiais à paisana, prostitutas, cafetões, bandidos, quem ousou se meter com o jogo do bicho. Era a volta de Nabor, o velho capo, o maior entre os maiores malandros da contravenção, reivindicando sua autoridade, fundamentada numa sociedade familiar centenária. Roger escolheu seu canto, junto a uma pilastra de madeira no fundo do salão. Era hora de aprender. O tio lhe fez uma reverência com a cabeça, antes de iniciar o discurso. Nabor iniciou de pé, com as mãos apoiadas em uma mesa de metal, ornamentada por uma bandeira vermelha e branca:

— Boa noite, senhores. É um prazer tê-los aqui esta noite... Gente do meu bairro, gente que vi criança e gente que cresceu comigo. Mas eu não estou aqui para falar de nós. Estou aqui pra falar de nossos ancestrais. Foi Deus quem fez os nossos avós, foi Deus quem fez os nossos pais. Foi Deus também quem fez nossas mulheres... E foi Deus quem criou os bichos! Mas foi a minha família, não Deus... quem inventou o jogo. Eu não vendo pão, eu não vendo leite, eu não vendo peixe, eu não vendo cerveja. Meu negócio é jogo: carta, porrinha, maquininha, roleta, dados, jogou, é meu! Meu! Vocês são filhos de Deus no negócio de vocês. Nos meus negócios, no meu jogo, eu sou filho único, meus queridos.

E nada mais falou. Chiquinho, o secretário de todas as horas, assumiu o posto de pregador, brandindo um livro com a mão, tal qual um pastor:

— A coisa é fácil. Vamos formar uma fila. Aqui tem uma lista com o nome dos senhores e dos seus estabelecimentos comerciais. Vamos assinar embaixo, que Dr. Nabor vai mandar essa semana ainda um carro apanhar as máquinas de vocês. Cada um vai sair daqui já com um cascalhinho, pra não perder o investimento feito.

Silêncio. Um primeiro comerciante se levantou. Constrangido, assinou o livro, pegou seu envelope e, de cabeça baixa, deixou o galpão. Pouco a pouco, os demais homens de Bangu foram se levantando, um a um, corações partidos, mas conformados. À medida que assinavam, recebiam um aperto de mão do velho capo, junto com seu envelope.

— É de coração. É de coração — Nabor complementava.

Alguns pescoços giraram, ao perceber a chegada de um homem fardado. Em vez de compor a fila, o homem cruzou os braços, como se observasse o espetáculo para então tomar uma atitude.

Chiquinho se aproximou de Nabor e sussurrou em seu ouvido. O bicheiro acenou com a cabeça e indagou ao intruso:

— Deseja alguma coisa, policial?

O capitão segurou o quepe nas mãos, antes de começar:

— Vim aqui dizer que não vou assinar esse livro.

Nabor tomou a frente de seu Chiquinho. Roger permaneceu encostado no fundo, com a mão no queixo, como se estivesse entediado.

— Mas por que o senhor assinaria? Afinal de contas, é um homem fardado, um homem público. E isso aqui é uma empresa privada.

— Às vezes o público se confunde com o privado, senhor. — O oficial olhou ao redor, como se chamasse o público para seu lado. — Sinto muito, Dr. Nabor. O senhor passou muito tempo fora. E, nesse tempo, muitos homens de farda se tornaram donos de máquinas, empresários. É em nome deles que estou aqui. — O militar aproximou-se um pouco mais do palco dividido por Nabor e seu Chiquinho, para então concluir: — Com todo o respeito, doutor, não tem homem neste salão pra me fazer assinar esse livro. Nem eu nem ninguém do meu batalhão vai assinar esse livro.

Nabor desviou o olhar para seu sobrinho. O capo mirou Roger e imitou seu gesto, esfregando o queixo com uma das mãos:

— Daqui de cima não dá pra ver sua patente, mas o senhor deve ser o coronel do 14º Batalhão, então...

Godoy sabia que não havia mais como voltar atrás. Era um capitão da Polícia Militar do Rio de Janeiro, tinha que bancar as insígnias. Foi duro chegar lá. Fraco da cabeça nos estudos, tirou o máximo de seus poucos miolos pra vestir aquela farda. Tinha orgulho dela, tinha orgulho de sua marra, era brioso, não podia ser enquadrado por um velho, um homem no fim da linha da vida. Foda-se o poder do bicheiro:

— Não adianta ser o coronel, se você não tem o comando da tropa.

— Isso é verdade. Estou vendo que o amigo é um homem de coerência.

— Os polícias todos agora estão no jogo, não vão mais aceitar esmola. Vocês já têm o escrito, não podem querer dominar tudo. Não vai ser assim.

Novo silêncio. Apenas os ventiladores de teto, vagarosos, girando e produzindo algum ruído. Os seguranças do galpão, cautelosos, guardavam distância do capitão. Nos tempos em que esteve ausente, Godoy acumulou dinheiro, fez alianças com outros batalhões, com policiais civis, bombeiros, agentes do Desipe. Conscientizara a todos da força dos homens do Estado. Era um líder. Pra completar, tinha aquele rosto cheio de cicatrizes, rosto de quem está disposto a se foder, desde que os inimigos também se fodam. Um rosto que não blefa.

Nabor seguia no mesmo ritmo:

— O senhor parece um homem firme, capitão. Mas é jovem. A pouca idade pode confundir seus julgamentos.

— Tenho me saído bem com a tropa.

— Tem, sim, ouvi falar do senhor. É um homem feito, de respeito. Mas tem uma hora nessa vida em que você tem que decidir se vai ser homem com agá maiúsculo. E homem com agá maiúsculo procura fazer amigos, não inimigos.

— Não vim aqui fazer inimizade. Só tô cuidando do que é meu, Dr. Nabor. Queria falar pessoalmente, de homem pra homem. Da mesma forma que o senhor tem suas responsabilidades, polícia também tem família.

— Já ajudei muito polícia, filho.

— Esmola, o que o senhor deu foi esmola pro batalhão. E ela nunca chegou, se o senhor quer saber. Passava pelo coronel, chegava ao major, pro capitão já era esmola e a tropa não via nada. Os polícias não precisam mais desse tipo de ajuda, doutor. O senhor fica com o seu. Nós ficamos com o nosso.

O capitão pôs o quepe na cabeça e se dirigiu à escadaria que o trouxera ao galpão. Subiu, passou pela porta do bar e retornou ao mundo dos mortais.

Não havia vivalma na Rua Galhardina de Bangu. E, para o capitão Godoy, o local parecia ainda mais escuro do que antes de sua entrada no galpão. Nem sinal da Patamo, sua viatura, seus homens. Godoy se viu abandonado. De imediato, o capitão levou a mão à arma. Vasculhou o perímetro, em busca de um táxi ou alguma condução que o tirasse dali o mais rápido possível.

Rua limpa, escura e muda. Apenas um vira-lata deitado na calçada, abanando a cauda para Godoy. O capitão anteviu o cenário.

Som de disparo. O cão vira-lata saiu em disparada. Godoy ficou onde estava. Sentiu apenas a queimadura, seguida de outra, mais outra. Só então se moveu. Cambaleou em direção ao meio-fio e tombou de joelhos, ainda segurando a arma, querendo guerrear contra o inimigo invisível. Era inútil resistir, o pescoço não podia mais se sustentar e Godoy deixou o peito espatifar-se contra o asfalto. Ouviu o som de arrancada de carro e imaginou o pior. Lembrou de Arnaldo Viking; não precisava ter picotado o sujeito vivo. Sua alma iria se encontrar com a dele no inferno, e possivelmente rolaria um ajuste de contas. E, na mão, não dava pra encarar Arnaldo Viking.

O carro encostou ao lado de Godoy. O capitão sentiu uma mão forte lhe girando o corpo. Seu algoz queria mirar nos seus olhos antes de fechar o serviço. Godoy, cuspindo sangue, ainda pôde balbuciar, com muita dificuldade.

— Eu... eu conheço você.

— E quem não me conhece neste nosso mundo?

O assassino contemplou sua vítima, apenas uma fração de tempo, um gato tripudiando de sua caça. E, com dois tiros no coração, o algoz encerrava de vez a carreira do capitão Godoy.

Era mais que uma questão de vida ou morte. Era uma questão de tradição. Godoy era jovem demais pra entender...

Os disparos foram ouvidos do lado de dentro do galpão. Ninguém perguntou nada. Todos assinaram o livro. Roger se aproximou da mesa. Acompanhou e assimilou os movimentos do tio, a naturalidade com que agia, ao mesmo tempo em que entregava o cascalhinho para os vizinhos de bairro, repetindo: "Pode pegar que é de coração, é de coração."

— Tio...

— Peraí, Roger. Deixa eu dar boa-noite aos meus amigos de Bangu. — E voltava-se para os conterrâneos: — Eu não sei o que que tá acontecendo lá do lado de fora, mas aqui dentro vocês estão seguros. Isso eu garanto.

Nabor apertou a mão de todos os presentes e só então dirigiu-se a Roger:

— Vem cá, Roger, se você tiver um tempinho pro teu tio, na semana que vem, passa lá no Restaurante das Codornas...

E foi levando o sobrinho pelo galpão, a mão no ombro, seduzindo, negociando sempre, ao som dos ventiladores velhos e vagarosos girando junto ao teto de alumínio...

Do lado de fora, o vira-lata, única testemunha da morte do capitão, se refazia do susto pelo som dos disparos. Aos poucos, o cão se aproximou do corpo de Godoy e, após checar as imediações, pôs-se a lamber a boca do homem, a cauda abanando pra um lado e pro outro, homenageando a despedida daquela alma; e aproveitando enquanto o sangue escorria quente e saboroso.

CAPÍTULO IX

Os olhos azuis de Dudinha já haviam perdido o inchaço e ele voltara a circular pela noite atrás de Adão. Tinha esperanças de que, num encontro eventual na rua, pudesse novamente seduzir o surfista de prata.

Em circunstâncias normais, Duda circulava por todos os bares da Zona Sul e só parava ao encontrar um homem que lhe interessasse. Às vezes, chegava até a pagar um michê, mas gostava mesmo era da conquista. Só que agora ele tinha um alvo. Sabia o bar que Adão costumava frequentar, não precisaria nem sair à caça, bastava encostar-se ao balcão e esperar.

Mesmo com carros de todo tipo na garagem, Duda só saía de táxi. Bebia demais, por isso tinha medo de pegar no volante. Além disso, os remédios que tomava para depressão, unidos ao álcool, o tiravam de órbita. E era fora de órbita que ele estava quando Adão encostou o peito no balcão da Guanabara, no Leblon.

— Me dá uma muçarela — pediu ao garçom da pizzaria.

Dudinha estava encostado num canto, tomando seu chope sossegado. Adão mastigava o pedaço de pizza. Só os dois no balcão. Adão pegou o prato e se aproximou.

— Desculpe por aquele dia. — O surfista prateado parecia arrependido.

— Não foi nada. Eu me precipitei. Não devia ter ido ao seu prédio.

— Perdi a cabeça e exagerei um pouco — insistiu Adão, vestindo uma calça jeans e uma blusa branca que acentuavam ainda mais o seu belo bronzeado. E deixava ver as tatuagens, Duda não podia com tatuagens.

— Acontece. — Mas Duda estava sereno.

— Aquela vez... — disse Adão, mastigando — foi a única. Meu negócio é outro.

— Sei.

— Foi só pra ver qual era.

— Garçom, me dá outro chope. — Duda, naquele momento, estava noutra também.

O garçom foi pegar o chope o mais rápido que pôde, não queria perder a conversa. "Então o surfistão corta pros dois lados, afinal."

— Pra mim, outra calabresa — pediu o surfista, mastigando cheio de marra, as covinhas do rosto aparecendo.

Vieram o chope e a pizza. Adão mastigando, Dudinha bebendo. O garçom, um tanto afastado do balcão, observando atento. Dudinha falou alto, olhando para o garçom e apontando para Adão:

— Se ele prefere continuar uma bicha enrustida, é problema dele, não é isso?

O garçom trincou a língua entre os dentes, olhando de forma maliciosa para Duda.

Adão parou de mastigar.

— Como é que é?

Dudinha tomou um gole do chope, abriu os braços e explicou, em tom alto, escancarando:

— Se você prefere continuar uma bicha enrustida e escrota, o problema é seu, querido!

— Filho da puta!

— Ah, esse lado teu, o violento, eu já conheço, todo mundo aqui conhece! Mostra pra gente aquele teu outro lado, Adão! O carinhoso! Aquele que você me mostrou lá na praia, de madrugada, o céu cheio de estrelas, ah, ah, ah! O *surf-lover!* Ah, ah, ah!!!

Aproveitando-se da perplexidade de Adão, Duda apertou-lhe os colhões e explodiu o copo de chope contra sua cabeça. O líquido amarelo misturou-se ao sangue que escorria da testa de Adão, formando uma pasta viscosa, cor de mate. Mas o surfista não deu muita importância à dor ou ao ferimento. Primeiro, bateu a cabeça de Duda contra a parede; em seguida, aplicou socos e chutes de forma incansável, até que Dudinha fosse ao chão. Finalmente, montou sobre o corpo frágil do filho de Jamil e, indiferente aos pedidos do garçom e à tentativa dos seguranças de contê-lo, Adão pegou um dos pedaços de vidro e rasgou o rosto do rapaz. Satisfeito, Adão deixou-se levar pelos seguranças para fora da casa.

E Dudinha, após uma cirurgia, passou a noite num quarto de uma casa de saúde cristã, com o curioso nome de Vila Rica, chorando de ódio e amor, num sincero lamento pela implacabilidade dos homens, da qual seria uma eterna vítima. Magoado, mas coerente e preocupado com seu surfista de prata, ele previa com a língua entre os dentes:

— Papai não vai deixar isso assim... ai, meu Deus, o que foi que eu fiz?... Ai, Adão... Adão...

CAPÍTULO X

O quintal do Restaurante das Codornas era o que havia de mais atraente no estabelecimento. Um lago com carpas, uma churrasqueira ao ar livre, rottweilers soltos pelo terreno de grama, pedra e barro, e uma recepcionista com um vestido incapaz de esconder a cor de sua calcinha.

Roger tinha adoração por bichos em geral, mas nada batia a paixão pelos rottweilers. Eram animais leais ao dono, além de corajosos e ferozes. O filho, Lico, acompanhava Roger na visita a Nabor, por isso o velho achou prudente prender a matilha.

Nabor estava no comando do almoço, assando codornas numa churrasqueira pequena. Uma churrasqueira maior ardia ao fundo, a brasa quente esperando por um cordeiro preparado ao limão, alho e pimenta-do-reino.

Ao se aproximar do tio-avô, Lico deu-lhe um beijo no rosto, mas seus olhos fixaram-se no cordeiro posto numa grande travessa de ferro:

— Puxa, tio, precisava matar um bicho tão grande?

— Meu neto, todo bife que você come é feito de bicho grande.

— Esse aí parece vivo.

— E sabe por quê? Porque é um sacrifício pro Menino Jesus.

— E o que o Menino Jesus tem a ver com isso?

— Todo cordeiro morto é pela alma dos inocentes, como o Menino Jesus.

O garoto era novo e cheio de energia, cansou logo daquela conversa bíblica.

— Posso ver os cachorros, tio?

O capo gritou pelo secretário:

— Chico, mostra o canil pro meu neto.

Enfim a sós, Roger e Nabor. O velho capo deu dois tapas carinhosos no rosto do pretenso sucessor:

— Eu chamo ele de neto, porque pra mim você é como um filho. Bem-passada ou mal? — ele perguntou, espetando uma codorna.

— Bem-passada.

Nabor espetou a codorna mais bronzeada, encharcou-a na bacia untada com mostarda, limão e sal grosso.

— Daqui a pouco, o senhor vai estar almoçando em frente ao fórum.

— Não sou tão abusado assim. Ninguém vem aqui, quanto mais segunda-feira. E eu não abro de dia, às segundas.

— Gosto daqui.

— Não te chamei pra mostrar o restaurante. Você já conhece o lugar. Seu pai te trazia aqui, e você ficava igual ao Lico, louco pelos rottweilers. Essa deve ser a quinta geração desses bichos. Saulinho não gosta dos rottweilers, tem medo deles. Mas um dia o restaurante será seu, dou minha palavra.

— Vai ser uma honra.

— Não é grande coisa, está caindo aos pedaços, mas eu gosto assim.

Nabor tirou uma codorna do espeto e a destrinchou sobre uma tábua de madeira. Roger serviu-se da ave, mergulhando-a numa tigela de vinagrete.

— Pode falar, tio — iniciou o jovem bicheiro.

— Esse negócio de cerimônia não é com você, meu sobrinho. Seu pai era assim também, não gostava de enrolação. Vamos ao que interessa: nesses tempos que passei... fora... nessa missão do estado... você foi bastante empreendedor, deu seguimento ao que iniciei. Saulinho, meu filho, é bom sujeito, bom papo, amigo, mas muito acomodado. Meu genro, apesar de azarado, é mais esperto, mas, como ele passou essa temporada comigo na concentração, ainda não se pôs a par do rendimento das máquinas... Pra falar a verdade, nem eu mesmo sei a capacidade de lucro delas.

— Se quiser, eu ajudo a ele com os números.

— Você pode fazer mais que isso.

Roger sabia aonde Nabor queria chegar, estava preparado para defender sua posição:

— Só botei máquina na área de papai.

— Aqui no Rio, sim. E na Bahia? — perguntou Nabor, elevando o tom de voz.

Nabor reconhecia traços seus no sobrinho. Os cabelos lisos, a estatura mediana, nariz forte e lábios finos. E a veia no meio da testa. Mas os olhos pretos de Roger, desconfiados, ardilosos, sempre em guarda, isso era o que mais os aproximava. Roger se permitiu um tempo antes de responder:

— A Bahia é território da família. Do senhor e do meu pai. Se o seu herdeiro não se movimentou, não há nada a fazer. Não posso é deixar um forasteiro ocupar nossas terras. Ocupei a maior área possível, evitei problemas, confrontos com estranhos, com aventureiros. Se Saulinho tivesse falado comigo, a gente já tinha chegado a um número.

Aquela veia no meio da testa de Nabor começou a inchar. Ele acendeu um cigarro na churrasqueira e serviu-se de um copo de cachaça melada. Controlou os ânimos e seguiu:

— Roger, eu não sou Saulinho. E eu estou de volta, sobrinho. Você toma conta da parte que herdou de meu-irmão-seu-pai; o restante da operação é meu! — O velho bateu no peito. — Meu. Mas vou te dar um percentual. Percentual bom, percentual bom.

— São cinco mil máquinas na Bahia, tio. Isso deu trabalho. Saulinho dormiu, não queria porra nenhuma. Não acho justo.

A veia queria explodir:

— Que que é isso, porra? O cachorro querendo morder o dono? Isso aqui não é democracia, não, Roger! Eu que trouxe esse negócio pro Brasil. Caralho, sempre achei que você era um menino esperto! Vai me desapontar agora?

Roger assentiu calado.

Nabor falseou um arrependimento:

— Fica chateado com seu tio, não... Negócio é assim mesmo. — Nabor segurou o sobrinho pelo pescoço. — Olho pra você e fico com saudades do seu pai. Você sabe, Roger, que nada que eu faça vai impedir que um dia você chegue ao comando. Não será Saulinho, nem Plácido, nem Zeca, o filho de Glauco Astuto. Você será o comandante. Mas tudo ao seu tempo. Enquanto eu viver, quero contar com o seu braço, a sua força. E é por isso que te chamei aqui. O negócio vai acontecer daqui a uma semana. E você é quem vai tocar...

CAPÍTULO XI

Adão batia doído, mas ao coma de Dudinha se acresciam outros fatores. Os socos no rosto, nos ouvidos, na cabeça, além dos pontapés nas costelas, somados à carga de remédios, álcool e mesmo anestesia, fizeram com que Duda dormisse por dois dias. A equipe médica teve um cuidado especial ao reconstituir seu rosto, pois era afilhado do dono da casa de saúde, o bicheiro Argemiro Spolidoro.

Argemiro servira na Força Expedicionária Brasileira, na condição de oficial médico. Sua história na Segunda Grande Guerra se confundiu com a de Jamil, os dois atuaram juntos na tomada de Monte Castelo. Jamil acabou ferido na perna esquerda, por estilhaços de granada, e coube a Argemiro atestar a sua baixa.

Com o fim da guerra e a vitória dos Aliados, Argemiro seguiu nas Forças Armadas, logo se envolvendo com a filha do comandante do 2º Exército. Como boa cria do subúrbio, tinha conhecidos envolvidos com a contravenção, que passava por uma fase conturbada, por ainda não contar com uma liderança que delimitasse os territórios de cada bicheiro. A essa época, Nabor, um jovem de vinte e quatro anos, foi chamado à responsabilidade por sua família, uma vez que seu pai entregava os pontos para a tuberculose. O jogo passava por turbulências, com manifestações da Igreja Católica e do próprio Estado, dominado pelos militares, contra a loteria mais popular do Brasil. Para a contravenção, era fundamental estar próxima, íntima do poder. Foi ele, Nabor, o primeiro a procurar Argemiro:

— A gente entra com o dinheiro. Você entra com a amizade. Em alguns anos, muitos anos, a coisa vai render. Será a construção de um império. E, quando tudo estiver de pé, o hospital fica para a sua família.

Nabor propôs a construção de um hospital para atender aos veteranos de guerra, amputados, paranoicos, inutilizados. E aos seus dependentes, pais, mães, filhos. O sogro de Argemiro, satisfeito com seu novo aliado e com o empreendimento pró-Forças Armadas, freou os ânimos dos policiais e militares que ensaiavam um ataque para tomar o jogo para si, e assim o período de instabilidade do bicho no Rio de Janeiro ficou para trás.

Foi incrivelmente rápido, a cúpula do bicho se consolidou como uma força da natureza. E um empreendedor muito jovem assumia, com tato, o comando da organização. A casa de saúde que inicialmente fora construída para a lavagem de dinheiro acabou prosperando e gerando mais lucro para a contravenção. Eram Midas cariocas, admirados pela população e respeitados pelo poder público.

Passados mais de trinta anos, Argemiro reinava solitário na Casa de Saúde Vila Rica. Mas continuava a prestar favores a velhos apontadores do bicho e suas famílias, sempre que precisavam de assistência médica. Não seria diferente com seu afilhado, Dudinha.

Duda foi informado pela enfermeira de que seu padrinho estava do lado de fora.

— Eu queria um espelho antes, por favor.

— Vou providenciar, querido, mas não se preocupe. A equipe trabalhou bem.

O padrinho Argemiro rompeu pela porta do quarto:

— Não vai precisar de espelho coisa nenhuma! Não confia mais no padrinho?

Duda tentou sorrir, mas as mandíbulas mal sustentavam as bochechas. Ele apenas balbuciou:

— Ser bicha é uma merda, padrinho.

— Então vira homem, que é muito melhor.

Duda suspirou e jogou os olhos para o teto. O padrinho afagou-lhe os cabelos:

— Tô brincando, Dudinha. Mas, francamente, acho que quem tá te fodendo é a birita.

— Tá todo mundo me fodendo. Bebida, remédio. - E começou a contar nos dedos. — Bombeiro, surfista... Por falar em foda, cadê meu pai?

— Teve aqui há pouco, você tava dormindo.

Argemiro mentia mal.

— Teve porra nenhuma... Ele não ia se expor desse jeito.

Argemiro seguiu afagando os cabelos de Duda:

— Tá chamando teu padrinho de mentiroso?

Duda jogou os olhos para o teto novamente:

— Nesse mundo do bicho, o único cara legal que conheço é o senhor. Por ser gente fina, o senhor mente e diz que o canalha do meu pai esteve aqui.

Argemiro puxou uma cadeira e sentou-se junto ao leito de Duda. Cessou com os afagos nos cabelos e virou o rosto do rapaz contra o seu, antes de pronunciar:

— Duda, você pode falar o que quiser para mim. Sou seu padrinho, tenho deveres, obrigações com a sua criação. Tenho que cuidar de você, te proteger. Você precisa saber que lutei uma guerra ao lado de seu pai; e quase ninguém neste país lutou essa guerra, só os fodidos ou aventureiros, como eu e seu pai. Nunca mais se refira ao velho Jamil dessa maneira, pelo menos na minha frente, se quiser continuar a ser meu afilhado. E, como padrinho que te ama, eu peço: jamais o confronte, muito menos o chame de canalha. Isso, se você quiser preservar esse rosto bonito, que teu padrinho reconstituiu pessoalmente.

Dito isso, Argemiro levantou-se da cadeira e deu um beijo na testa do afilhado. Duda, contrariado, esqueceu o teto e voltou os olhos para a janela. Lá fora, girassóis, gardênias, gerânios, colibris, canarinhos, beija-flores, a maldita natureza gritava o dia.

As lágrimas desceram por seu rosto inchado, e, numa catarse lúdica, o desejo de ainda fazer parte daquele universo além da janela calou fundo em sua alma, mesmo com toda a injustiça imposta pelos homens. Ele era filho do preconceito, da morte, do dinheiro, da dor, do poder, do ouro. Lembrou que era filho de Jamil, e isso o envergonhava. Mas, além das lágrimas, existe o lamento, o uivo. E esse uivo atraiu toda a enfermaria, tamanho o agudo do terror: era o uivo da saudade.

Saudade de Adão...

CAPÍTULO XII

No pátio do Cais do Porto do Rio, Roger aguardava pelo fiscal amigo, indicado por Nabor. Na contravenção, era tudo assim: fiscal amigo, juiz amigo, polícia amigo, deputado, senador, sempre havia um amigo. E era uma coisa respeitosa, que passava de pai pra filho, porque no fim das contas o que fica é a amizade.

Mas dessa vez Roger bateu de frente com um fiscal mais agressivo, fazendo as vezes de todo-poderoso da Alfândega portuária:

— Do jeito que ficou, eu não tenho como liberar a carga.

— A taxa combinada já foi paga.

— Roger... mudou o chefe do plantão. E ele é meio goela-larga. Nem acho que ele esteja pedindo nenhum absurdo. É que o anterior era mais camarada com vocês.

— Eu não tenho como levar essa proposta pro dono da carga.

— Roger, seu tio é o mais poderoso e o mais generoso.

— Aqui ele não é meu tio. É o dono da carga, pagou pela carga e quer a carga liberada. Não tem outro jeito.

— Mas a carga vai render muito dinheiro pra ele, pra sua família, e a gente aqui fica com a bunda na janela. Por onde entrou essa carga, afinal? Porto do Rio, vai cair na nossa conta, entende? É isso que o chefe da Alfândega tá argumentando.

— Foi fechado o valor. Não tem um centavo a mais.

— Pô, Roger, você vai me deixar fodido com o chefe.

— Na próxima ele leva o dele.

— O cara nem viu a cor da outra parte, ele é novo no plantão.

— Só conheço uma parte: a que foi paga. Existem outros portos no Brasil, pense nisso.

O fiscal voltou-se para o mar. O navio apitava, adernou no cais. O um por cento que ele barganhava não era para o chefe, para a equipe, pra ninguém: era pro bolso dele. Sabia da importância da carga, milhares de caça-níqueis, como aqueles que funcionavam na esquina de sua rua, em Botafogo. O dono do bar, um maltrapilho, se transformara, e agora estava com um carro mais caro que o dele. Se o bicho escrito já era poderoso, agora iria se tornar invencível. E aquela carga, vinda do oceano, aquele tesouro boiando em alto-mar, era a jogada de sua vida, por isso ele atacou:

— Não é bem por aí. Eu posso abrir uma investigação em cima dessa carga.

Roger enfiou as mãos nos bolsos, mirou os olhos do fiscal e sentenciou, antes de deixar o porto:

— Aí eu vou precisar de um advogado. Mas você vai ter que contratar um segurança. Um exército, pra te ser bem sincero.

CAPÍTULO XIII

No galpão principal da família Cavalcante, numa rua de um único imóvel, em Vargem Grande, Plácido acompanhava a descarga dos caminhões com caça-níqueis. Era difícil crer que aqueles caixotes de compensado, com a tela de desenhos toscos, pudessem gerar tanta fortuna. Mas o sogro Nabor era um visionário, percorrera o mundo por novas atrações na jogatina que chamassem o apostador para seu curral. E descobrira os tais caça-níqueis de rua. Taiwan e Hong Kong produziam os brinquedos, eles atravessavam o oceano sossegados, os fiscais abençoavam sua entrada no porto e o investimento se pagava em menos de uma semana de boteco.

Uma bela operação.

A prisão atrasou um pouco a implementação definitiva das maquininhas, mas agora o jogo estava consolidado. A variedade de programas, de tipos, as opções para pagamento: moedas, notas, em breve cartão de crédito. E a etérea ilusão de riqueza do jogador, pronta pra se dissipar na próxima aposta.

— Seu sogro quer lhe ver, deixa que eu fico no controle — avisou seu Chico, tomando de Plácido caneta e prancheta.

Na sala da direção, dentro do galpão, Nabor checava com Já Morreu a repercussão do incidente fatal com o capitão Godoy:

— E os meninos da Patamo, Já Morreu? Gostaram do presente?

— PM de Patamo, doutor Nabor. PM de Patamo... O senhor fez o ano deles.

— Me escreve o nome deles aí, nesse bloquinho. No Natal vou mandar uma cestinha pra mãe de cada um.

Já Morreu tomou o bloco nas mãos e passou a escrever.

Plácido bateu à porta.

— Posso sentar, doutor?

— Espera um segundo, que tô finalizando com Já Morreu.

Plácido permaneceu de pé, contrariado com aquele carinho todo que o sogro dispensava ao empregado. Ora, o que era Já Morreu, além de mais um matadorzinho do bicho sem cérebro? Apertar o gatilho, explodir uma bomba... qualquer um podia fazer isso.

Já Morreu estendeu o bloco para o patrão. Nabor aproximou-se e sussurrou para o empregado:

— Mais algum rebelde, Já Morreu?

— Ah, sempre aparece algum. Mas a gente dá um jeito.

— Isso, meu querido. Isso. Aproveita tua folga agora, que eu tenho uma conversa longa com meu genro.

Já Morreu saiu, uma empregada entrou, Plácido sentou-se.

Nabor deixava Plácido ansioso. Em vez de entrar logo no assunto, ficava estudando papéis e mais papéis, o cigarro na boca, a caneta na orelha.

A empregada, com uniforme tradicional preto e branco, com avental, empurrava um carrinho com frutas da época. Nabor era fascinado por frutas da época. Ela serviu uma jarra de água e um prato com melões e mangas cortadas para Nabor. Plácido se mexia todo na cadeira, pensando inquieto e enciumado: "Com o Já Morreu ele não deixa a empregada entrar. Comigo, é uma esculhambação, é um entra e sai, qualquer um pode escutar a conversa. Isso não tá certo, assim não dá."

Plácido recusou a água e as frutas, mas manteve o olhar firme nas coxas grossas da serviçal, deixando que a mulher percebesse.

Era cafona, mas gostosa. Nabor também deu uma reparada, de lobo cansado, mas vivo. A empregada retribuiu com um sorriso, "qualquer coisa, é só me chamar".

— Pode deixar, minha filha. — Nabor era muito simpático com os criados. — E então, meu genro? Já deu pra se readaptar à sociedade?

— A gente vai levando. Não foi tão ruim assim lá dentro.

— Quer voltar?

— Não, já dei minha cota.

— Deixa o passado pra trás. Vamos falar do que vai vir daqui pra frente. Não sei se Saulinho já antecipou alguma coisa.

— Por alto.

— O negócio das máquinas tá crescendo muito rápido. No estado estamos acertados. Falta agora a Federal. Aquela cagada que você fez vai ser útil pra alguma coisa. Ao menos, agora sabem que você é firme. Você vai sentar com um amigo meu antigo, lá da Praça Mauá. O acerto vai ser mensal.

— Já não basta o estado? Contravenção não é competência da Federal.

— A gente sempre vai estar na mira da Federal. Sonegação fiscal, lavagem, sempre vão ter o que inventar. A cisma agora é com as placas das máquinas. Tem que estar bem com os caras, deixar todo mundo bonito.

— Querem botar a gente no 334?

— Só se a mala não chegar lá.

Plácido entendeu como uma chance de redenção. Espalmou as mãos:

— Se for só esse o problema...

— Quero deixar você à frente da operação das máquinas. Roger vai seguir cuidando da entrada delas pelo porto. A área que ele herdou de meu irmão é de fácil controle, ele pode ficar com essa tarefinha. Saulinho fica com todo o escrito.

— Saulo vai aparecer pra trabalhar?

— Do meu filho sei eu, deixa de ser maledicente. Se eu tiver que botar alguém aqui pra ralar, vai ser você, que, além de não ser porra nenhuma na família, ainda come a minha filha.

Plácido baixou a guarda e beijou a mão do velho:

— E quando é que eu começo?

Nabor puxou uma maleta e colocou por cima da mesa:

— Agora.

CAPÍTULO XIV

Já Morreu fechou seu circuito nas areias da Praia do Diabo, vindo do pontal do Leblon. Zerou o cronômetro em vinte e dois minutos, tirou boné e óculos escuros e foi dar um mergulho no mar cinzento. Os cabelos e os pelos do peito estavam agrisalhados, mas o porte atlético, somado ao tom bronzeado da pele, continuava a atrair as mulheres, mesmo agora, depois dos quarenta. Cedo para a aposentadoria de um trabalhador normal, mas nem tão cedo pra quem ganhou a vida abreviando a estada dos homens na Terra. Já Morreu era um lendário assassino da contravenção. Ingresso na Polícia Militar do Rio de Janeiro aos dezoito anos, logo descobriu a impossibilidade de viver com aquele salário aviltante pago pelo governo. Secretários, deputados e governador se fartando, num verdadeiro Sindicato de Ladrões, pra depois jogar uma jujubinha pro gorila papar. Já Morreu descobriu cedo que não tinha vocação pra macaco. Queria ganhar dinheiro de homem, lembrava sempre das palavras do pai: "homem vale o que carrega no bolso". E então Roberto Carlos de Antunes, nome de batismo, virou Já Morreu, o homem que honrava todos os contratos de morte a ele confiados.

Era uma manhã sem sol, de mar agitado. Apenas um surfista dentro d'água, as areias desertas da Praia do Diabo, encravada entre o Arpoador e o Forte de Copacabana. O surfista desceu uma onda pra direita, fez duas manobras conservadoras, até encaixar a prancha num tubo. Correu um pouco na onda, mas acabou perdendo o controle sobre a prancha, que quase atingiu Já Morreu.

— Foi mal, cumpadi.

— Sem problema.

Já Morreu concentrou-se na tatuagem no braço do surfista. Parecia um dragão, mas no lugar da cabeça via-se uma caveira.

— É um dragão ou uma caveira?

O surfista virou o braço de lado, de forma que o desenho ficasse mais nítido. Embaixo da caveira lia-se o nome: Adão.

— Sei lá. Só sei que é muito doido.

Muito doido... O surfista puxou a prancha para o peito, deu as costas para Já Morreu e retomou a remada em direção à arrebentação. Ao sentir um puxão no estrepe preso à sua perna, a primeira coisa que veio à mente do rapaz foi o ataque de um cação. Mas tão no raso? O *shark attack* era raro na orla carioca, mas havia relatos de pescadores do Arpoador dando conta da aparição de cações naquelas águas. Mas logo a verdade se revelou, inocentando os peixes e criaturas oceânicas: o estrepe envolveu o pescoço de Adão, e mesmo os braços fortes, trabalhados com anos de surfe, não podiam evitar o estrangulamento. O ar foi lhe faltando e uma mão ajudou a encerrar a agonia, afogando sua cabeça na água, enquanto a outra fechava de vez a passagem do oxigênio pelas artérias, puxando a corda como uma rédea de cavalo. O esfíncter de Adão fraquejou, e aquele café da manhã saudável, montado com açaí, granola e papaia, saiu em forma de fezes, deslizando entre as pernas do surfista e passando pelas de Já Morreu, que permanecia firme com as rédeas na mão. Algumas bolhas depois, o jovem Adão não estava mais entre nós.

Já Morreu olhou para a pedra da Praia do Diabo. Uma cerca dividia a praia civil da militar. Devia haver uma sentinela do Exército guarnecendo o local, mas Nabor já cuidara disso.

Já Morreu saiu da água, botou boné e óculos e deu mais um confere nas redondezas. Ninguém na praia. Percorreu as areias até o Posto 8, entrou em seu Vectra e partiu pra Padre Miguel, a fim de encontrar o patrão. Botou um CD no som do carro e logo se ouvia a voz do xará Roberto Carlos.

Roberto Carlos de Antunes pegou o aterro, depois a Brasil, sentido Zona Oeste, o vidro do carro aberto, o vento nos cabelos, a mão segurando um cigarro. Acompanhava a música e repetia a todo momento sua versão pro clássico, a voz rouca entoando: "minha caranga é máquina quente...".

Era o ano de 1997 e aquela era a trigésima alma encomendada a Já Morreu.

CAPÍTULO XV

O carteado era às terças, na casa de Jamil. Baralho, uísque e fumaça. Um crupiê, fichas, uma mesa de tampo verde firmada num tapete persa, antiguidades, vasos e quadros por todo lado; e plantas, muitas plantas, exóticas, de toda parte do mundo, fazendo do ambiente uma espécie de Vietnã chique. Na varanda, um grupo de seguranças da contravenção coçava o saco, aguardando o fim do jogo dos patrões.

Na mesa, Nabor, Antenor Libanês, Jamil, Dr. Estélio, Argemiro e capitão Figueiredo. Todos fingindo atenção às cartas, quando na verdade queriam tratar de assuntos mais importantes. Nabor iniciou:

— Eu nem preciso ouvir o choro de vocês. Só de olhar essa cara de vira-lata na chuva, já sei que lá vem. - Tragou do charuto. — Nas minhas terras, corre tudo em ordem.

Jamil ponderou.

— Em Bangu é mais fácil resolver. Na Zona Sul é câmera pra todo lado, o troço é mais complicado. Nem um pau decente nos invasores você pode aplicar em paz.

— Acerta com a delegacia. Eles cuidam deles — aconselhou Nabor.

— A foda é essa. Os maquineiros, quando não são PMs, são Papa-Charlies das delegacias. Não aceitam sair do negócio — opinou Argemiro, médico dono de Niterói, enquanto empurrava fichas para apostar em sua mão.

Capitão Figueiredo, dono da área da Região dos Lagos até Campos, interveio:

— Acerta mais pesado, então. Não pode querer acertar pelo preço do escrito, que tá dando menos. Paga até duas vezes o acerto do escrito e manda todo mundo embora. Se não conseguir, aí tem que partir pro cerol.

Jamil fez um chiado:

— Oh, vamos parar com isso, vamos respeitar o Dr. Estélio. Ele é um homem da lei.

— Só se for fora da lei — implicou Nabor.

— É, eu tava querendo evitar esse negócio de cerol, mas é o que vou ter que fazer — admitiu Argemiro.

Antenor Libanês, dono da Baixada, tragou de seu cigarro:

— Na Zona Norte eu fiz isso.

Dr. Estélio, que até então permanecia em silêncio, tentando estudar a reação dos adversários de mesa, interveio:

— Mas polícia da Baixada aceita qualquer me-me-merreca. Vai falar isso co-co-com os tiras da 10ª pra cima...

Antenor completou o raciocínio, enquanto encaixava duas cartas em seu jogo:

— Você não entendeu, não acertei porra nenhuma. Foi cerol.

Johnnie Black Label e Cohibas desfilavam pela sala numa bandeja de prata, nas mãos de um garçom cubano cor de ébano, dois metros de puro músculo.

— Onde é que você arrumou esse cubano, Jamil? — indagou Libanês, maldosamente. — Negão firmeza, duro, troncudo, braços fortes.

Jamil mirou Argemiro, como se o médico tivesse falado demais. Libanês insistiu:

— Ué, só achei que o cara trabalha bem. Meu copo não parou vazio um segundo.

Tudo que se falasse com Jamil convergia para um pensamento único: Dudinha. Quanto mais dentro de casa. Na mesma hora em que Libanês falou do cubano, veio já na mente de Jamil a cena torpe, vil, de seu filho único de joelhos, praticando a felação no gigante cubano. E coisas piores viriam dali pra frente em sua cabeça, não fosse a aparição real de Duda, bêbado, aos berros:

— Que zona é essa na minha casa? É festa, é? Tem motivo pra comemoração? Morreu alguém? É esse o mundo de vocês, não é? Morre alguém e vocês comemoram! — Duda foi direto até a varanda, onde estavam reunidos os seguranças. Esbarrou em um, tomou a cerveja de outro e seguiu molestando os visitantes. — Que que foi? Essa casa é minha! Vocês tão na minha casa, enchendo o ar com essa fumaça de cigarro, de charuto, essa sujeira, essa cafonice! — E segurava o cordão de ouro de um, tocava o anel de rubi de outro. — Meu Deus do céu, que coisa horrorosa... cadê minha maconha?! Vou acender o meu cigarro também, cacete!

Duda cambaleou até a mesa de jogo. Estacionou diante de Jamil. O olho direito tinha um novo roxo, e o nariz tinha um curativo. Do canto da boca, a baba da ira escorria:

— O senhor nunca me viu assim, não é, papai? Só me viu escondidinho, atrás de um par de óculos escuros. Sempre quietinho, silencioso, obediente. Só que dessa vez o senhor passou dos limites! Ele era meu namorado! O senhor matou meu namorado, papai! E sem me consultar. Por quê? Que que foi? Não gostou da tatuagem? Mas eu gosto, papai! — E espalmou a mão e começou a contar, com os dedos. — Eu gosto de dragão, espada, caveira, águia, falcão! E gosto de pau de garotão! Não adiantou nada matar o Adão, papai, porque eu já arrumei outro! E olha a surra que ele me deu!

Duda tirou a camisa e virou de costas para Jamil. O dorso todo lanhado, uma mistura de sangue vermelho com poeira, parecendo fuligem; além de hematomas roxos, cortes, arranhões, contusões.

— Esse me deu de cinto, papai! E quer saber? Eu gostei! A-do-rei! Porque eu gosto de apanhar! Gosto de apanhar e gosto de dar a bunda! Como nunca apanho em casa, vou na rua e arrumo um gato tatuado pra me cobrir a cara de porrad...

Jamil se levantou e desferiu a primeira pancada com o antebraço esquerdo. Duda levou as mãos à boca e passou os dedos na arcada.

— Mas que soquinho mais chocho, papai... O senhor bate como um velhinho...

O golpe seguinte, de bengala, derrubou Duda. Agora era Jamil que cobria sua cria de porrada, a cabeça de prata do tigre arrebentando todos os seus dentes, a ponto de Duda pedir o fim da sessão:

— Chega, papai...

— Papai é o caralho!

E a cabeça de tigre continuava seu trabalho.

— Seu merda, na tua idade eu tava no meio de uma guerra... e já tinha mandado alemão, italiano, tudo pra vala, seu filho da puta! E olha o lixo que você é! Mas se você não tem mais jeito, eu te mando pra vala também!

Na mesa, Nabor concordava:

— É um lixo mesmo. Dois pares.

Libanês:

— Não vai fazer falta nenhuma. Eu tenho uma trinca.

— Sequência terminando em rei de copas — disse o padrinho de Duda, Argemiro, lacônico.

Dr. Estélio complementou:

— Argemiro le-le-leva o jogo. — Por curiosidade, o advogado virou as cartas de Jamil. Era uma quadra de noves. — Ele tem uma quadra. Pe-pe-perdão. Jamil é quem leva o jogo.

Nabor discordou:

— Levantou da mesa, saiu do jogo.

Enquanto Jamil seguia com a sova em Duda, o prestativo cubano servia mais Cohibas e Johnnie Black. Libanês, já um pouco alto e instigado pelo sangue impuro que deitava nos tapetes persas de Jamil, sussurrou no ouvido do negão:

— Te cuida, hein, negão... O garoto disse por aí que vai dormir na tua cama hoje.

Nabor disparou numa gargalhada, interrompida por um engasgo. Começou a tossir e tossir e de repente era como se toda a fumaça do ambiente invadisse seus pulmões; o corpo foi tomado por um tremor, e a luz que iluminava a mesa se ampliou. Ele percebeu a morte, a eletricidade única, aquela que só bate uma vez; e isso o surpreendeu, porque ela não vinha com o frio, como nos filmes, mas com calor. Nabor não conseguia mais perceber as formas, nem ouvir os sons. Ele emitiu um mugido, como se fosse gado; e levou as mãos ao coração, a tempo de dizer:

— Deus, ainda não...

Nabor caiu com o rosto sobre a mesa de jogo. Jamil interrompeu as porradas em Dudinha. Argemiro, médico de formação, levantou-se rapidamente para socorrer Nabor. Jogou-o no chão e fez a massagem cardíaca, tentando reviver o velho capo. Um, dois, três, quatro, um, dois, três, quatro. Várias vezes. Passou aos socos no peito. Nada. Argemiro fitou seus colegas de trabalho, balançando a cabeça negativamente. Um, dois, três, quatro, um, dois, três, quatro, mais uma vez. Nabor tinha os olhos esbugalhados, "aquela que não negocia" estava lá do outro lado, aquele lado que nenhum homem conheceu, e de onde homem nenhum voltou. A não ser Jesus Cristo, se esse for o seu credo...

Esquecido do filho gerado pela sua seiva, Jamil ergueu o corpo de Nabor e, em prantos, levou a cabeça do amigo para junto de seu peito. Dr. Estélio ajoelhou e fez o sinal da Santíssima Trindade na testa, na boca e no peito de Nabor.

Atento, Antenor Libanês observava o teatro de guerra, a ópera bufa de horror: Dudinha surrado, desmaiado, uma poça de sangue ao seu redor; o poderoso Nabor morto; Jamil em prantos, pela desgraça do filho e pela perda do melhor amigo; Argemiro exaurido, derrotado, como médico e bicheiro; Dr. Estélio, homem da lei e religioso, dando a unção dos enfermos ao patrão; os seguranças, apáticos, seguiam coçando o saco, só que com mais avidez, ansiosos pelo seu futuro. As cervejas vazias. O único que seguia impávido era o garçom cubano. Que funcionário formidável! O cubano seguiu firme trabalhando, servindo mais uísque e mais charutos, ignorando os corpos espalhados no chão da sala, vivos ou mortos. O primeiro copo que ele reabasteceu foi o dele, Antenor.

Deus, afinal, escutara as preces do libanês. Ele, Antenor, era o novo capo da contravenção.

PARTE II

A sucessão

CAPÍTULO I

"Perdão, meu Jesus, mas eu não suporto mais!"

Do alto do terraço do Fórum do Rio de Janeiro, Ratinho refletia sobre seus últimos momentos. Seu último aniversário na Terra não fora dos mais felizes. Então era o fim. Ganhar os céus como um super-homem, deixar a carcaça velha pra trás. O vento ia soprar por entre seus cabelos ralos, e antes de se espatifar contra a multidão de tailleurs e ternos, antes de transformar o esqueleto mirrado numa grossa pasta de sangue, ele viveria o sonho de uma criança: voar como uma águia. Uma criança que sonha em voar como uma águia não podia ser tão sem-vergonha assim. Mas se o doutor promotor pensava assim, devia ser a verdade, né?...

Era o fim da linha para Ratinho, apontador veterano do jogo do bicho. A vida inteira servira ao último escalão da contravenção. Muitos entre seus contemporâneos progrediram ao longo da carreira e até conseguiram seus próprios pontos. Ratinho, não. Diziam os homens que ele tinha bom coração, que não servia pra coisa, pro jogo duro, pra violência que fazia parte do cotidiano. Puxa, mas entendia tanto da história, da tradição, tinha tantos amigos, fazia tantos jogos: pra velhinhas esclerosadas, empregadas analfabetas, porteiros garanhões; e engenheiros, médicos, advogados... Atraía jogadores até de outros bairros, mas tudo isso em vão. Não sabia jogar duro.

Não era de violência.

Sua serventia era limitada.

Do topo do prédio do Tribunal de Justiça, na Erasmo Braga, Centro do Rio, ele observava o movimento, o mundo dos homens, o mundo que decretara que ele não levava jeito para a coisa. Quarenta anos trabalhando em uma instituição que diz que "você não leva jeito para a coisa".

Mesmo sem levar jeito para a coisa, mais uma vez Ratinho fora enfrentar um tribunal e suas togas pretas. Sempre humilde, pacato e obediente.

A juíza da vez até que aliviou, só o condenou a mais um pagamento de cesta básica para um orfanato, galho fraco. Mas Ratinho foi escorraçado pelo promotor:

— Você tem sorte, seu Ribeiro... sorte em ter o coração jovem e generoso da Magistrada, a Dra. Regina, pra te julgar. A vida inteira servindo a essa corja, uma vida inteira de submissão à contravenção. O senhor não é só mais um velho sem-vergonha, sentado na sua cadeirinha, apontando seu joguinho... o senhor foi um adulto sem-vergonha! Um jovem sem-vergonha! Uma criança sem-vergonha, sem-vergonha!

As veias do promotor Gavião saltavam, infladas, cheias de sangue e ódio. Ele realmente parecia ter uma mágoa profunda para com os bicheiros.

— Mas eu não tive oportunidade, doutor...

— Não me venha falar em oportunidade! Você sabe de onde eu vim? Hein? Hein?

— O senhor me desculpe...

— Eu não desculpo vagabundo! Vagabundo não merece perdão! Eu vim de Quixadá, no Ceará! Sou filho de lavadeira! Mas eu tenho sangue na veia! Que é o que o senhor não tem, seu Ribeiro! Seu sem-vergonhão! — Quando a crueldade assumia o coração de Gavião, o sotaque nordestino logo se destacava.

Ratinho baixou a cabeça, as lágrimas deitaram pelo rosto. A juíza fez um gesto com a mão direita, algo como "já deu, não é?", e o acusador deixou a sala de audiências resmungando coisas como "velho safado", "velho preguiçoso", "velho cara de pau". Sobrou até pra magistrada: "piranha condescendente"...

Mas não foi essa a humilhação que levou Ratinho ao terraço do prédio da Justiça. Na semana anterior, ele fora dispensado de seu ponto na hora do almoço. O gerente da banca de bicho do Estácio mandara vir um bolo de chocolate, e todos os funcionários cantaram parabéns.

— Agora vai pra casa, seu Ribeiro, não é todo dia que a gente faz sessenta anos.

Ele parecia ter dez anos mais, por isso nem se incomodava tanto quando o chamavam de velho. Seu Ribeiro pôs o embrulho com o resto do bolo debaixo do braço e pegou seu ônibus para Realengo.

Chegou em casa e se dirigiu logo para a cozinha, onde sua esposa, Madalena, deveria estar preparando a janta prometida pra mais tarde.

Não estava.

Ratinho guardou o bolo na geladeira.

Abriu uma cerveja.

Foi olhar no quarto do casal. Nada. Ouviu o barulho do chuveiro. Entrou no banheiro, a porta estava aberta. Abriu a cortina do boxe.

Encontrou a esposa ensaboando um negão.

Precisamente, o pau de um negão. Em meio à espuma branca de sabão que lhe tomava os pentelhos, a peça negra se destacava.

— Que que você tá fazendo, Madalena?! Quem é esse cara?! O que que é isso, Madalena? Hoje é meu aniversário!

As coisas que a gente fala nos momentos difíceis que o destino, esse miserável cretino, nos apresenta: "Hoje é meu aniversário!"

Em estado de choque, a madura Madalena, uma quarentona de ancas largas, ficou estática, a mão direita presa ao pau do negão, quase esmagando o cacete. O negão, com o cabelo black-power impermeável e a barba por fazer, não esboçou qualquer reação. Parado estava, parado permaneceu. E de caralho duro, a virilidade convicta. Uma afronta. E no dia do aniversário do chefe da família, ele mesmo protestara. Sessenta anos completinhos.

"Hoje é meu aniversário..."

Então Ratinho arrancou em direção ao quarto, em busca de seu capenguinha Rossi calibre 22. O negão sentiu o cheiro do perigo, livrou-se da mão de Madalena e, todo ensaboado, saiu correndo atrás de Ratinho. O negão era mais jovem e ágil, e os dois chegaram praticamente juntos ao quarto. A gaveta da cômoda já estava aberta, Ratinho vasculhava entre as roupas, desesperado pra encontrar a arma. O negão desferiu um pontapé na gaveta e ela se fechou em cima da mão de Ratinho.

— Seu crioulo filho da puta!

— Não me chama de crioulo!

E pelado, com aquela coisa pendurada e ensaboada, o negão aplicou uma sequência de pisadas num Ratinho que, com o braço preso à gaveta, mal podia proteger o rosto e o corpo da surra imposta pelo seu algoz.

Após a surra, Ratinho se deparava com a nova realidade: sessenta anos, uma metade de bolo com as velas apagadas e uma casa sem mulher. Madalena, uma menina que ele tirara da zona, vinte anos antes, se fora.

Para sempre.

Na sacada do prédio, Ratinho se preparou. Tirou os óculos e a dentadura primeiro. Depois, a roupa toda. Queria partir desse mundo do mesmo jeito que chegou: nu.

Fez o sinal da cruz, e, preparado o salto, ouviu o telefone. Desde a invenção do celular, a paz acabara. Pegou o aparelho dentro da calça. Chamada não identificada. Podia ser importante, ainda que sua vida não valesse porra nenhuma. Atendeu.

— Ratinho?

— Pois não.

— É Zeca, Ratinho.

— Que Zeca?

— Seu patrão, velho. Como está você?

— Já... já tô voltando pro ponto, patrãozinho.

— Não, não, Ratinho, sem pressa. Quero só saber como foi a audiência.

— Foi tudo bem, patrãozinho. A juíza tinha... teve bom coração.

— Já o promotor foi um bom filho da puta, não é?

— Ele... ele só tava fazendo o serviço dele. É a Justiça, né? Mas não fiquei chateado, não, essas coisas são assim mesmo.

Ratinho olhou pra baixo, o mar de gente passando.

— Fico chateado, não — repetiu baixinho, ante o silêncio do patrão.

— Vai pra casa, tira o dia de folga.

— Obrigado, patrãozinho.

— E amanhã passa aqui na Baixada, que o velho quer te ver. O patrão tem coisa boa pra você.

— A que horas o senhor quer que eu chegue?

— Vem pro café. Um abraço.

E desligou.

Glauco Astuto, pai do patrãozinho Zeca, era um homem bom, conhecia cada um de seus funcionários pelo nome. Ao saber da surra imposta a Ratinho, determinou ao filho que desse um castigo no negão garanhão. Ratinho teve o prazer de ver o negão em uma cadeira de rodas, com todos os ossos quebrados, mas aquilo não livrou seu coração da humilhação da *cornitude*, do estado de abandono, da paixão que ainda nutria por Madalena, sua esposa.

E ali, no topo do prédio da Justiça, Ratinho teve seu momento de patrão, encarnando o senhor de sua própria vontade.

— Madalenaaa! — ele gritou ao decolar de cabeça, como a águia que via nos sonhos de criança, em direção ao mundo dos homens que o renegara ao longo de sua passagem pela Terra.

Ratinho se demitia da vida.

CAPÍTULO II

A televisão se revezava entre a exibição do velório de Nabor, que reuniu parentes, artistas, sambistas, jogadores de futebol e mesmo alguns políticos com mais colhões: — "Independente de suas atividades, vim aqui pela amizade de muitos anos" era a desculpa mais frequente —, e o de Ratinho.

O velório do velho capo dividia a atenção da mídia com o acontecimento inusitado: um apontador do jogo do bicho tinha se jogado do alto do prédio do Fórum do Rio de Janeiro. Ratinho não planejara exatamente isso, mas seu corpo explodiu como uma bigorna no teto de uma viatura da Polícia Civil, estacionada em frente ao Tribunal de Justiça. O promotor Gavião, ao contrário de misericórdia, destilou nas entrevistas seu sarcasmo venenoso.

— O estado do Rio de Janeiro vai cobrar o conserto da viatura do seu Glauco Astuto. E o estado vai receber! Vai receber! — O promotor acentuava o sotaque nordestino, como um ator, com o primeiro *e* agudo.

Em sua mansão na Baixada Fluminense, aconchegado num sofá de couro e envolto por um cobertor, Glauco Astuto estudava os gestos do promotor. Glauco torceu a boca e fez uma careta de asco:

— Desliga isso, Zeca.

Ao seu lado, o filho se mostrava indignado:

— Paraíba canalha, carreirista... Ele quer ser político, papai. E nas nossas costas.

— Recalcado de merda...

O velho Glauco mal podia falar, acabara de operar um câncer na garganta. Seu filho Zeca afagava-lhe os cabelos, e pedia que o pai obedecesse aos médicos:

— Shhhiii... Quieto, velho. O senhor não pode falar.

— Quem tem que calar a boca é esse paraíba...

Zeca andava em círculos, com uma agenda à mão, analisando nomes e telefones, à procura de um funcionário que servisse de companhia a Glauco. Mas não havia ninguém com o perfil de Ratinho: dócil, leal, desinteressado e precisando de um emprego mais tranquilo, longe das ruas, da roda-viva que é a contravenção. Por que diabos o infeliz se jogara? Zeca cuidara de tudo, Ratinho nunca mais teria problemas com o tal negão garanhão. E ainda disse que tinha coisa boa reservada pra ele...

Glauco abria e fechava os olhos, sentindo os efeitos da quimioterapia. Entre um e outro berro do promotor, que amaldiçoava a contravenção num desses programas de entrevistas com policiais e homens da Justiça, Astuto arreganhava os dentes. Em seguida, tornava a dormir. Mas Zeca, mesmo em círculos, não perdia nenhum detalhe. Não era de hoje que o promotor Gavião promovia ataques à sua família. O programa de TV, no dia da morte de Nabor, somado ao inesperado suicídio de Ratinho, apenas lhe dera maior visibilidade, um dia de gala.

Zeca sentia orgulho do pai e de si próprio, de sua estirpe. Eles viviam do jogo desde sua criação, no século XIX, e não era nenhum parlapatão de toga que iria interromper a saga de sua família. Nem promotor, nem juiz, nem general...

— Eu vou cuidar desse paraíba pra gente, papai.

O velho Glauco ensaiou apenas um ronco, que a Zeca pareceu de aprovação. Na verdade, era o início de mais um pesadelo, coisa cada vez mais frequente, à medida que a carga de drogas da quimioterapia aumentava. E, nesses pesadelos, Glauco sempre tinha a impressão de que o mal maior ainda estava por vir. O Zé Maria estava à espreita, ele podia sentir isso...

CAPÍTULO III

Diante de uma carreira de pó, o nariz do filho de Nabor se transformava: as narinas se tornavam dois grandes túneis sugadores, uma tromba larga e vermelha de tamanduá, sempre preparada para a próxima remessa. Com a partida do pai, Saulo se sentia largado, desamparado. Como não tinha mãe, restava-lhe a cocaína:

— Qual é, Pica-Pau? Vai buscar mais pra nós!

Saulo delirava com aquela cocaína tijucana do Salgueiro. Parava nos botecos na Rua dos Araújos e enviava seu cão de guarda pro alto do morro.

Pica-Pau conseguia um pó especial com o gerente da boca, o pó do Maradona.

— Aqui não tem vidro moído, bicarbonato, talco, é pó fininho, coisa boa, cocaína de responsa.

Pica-Pau testou o produto e assentiu com os olhos.

— Tem médico que frequenta a boca que diz que faz até bem pra saúde — garantiu o traficante.

Criado em berço esplêndido, Saulinho não tinha muita noção de preços. E jamais subiria o morro pra conferir. Pica-Pau aproveitava-se das circunstâncias para inflacionar o produto. Sua posição na contravenção tornara-se invejável: segurança de Saulinho, parceiro de cheiração e fornecedor de cocaína.

Pica-Pau desceu o Salgueiro com carga reforçada. Puxou uma cadeira e sentou ao lado do patrão. No fundo do bar, um jogador se divertia nos caça-níqueis. Naquela noite em especial, Saulinho estava choroso, em depressão pela morte do pai.

— Veja você, Pica-Pau, achei que esse dia nunca fosse chegar.

— É a ordem natural das coisas.

— Papai se foi. Num estalar de dedos. A gente não é porra nenhuma mesmo nessa vida.

— Porra nenhuma.

— Sou o dono de todo o escrito agora.

— Eu sei, patrão. Parabéns. O senhor merece!

— Plácido ficou com as máquinas.

— É bom, assim divide o trabalho.

Saulo levantou-se, foi até o banheiro, estendeu uma carreira sobre a pia do pé-sujo e mandou uma carga pra mente. Ia abrir o segundo papel de coca, mas foi interrompido pelo som do tilintar de moedas. Saulo saiu do banheiro e observou o jogador trocando as moedas com o dono do bar. O jogador retornou à máquina. Saulo não se conteve e foi investigar com o dono:

— E aí? O cara se deu bem?

— Se deu bem? Pagou uma cachaça e foi reinvestir na máquina.

— De repente ele ganha de novo.

— Tá aí faz dois dias, movido a pó e cachaça. Mas quem toma tudo dele mesmo é o caça-níquel.

Saulo passou a mão no nariz, fazendo a checagem. Pediu uma cerveja e ficou o resto da noite cheirando e chorando, diante do paciente Pica-Pau. O sol nasceu e o jogador continuava na máquina, arruinando seu patrimônio e incrementando o da contravenção.

* * *

Virado e entorpecido, Saulo se dirigiu à casa da família, em Bangu, a fim de ouvir Dr. Estélio pronunciar o testamento de Nabor. Os doze aposentos da mansão estavam com as portas trancadas, por ordem do próprio Nabor. Ele recomendara ao advogado que, no momento da leitura do testamento oficial, não poderia haver dispersão. Antes disso, contudo, recomendou uma reunião privada.

O advogado se trancou com Plácido e Saulo na biblioteca e leu o testamento informal. Saulo deu um abraço frio em Plácido e desejou-lhe sorte. Plácido retribuiu:

— Onde esteve? Você parece alterado...

— Tava checando minha herança.

Em seguida, Dr. Estélio reuniu os beneficiários do testamento. Listou todos os bens: postos de gasolina, supermercados, frigoríficos, peixarias, fazendas, casas, apartamentos, um iate, três lanchas, dois veleiros, uma frota de carros, dois helicópteros, um avião. Além de frotas de táxi, bancas de jornal, agências lotéricas, estacionamentos, bares, locadoras de carros, uma empresa de táxi aéreo, agências de turismo e câmbio, corretoras de imóveis e três cartórios de registro de ofícios, mantidos em nome de laranjas. Mas nenhum desses bens distribuídos chamou mais a atenção do que um restaurante:

— "E o Re-Re-Re-restaurante das Co-Co-Codor-Codor..."

— Codornas — completou Vilma, esposa de Plácido.

— "Codornas para Roger, meu sobrinho."

Saulinho riu, exibindo seu deboche.

— Ele se lembrou do sobrinho, então.

Plácido deu de ombros:

— E quem quer aquela droga?

Vilma completou:

— É bom assim. Não teremos nem o trabalho de vender. Quem vai querer aquele mausoléu?

Dr. Estélio encerrou o testamento:

— ...é verdade e do-do-do-dou fé.

O Restaurante das Codornas fora adquirido por Nabor nos anos oitenta, e na época corria uma lenda na vizinhança de que o lugar era amaldiçoado. Antes de ser convertido em restaurante, funcionara como um escritório para a Ditadura. Contava com um porão imenso, para onde eram levados os subversivos e inimigos do Regime Militar. Donas de casa e bêbados da região juravam ouvir o barulho das correntes e os gritos agudos de dor, vindos da catacumba do restaurante, na alta madrugada. Mesmo após o último governo militar.

Ninguém jamais soube como foi a operação de compra do lugar. Falou-se muito que era uma dívida de gratidão de líderes militares da Ditadura para com Nabor, que nunca deixara faltar nada para a alta cúpula da caserna.

Nabor sabia fazer o jogo.

Na solidão de sua cripta, o corpo do capo podia começar a se contorcer, e seu espírito, onde quer que se encontrasse, teria noites de agonia e trevas. Do ato mais desinteressado e generoso sairia a maior das guerras já travadas no seio de sua família. Agora, os espíritos mais jovens e bem vivos talvez fossem ao seu encontro de forma abrupta, muito mais cedo do que Nabor poderia imaginar nos áureos tempos de sua vida terrena.

Rei morto, rei posto.

CAPÍTULO IV

O promotor Gavião era um chefe de família, pai de três filhas, conservador, de moral rígida e princípios inabaláveis. Mas não resistia aos apelos das jovens fascinantes da Boate Sweety's, em Copacabana. A boate era controlada por um policial civil que trabalhava para o Ministério Público, e a segurança era feita por PMs peixes do Judiciário, de forma que a casa era quase que um playground da Justiça.

A nova sensação da boate era Cindy, uma loirinha de cabelos curtos e escorridos, com as pernas um pouco mais fortes que as de uma bailarina, mas igualmente graciosas. Ela usava calcinha unida à cinta-liga, mas a parte que tapava seu sexo era tão curta que permitia a visão do tufinho de pelos claros. Dava vontade de morder aqueles pelos, arrancar um a um, até a língua virar um tapete amarelo. Gavião estava hipnotizado.

Cindy fazia uma exibição no minipalco da boate, no momento em que Gavião entrou. Ele assumiu um lugar num dos minissofás revestidos de couro vermelho, e logo veio uma garrafa de uísque. Eram férias das crianças, e sua esposa havia viajado com elas para a casa dos avós. Noite perfeita para experimentar aquela nova ninfeta da Sweety's.

Cindy terminou seu show e foi convidada para sentar-se junto a Gavião.

— Me paga uma bebida?

Ela pediu uma vodca com laranja, deu o primeiro gole e logo estavam aos beijos, Cindy apalpando-lhe entre as pernas, Gavião experimentando os mamilos duros.

— Tá excitada? Tá, é? Me fala — ele repetia, com seu sotaque nordestino.

Não perderam muito tempo na boate, partiram para o motel. Já atracados, ela enfiava-lhe a língua na orelha, e com as duas mãos o masturbava. Repetiu o gesto com os pés. Depois com os seios. Como última etapa antes da cópula, Cindy ficou de joelhos no carpete do quarto e tratou de praticar a felação de forma moderada, sem sofreguidão, com delicadeza. Gavião estava extasiado com a extraordinária e delicada performance de uma moça tão jovem. É tudo sempre uma questão de talento. O tesão foi chegando a níveis desconhecidos para o promotor. Ao mesmo tempo em que sentia a língua da mulher, veio a coceira no ânus, e o ego de cabra macho vilipendiado. Ele arfou e tentou erguer o pescoço, ele procurava os olhos de Cindy para repreendê-la, mas logo via duas cabeças da puta, depois três, era como se estivesse numa suruba louca, com várias Cindys chupando, vários dedos a arrombar-lhe o rabo... e de repente o estômago ficou revolto, o suor tomou-lhe a fronte, foi tudo ficando escuro, escuro...

E Gavião apagou.

Acordou na tarde do dia seguinte, vestindo uma calcinha vermelha e segurando um grande vibrador negro, em forma de pênis humano e descomunal. Descomunal. Procurou se recompor, despindo a calcinha e jogando-a no lixo. Tinha dificuldade para andar. Chegou ao toilette. Reparou, no espelho do banheiro, que tinha os lábios borrados de batom vermelho e os cílios alongados pintados de preto. O promotor tentou limpar os lábios com as duas mãos, uma delas com o pênis de borracha, que de forma curiosa ainda segurava. Trêmulo de ódio, ele arremessou a peça pela janela do motel. Sua cabeça ainda estava confusa, a memória tardou a se recuperar. A bunda doía. Então veio à sua mente a colossal Cindy. O que a vadia havia aprontado com seu corpo, com sua honra? Ele iria arrancar-lhe a pele, bater em seus dentes, a violação de sua castidade não sairia barato. Gavião era cabra macho! Cabrão!

Cabrão ou não, seu estado era lamentável. Andava com dificuldade, a ardência que sentia no ânus denunciava a defloração. No chuveiro, teve que esfregar os pelos das pernas, a fim de se livrar das crostas de sangue. Gavião finalmente mirou-se no espelho e chorou sozinho:

— Ela me comeu! Aquela fela da puta me comeu!

Tomara Deus que fosse ela mesma a estupradora, a implacável Cindy e seu vibrador. E se fosse um intruso, um convidado? Melhor não pensar nisso.

E esfregava as unhas com as toalhas do motel, embebidas em água e sabão, pra ver se as livrava do esmalte cor-de-rosa, os cílios pretos piscando, sem parar, tentando imaginar quem fora o mandante daquela afronta contra ele, contra a família cristã, contra o Estado, contra a castidade... "Ela não me comeu, isso não pode ser, ela não fez isso, por que ela faria?...", ele repetia seguidas vezes, como se pudesse apagar da mente a curra sofrida.

CAPÍTULO V

Saulo levou sua esposa para almoçar no Restaurante das Codornas. O comentário era que Roger havia feito melhorias no estabelecimento, que o cardápio estava mais sofisticado, e que belas mulheres da Barra da Tijuca andavam frequentando o local.

O maître logo veio recebê-los:

— A mesa está reservada, senhor.

Saulo pediu uma cerveja e avaliou a reforma. Rita tratou de elogiar:

— Ficou bonito isso aqui. Esse seu primo trabalha rápido.

Saulo espiou pela janela.

— É, bonito e vazio como sempre. Lá fora é que tá cheio de peão trabalhando.

Saulo esticou um pouco mais o pescoço e percebeu um movimento no fundo da área do restaurante.

— Que obra é aquela lá?

Saulo se levantou, Rita veio atrás. Passaram pelo quintal dos fundos, até encontrarem um canil de rottweilers, onde o filho de Roger brincava com os cães. Ao verem Saulo se aproximar da porta do canil, os animais saltaram e rodopiaram com hostilidade. Lico abriu o portão e veio ao encontro do tio:

— Cadê meu sobrinho preferido?

— Tô tomando conta do restaurante do meu pai — respondeu Lico, abraçando o tio.

— É, tô vendo que Roger agora mudou de ramo. Virou chef de cozinha. Cadê seu pai?

— Foi levar o Zeus ao veterinário.

— Ah, o Zeus tá doente?

— Zeus saiu na porrada com Apolo. Levou a pior.

Um dos rottweilers estava deitado e enfaixado, no fundo do canil. Enquanto papeava com Lico, Saulo notou que a movimentação nos fundos era cada vez mais intensa.

— Vamos deixar você com Apolo, Lico. — Saulo voltou-se para Rita. — Queremos conhecer o resto da casa.

Saulo dirigiu-se até a casa dos fundos e constatou que era uma espécie de minicassino. Logo na entrada, deparou-se com peões montando máquinas, ajeitando carpetes, arrumando os móveis, caixas registradoras, bares.

Dois leões de chácara reverenciaram Saulo e cumprimentaram Rita:

— Senhor Saulo... senhora. Se quiserem conhecer o andar de baixo, fiquem à vontade. A casa já está funcionando...

"Fiquem à vontade", Saulo resmungou, levando a mão direita ao queixo.

Saulo desceu a escadaria. Um novo leão de chácara abriu uma segunda porta, de madeira ainda mais pesada. E, neste novo saloon, o cassino de Roger estava a pleno vapor: roleta, carteado, mulheres metidas em vestidos cintilantes e decotados, em plena luz do dia. A voz de Roger interrompeu a contemplação:

— E então, primo? O que acharam?

Saulo ficou mudo, apenas acompanhando toda a movimentação do negócio, uma fábrica de jogo e dinheiro.

Rita percebeu que algo não estava bem:

— Roger, que prazer. Como está Zeus?

— *Fodidaço.*

— Ai, meu Deus. Que pena, o Lico é tão agarrado.

— Tá desenganado.

— Ele era seu, não é?

— Na época, deixei ele com tio Nabor pra tomar conta do restaurante. Ele emprenhou a fêmea e foi ficando. Agora tô levando ele pra morrer em casa.

— Quero que se foda o Zeus — resmungou Saulo.

— Qual foi, primo?

— Quero falar de coisas mais importantes. Quanto tão rendendo essas máquinas, esse tipo de coisa que você montou aqui?

— A "coisa" ainda tá muito no começo, depende da área. A minha parte em Bangu rende bem, o restaurante ainda tá no começo.

— Quem foi que te autorizou a montar uma casa de jogo?

— Saulo, vou pedir a você que fale mais baixo. Este lugar aqui, agora, tá no meu nome. Vamos falar no outro salão.

Para incômodo ainda maior de Saulo, no outro salão funcionava um segundo restaurante, onde se serviam exclusivamente frutos do mar. O maître apareceu com uma carta de vinhos e acomodou os convidados de Roger à melhor mesa, em frente a um aquário com lagostas vivas.

— Não ouvi ainda de onde partiu a autorização, primo. — Saulo seguia exaltado.

— Rapaz, que besteira! Todo mundo sabe que ninguém vem neste restaurante, isso sempre foi caveira de burro. Então montei uma casa de jogo pra melhorar o movimento. Dentro da minha propriedade. Nada de mais. Eu pago os polícias, fica tudo bem, todo mundo satisfeito.

— Todo mundo, menos o dono da área. Talvez, se o 14º der uma incerta no restaurante, você não ache mais uma besteira.

— Pensa bem, primo, as máquinas não têm pernas pra correr. Vê bem o que você vai fazer...

— O cadáver do meu pai nem esfriou e vocês já avançam, descumprem as regras. A verdade é que você não tinha nem que ter área nenhuma.

— Tá falando do meu velho?

— Meu pai sempre carregou o teu nas costas.

— E quem vai carregar você, primo?

Rita segurou o pulso do marido. O maître, percebendo a rusga, trouxe uma garrafa de champanhe.

— Cortesia da casa. Vou trazer o menu pro casal.

Roger fez uma reverência para o maître. Rita ainda tentou contornar a situação.

— Senta conosco, Roger.

Os dois homens se encararam. Saulo fez uma negativa com a cabeça. Roger emendou:

— Eu agradeço, Rita. Mas está na hora de alimentar os cachorros.

Em dois minutos, um carrinho encostou ao lado da mesa do casal. O maître acendeu o fogo e ofereceu um prato flambado. Saulo derrubou a bandeja no chão. O movimento agitou o óleo e fez a chama se avivar. Rita manteve a discrição:

— Já chega por hoje! Vamos, meu bem. À noite temos escolha de samba na escola, você vai relaxar e parar de implicar com seu primo. Parecem crianças...

Saulo aceitou ser conduzido pela esposa, mas manteve o olhar fixo no primo, que retribuiu com a mesma frieza.

Nada tinham de crianças.

O samba à noite foi cancelado. E, durante a madrugada, os homens de Saulo e Plácido invadiram o Rancho das Codornas. Os dois seguranças foram amarrados e jogados numa mala de carro. Os cães, amedrontados com as armas, retornaram ao canil. O bando quebrou máquinas, roletas, mesas de pôquer, freezers, bares, pratos, copos e o aquário com as lagostas. Como golpe final, atearam fogo ao canil. Os animais latiram e uivaram em desespero, mas não havia salvação, não havia heróis por perto. O forte vento sudoeste agredia as labaredas, fazendo com que o fogo se espalhasse e chegasse até o restaurante. Num piscar de olhos, o Rancho era uma grande e sinistra bola de fogo e fumaça, vermelho-amarela-negra. Sangue, ouro e trevas.

CAPÍTULO VI

Batista era um ex-policial civil que fora mandado pra rua por conta de um dinheiro mal tomado. Dizem que um judeu, um negociante de obras de arte, lavava dinheiro para a Máfia israelense. Ele andava pra cima e pra baixo com maletas de dinheiro, e Batista, que lhe havia sido apresentado como policial e judeu, cuidava de sua segurança. No começo, o salário da segurança até era bom para Batista, mas logo o delegado-chefe da Delegacia da Ilha do Governador descobriu o esquema:

— Você trabalha na minha delegacia, usa minha viatura, giroflex, algema, gasolina, meu fuzil... Porra, eu quero o meu também!

Batista ficou aborrecido com aquilo, mas não se deu por vencido. Pagou a parte do delegado por três meses. No quarto mês, Batista armou todo o cenário para uma virada. Colocou um homem de sua equipe para invadir sua viatura, com o gringo dentro, logo na saída do aeroporto. Assim que o judeu ingressou no carro, no banco da frente, o cúmplice de Batista se lançou sobre o banco traseiro e deu a ordem:

— Larga a mala! E você, motorista, o que tem aí?

O comparsa de Batista o revistou, encontrou a arma na cintura e a tomou de Batista, numa encenação um tanto amadora. Na sequência, o cúmplice voltou-se para o gringo:

— E então? Vai largar a mala ou não vai?

O empresário encarou o assaltante e, em seguida, Batista. O judeu sacudiu a cabeça negativamente.

— Não largo.

— Eu vou te quebrar, seu filho da puta!

O judeu pegou a algema de Batista, solta no carro, e prendeu a maleta ao pulso. Decidido, fechou em sua cintura o cinto de segurança. O ladrão insistiu:

— Seu merda, solta essa porra!

O judeu continuou firme, segurando a maleta. O ladrão berrava:

— Solta a mala ou te furo todo!

Tenso, Batista assistia à cena. Olhava pra um e pro outro, esperando o desfecho. Até que o bandido se descompensou:

— Manda ele soltar essa porra, Batista! Ou vou quebrar esse judeu, caralho! Juro que eu quebro!

O empresário fitou Batista com os olhos tomados de susto, a luz da morte brilhando em sua retina. Batista, pesaroso, deixou as sobrancelhas caírem. Encostou o cano na têmpora do judeu e disparou.

— Você matou o cara, Batista! Você matou o cara! Ai, meu Deus, você matou o cara! — O cúmplice perdeu o controle de vez.

Sem pestanejar, Batista baleou também a cabeça de seu cúmplice. O amador tombou no banco de trás.

— Nunca mais você vai falar o meu nome em ação! Nunca mais, seu merda!

Batista seguiu dirigindo até a Região dos Lagos, a estrada inteira dando esporro no cadáver do cúmplice: "Eu disse pra não falar meu nome, eu disse!" Batista tinha um terreno em Três Rios, ou melhor, uma propriedade tomada de um empresário. O terreno era todo margeado por um lago fundo o suficiente para o depósito de cadáveres e outras mercadorias. Ele afundou a viatura no laguinho e sumiu com os corpos. E forjou um BDT (Boletim de Tráfego) no nome de seu cúmplice.

Do tira morto ninguém lembrou. Mas a comunidade judaica não se conformou com o sumiço do empresário, e a imprensa fazia pressão. O corregedor da Polícia Civil, que também era judeu, rastreou todas as contas e bens de Batista, provando o enriquecimento ilícito e alguns outros crimes menores. Não conseguiu colocá-lo em cana, mas sua demissão levou algum conforto para a comunidade judaica.

O dinheiro não durou para sempre e Batista teve que voltar a trabalhar. Conheceu o pai de Roger e começou como segurança. Com o tempo, foi progredindo no organograma da quadrilha, até chegar a gerente de área. E era nessa condição que ele negociava, agora, com Bruxa do Mar, na Praia da Bica, na Ilha do Governador.

— Puta que o pariu, Batista. Que praia feia é essa que tu marcou, hein?

— Sou cria da Ilha, adoro esse lugar.

— Nem quero conhecer lugar que tu não goste.

— Deixa a paisagem pra depois. Bruxa, o negócio foi feio.

— Me passaram. Acho que dá pra fazer. Não tem segurança?

Batista abriu um mapa da Barra da Tijuca. Avenidas, ruas, esquinas, travessas, cantos.

— Quando chega neste ponto da avenida, não. Ele dispensa os seguranças. É a hora em que ele vai pra casa da amante. Acho que ele quer foder em paz. É o que todo mundo quer, eu acho.

— E no trajeto? Dentro do carro?

— Depende. Às vezes, ele deixa um leão de chácara na porta do prédio dela. Se tiver, aí é contigo.

— Humm...

— Então? Vai pegar o servicinho?

— Servicinho... Isso não é servicinho. Tu não tá pedindo pra eu quebrar um PM.

— Não. Por isso que tô pagando alto.

— Vou viver o resto da vida com um alvo nas costas.

— Se trabalhar direito, vai ser como se não tivesse acontecido.

— Batista, você pode ter sua experiência de ex-polícia, mas desse negócio de quebração eu é que entendo. Aliás, o primeiro que eles vão vir atrás é de você.

— Então você não quer o serviço.

— Agora fica até perigoso, pra *mim*, não pegar o serviço.

— Você fala.

— Tô há anos nessa estrada. Não fiquei rico até hoje com esse negócio.

— Quer aumentar o troféu?

— Não, não, nem quero troféu — Bruxa emendou, tomando uma dose de conhaque. — Quero cinco maquininhas dessas. Só Copa 94. Esse joguinho é uma febre... Quero recuperar o que perdi.

— Só isso?

— Isso me deixa bem.

Batista tirou um pacote de dentro de sua bolsa e entregou a Bruxa do Mar.

— Esse é o sinal.

Bruxa do Mar conferiu o pacote. Fez cara de desapontado:

— Isso aqui não dá nem pra pagar o piloto.

— Que isso, Bruxa? Pega bem no pacote, aperta, sente o volume. Sente, sente, apalpa...

— Pô, Batista, tem o piloto...

— Vai usar mesmo um piloto?

— Pra fazer olho no olho, tem que ter piloto.

— Então tá certo, uma semana depois de feito o serviço, a gente se encontra aqui, mesma hora. Aí tu leva o do piloto. Precisa de foto?

Bruxa sacudiu a cabeça numa negativa.

— Placa, horário, alguma dúvida?

— Nenhuma.

— Só mais uma coisa: por que Bruxa do Mar?

Bruxa do Mar fechou o semblante para Batista. Tinha ciência de que não era um homem dos mais bonitos.

— Ei, não precisa ficar bravo, eu só estranhei porque... eu até te achei um cara charmoso.

Bruxa levantou-se para partir.

Batista ficou analisando o perfil de Bruxa do Mar, uma união entre a acne e os traços toscos. Sua fama o precedia: era tão bom quanto era feio. Batista esperava que sim, porque, de toda a conversa, a verdade maior era que, em caso de fracasso, teria pintado um alvo nas próprias costas.

CAPÍTULO VII

O filho de Glauco Astuto tomou conhecimento da intimação para seus homens comparecerem à delegacia de Barra do Piraí num final de tarde de sábado. Estavam em sua chácara na Baixada Fluminense. Eram terras baratas e boas, tanto para o pasto quanto para o cultivo de algumas culturas. Mas os Astuto usavam aquelas terras mesmo era pra abrir covas pros inimigos. O policial que batia à porta tinha consciência disso, mas nem por isso iria recuar em sua postura, seu trabalho.

Parado diante da porteira do estábulo, Zeca tentou traçar um perfil do inspetor da Polícia Civil, que mais parecia uma mistura de caiçara da região com um lorde. O policial Tadeu Esquenazi vestia-se como um mateiro, tinha um jeito rude de quem não sabe sorrir. Também não tinha um filão preferencial de combate ao crime. Pelo contrário: investigava homicidas, estupradores, traficantes, contraventores, toda modalidade de criminosos e crimes, com a mesma indiferença, mas com notável competência. Catalogava tudo e todos, era um banco de dados ambulante, além de contar com uma memória prodigiosa. Seu trunfo pessoal é que não lançava nenhuma informação nas redes da polícia. Mantinha o poder da informação em mãos seguras. As suas.

— Bom dia. Sou o inspetor Esquenazi — introduziu o policial, exibindo a carteira funcional, ao se apresentar na residência dos Astuto.

Zeca olhou torto:

— Mas sábado, seu polícia?

— Que diferença faz?

— Perturbar as famílias no fim de semana?

— Sábado é dia de trabalho.

— Pensei que judeus não trabalhassem aos sábados.

— Talvez eu seja um judeu diferente.

— Os judeus são todos iguais. — Zeca puxou um maço de notas do bolso. — De Barra do Piraí até aqui é um chão. Quer uma ajuda na gasolina?

— O estado paga minha gasolina. Se preferir, da próxima vez trago uma intimação pra você e pro seu pai também — o inspetor sugeriu.

— Deixe meu velho fora disso.

— Respeite o polícia, que o polícia esquece teu velho.

— Do que se trata?

— Jogo. Taí o nome dos apontadores, é só conferir. E tem mais um probleminha...

— Huuummm...

— Uma surra num sargento do Exército. Soube de alguma coisa assim? — sondou Esquenazi, fingindo não conhecer a verdade.

— Não — Zeca balançou a cabeça —, não que eu me lembre.

— Parece que o sargento se envolveu com a mulher de um dos seus apontadores. O seu apontador puxou uma arma para o militar. Enfim... seus homens puseram um militar do Exército brasileiro numa cadeira de rodas.

— Chumbo trocado não dói. O que acha, policial?

"Puta que o pariu! Então o negão garanhão era sargento do Exército. Foda-se, teve o que mereceu."

— Isso pode dar problemas para o mandante — continuou Esquenazi.

Zeca levou a borda da camisa até o rosto, como quem limpa o suor. Coçou os músculos firmes do abdômen, cuspiu na grama de sua chácara e respondeu ao tira:

— Policial, eu nem sei o que é "apontador" e não entendo nada de jogo do bicho. Quanto ao chifre que algum funcionário meu tenha adquirido... um peão de fazenda, e eu só tenho sob meu comando peões de fazenda... o que você espera de um peão, um cara que sua no duro? O que espera que ele faça diante de um chifre na cabeça?

— Se você não entende de jogo, eu pouco entendo de chifre. Faça com que seus homens compareçam à delegacia, na data e horário firmados na intimação.

Zeca segurou o papel e conferiu o conteúdo.

— É só isso?

— Sim. É só isso. Tenha um bom fim de semana.

O policial deu as costas a Zeca, que seguiu com seu raciocínio, à medida que Esquenazi se afastava:

— Imagine o senhor, tira da Baixada Fluminense, chegar em casa com um negão comendo a sua mulher. O que faria, inspetor? Hein?! Ia bater com dois chifres enormes na primeira delegacia da região? Ia segurar no pau do negão e carregá-lo em flagrante até o distrito? Hein?! Hein?! Vai pra casa, policial! Guarda o fim de semana pra família, porra! Pelo menos esse negão, esse sargentinho do Exército, esse filho da puta não vai comer a tua esposa! Esse aí não come mais ninguém!

A viatura de Esquenazi partiu. O tira ficou com aquela ideia na cabeça. Chegou em casa e relaxou o corpo no chuveiro. Estava frio. Mesmo dentro de casa, o frio do sul fluminense atacava. Girou a torneira da água quente. Deixou a água bater contra as costas. Terminado o banho, enxugou-se. Sentou à mesa e tomou a sopa preparada pela mulher. Vestido com um casaco e um par de meias trazidos por ela. Era casado com uma santa.

Caiu no sono. E, nos sonhos, viu sua esposa de quatro em seu quarto, na cama do casal, com um negão a possuindo por trás com força e rapidez, na frente e atrás, fazendo a mulher alternar sofrimento e prazer... e então a cena se transferia para um botequim com uma mesa de sinuca no meio, um balcão com bancos "bunda de fora", com bêbados variados, bebendo tragos multicoloridos, e, a partir da mesa de sinuca, uma imensa fila se descrevendo até a rua, com todos os negões da região sul fluminense que ele já conhecera: bons e maus, honestos e ladrões, magros e gordos, boa pinta e mal-encarados, acariciando e cuspindo em seus próprios membros, cada qual esperando pela sua vez de currar a mulher do polícia.

Despertou assustado. Ficou aliviado em encontrar a esposa ao seu lado, com as costas junto à cabeceira da cama, chorando com as cenas dos últimos capítulos da novela das nove. Discretamente, deu uma volta pela casa. Checou os armários e a área externa. De volta ao quarto, olhou embaixo da cama, sob o pretexto de procurar os chinelos. Não havia nada. Nem negões, nem chinelos. Apenas uma alucinação, um sonho muito real. Só isso.

Meteu na esposa como havia muito não fazia.

Santa não existe.

CAPÍTULO VIII

Roger estava remontando o Rancho das Codornas. O ataque a seu restaurante veio acompanhado da destruição de suas plantações na Bahia, além da perda de caça-níqueis por todo o Brasil. Essa guerra traria um grande prejuízo a todos, mas agora era tarde demais para pensar em uma reavaliação e reorientação nas relações humanas.

Além dos dois homens mortos por asfixia, na mala de um carro, os cães do Rancho foram carbonizados e Roger teve que providenciar um enterro "cristão" para os animais, pagando por fora a um padre mais flexível, que aceitasse pedir a Deus que recebesse a alma dos bichos no céu, atenuando assim a dor de seu filho Lico.

Roger promoveu mudanças em sua estrutura organizacional, remanejando para as gerências de segurança homens com poder de polícia, colocando abaixo deles mercenários que não tinham carteira a perder. Apenas a selvageria, o lobo do homem, para o quebra-quebra das máquinas e a luta corpo a corpo, com tiroteios e explosões de carros e domicílios.

Logo abaixo de Batista, a organização tinha Soares, um sargento bombeiro de seus quarenta e cinco anos, mas com uma carcaça privilegiada. Era subserviente com os poderosos e ignorante com os subalternos, o que não era de todo ruim, já que mantinha a ordem. A todo tempo ele distribuía esporro:

— Essa parede ficou torta igual à minha pica.

— Ficou não, seu Soares, deixa eu terminar...

— Tá dizendo que a minha pica não é torta?

— Seu Soares, eu não conheço a sua pica...

— Nem vai conhecer! Derruba essa parede e faz outra! Trabalho de merda o de vocês! Trabalhinho de merda o de vocês!

Enquanto os homens de Roger defendiam suas propriedades, fazia três dias que Bruxa do Mar pegava sol e chuva como ambulante numa agulha na Avenida Abelardo Bueno. A BMW de Saulo passara duas vezes, mas Bruxa não teve a sorte de pegar o sinal fechado. Sabia que, pela própria matemática da morte, a coisa não podia passar de uma semana, uma hora o sinal haveria de fechar.

Como disfarce para não chamar a atenção, Bruxa pendurou uma caixa de madeira no pescoço, encheu-a de balas e chocolates e pôs-se a vender no sinal. Chegava por volta das dez da manhã e só ia embora depois que a BMW passasse.

A chuva forte retardou a pista do canto da Abelardo e Bruxa viu a hora em que a BMW se aproximou. Preparou a arma, oculta debaixo da caixa de balas e chocolates, e olhou para o sinal. Amarelo. A BMW ainda acelerou, ensaiou furar o sinal, mas obedeceu à luz vermelha. Pica-Pau, o eterno segurança de Saulinho, viu Bruxa do Mar debaixo de chuva, com seu inconfundível rosto horroroso. Misericordioso, Pica-Pau baixou o vidro do carro e estendeu uma nota:

— Ei, cara, me dá uma bala dessa aí.

Bruxa do Mar se aproximou com humildade, a cabeça baixa. Puxou o saquinho de balas e entregou ao homem, que trocou a nota pelo saco. Bruxa amassou a nota, largou a caixa de madeira e sacou de sua pistola. Acertou um único tiro na têmpora do segurança, infringindo uma norma sua, que era a de sempre pegar o motorista primeiro. Saulo ainda teve o instinto de arrancar com o carro, mas não houve tempo, o assassino acertou-lhe o pescoço, depois o peito. Com o sangue aquecido, Bruxa seguiu apertando o gatilho, e os projéteis foram cuspidos sem trégua contra o corpanzil de Saulo, até que a pistola abrisse, quente, fumegante. O mercenário colocou a pistola no calção e bateu em retirada, pegando carona na moto de seu piloto, que havia encostado no acostamento gramado. A moto, com a placa dobrada, atravessou a pista na direção contrária, de forma que a dupla pudesse pegar a Ponte Lúcio Costa em direção à praia. Então Bruxa do Mar saltaria e o piloto seguiria viagem pela orla, rumo a Pedra Bonita, onde morava. Mas, na manobra de fuga, o piloto acabou dando um tostão numa Kombi, perdendo a placa. Deixaram a placa para trás e ganharam o mundo.

Outra motocicleta, desta vez da PM, finalmente chegou ao local do crime, já com certo atraso. O patrulheiro desceu da moto, sacou da arma e encostou devagar ao lado da janela do motorista. Ele pôs a cabeça dentro do carro e conferiu o pulso de Saulo.

— Esse aqui já foi...

O policial subtraiu o cordão de ouro de seu pescoço e o Rolex do homem ao volante.

— Você não vai mais precisar disso, amigão.

Com calma, o policial deu a volta até a janela do carona. Muito sangue, o sujeito do carona escornado na poltrona. Tirou os anéis e as pulseiras de ouro de Pica-Pau. A féria de muitos meses estava garantida. Nessas horas dava orgulho ser um soldado da Polícia Militar. Quando ia subtrair o relógio, teve seu pulso seguro pela vítima:

— Seu guarda... me ajuda... estou vivo...

O patrulheiro tomou um susto. Correu na moto e pediu, por rádio, socorro médico. PM também tem coração...

O patrulheiro voltou à BMW e só então se interessou em identificar as vítimas.

— Tudo bem, amigo, o socorro já foi acionado. Qual o seu nome?

— Me ajuda...

O policial tornou a dar a volta no carro, dessa vez indo examinar a carteira do motorista. Quando tomou a CNH nas mãos, o sangue faltou em seu rosto. E exclamou, incrédulo:

— Caralho, mataram o filho do Nabor!

CAPÍTULO IX

Em casa, Dr. Estélio ficou sabendo da morte pelos informantes que mantinha nos batalhões. No rádio já circulava o boato, ainda não confirmado, de que o filho de Nabor fora morto com vários tiros numa agulha de uma avenida na Barra da Tijuca.

Dr. Estélio fez a primeira ligação para Antenor Libanês, transmitindo a ele, na condição de chefe da cúpula, os pêsames pela morte de seu colega.

— Sim, Estélio, já foi confirmado pra mim também.

— É ver-ver-dade mesmo. Isso não é nada bo-bom.

— Passe aqui em casa esta semana, doutor. Precisamos conversar.

— Na sexta-fe-feira, então...

Estélio desligou o telefone e suspirou. Ora, então depois de anos tinham uma guerra pela frente novamente. Estélio sabia bem o que significava a guerra para um advogado da contravenção: dinheiro.

A primeira mala de dinheiro que Estélio carregou foi na Ditadura, na década de setenta. Com pouco mais de duas décadas de vida, o advogado já operava em grande estilo, comprando juízes e desembargadores. Sua desenvoltura e credibilidade eram os atributos que o tornavam atraente perante os homens da Justiça. A maneira objetiva e simples com que falava sobre o jogo do bicho — "é folclórico, é o jogo do povo, é cu-cu-cu-cultural, é cultural!" — praticamente livrava os juízes de qualquer drama de consciência. O dinheiro lhes era repassado de todo o coração, era um prêmio por sua compreensão, sabedoria e generosidade em permitir que o povo pudesse continuar a botar fé em seu jogo predileto. Mas, quando havia guerras e homicídios, o Judiciário era obrigado a cobrar mais malas, porque a coisa deixava de ser inocente, lúdica, havia corpos espalhados pelas ruas.

E fechar os olhos para as calçadas manchadas de sangue tem outro preço.

Estélio pegou um papel e uma caneta e começou a desenhar um gráfico com os últimos acontecimentos. O incêndio do Rancho; a morte de Saulo; o advento dos caça-níqueis; a decadência de Glauco Astuto; a gana do promotor Gavião em combater a contravenção. Isso não era de todo ruim, um promotor competente demandava um oponente à altura de sua oratória.

Em seguida, Estélio passou a acompanhar os noticiários do dia, esperando, resignado, a aparição do promotor Gavião, que fatalmente explodiria num discurso destruidor contra o jogo do bicho...

Não foi o que aconteceu. Ao contrário do que se esperava, Gavião simplesmente desapareceu da mídia. Como que por encanto.

Mas, com mais de quarenta anos de tribunal do júri, Estélio sabia: todo encanto tem seu mago; toda mágica tem um pai. E quem não é visto não é lembrado. A partir de agora, o promotor Gavião era digno de ser observado pelo advogado mais brilhante da contravenção.

CAPÍTULO X

Na mansão dos Astuto, Zeca comemorava em dose dupla: uma guerra dentro do mesmo clã era favorável aos seus interesses imperialistas. Zeca nascera para uma vida sem dificuldades, sem desafios. Estudou nos melhores colégios para quê? Para administrar uma empresa que andava sozinha? Uma firma que não encontrava ameaças, que não enfrentava concorrência? Não, seu pai não se conformara em manter a herança da família, as terras confiadas pelas escrituras da contravenção. Historicamente, era nas guerras que a família Astuto se fortalecia, sempre um passo à frente dos outros clãs. E com Zeca não seria diferente.

O promotor que chefiava o grupo de combate à contravenção estava fora de combate. Zeca enviara para a família do promotor as fotos da noite em que Gavião e Cindy se amaram. Um recado discreto e eficiente.

Uma jovem piranha habilidosa fora capaz de calar o homem que jurava ser incorruptível; a alma mais honesta, o espírito mais corajoso. O promotor estava liquidado.

Destruído.

Glauco seguia debaixo das cobertas, a garganta fraca e a carne quente de febre. Chamou o filho no sofá:

— Mande uma coroa de flores para os Cavalcante.

— Está bem, pai.

— E não quero que saia de casa hoje.

— Ei, velho, fique tranquilo. E pare de falar.

Glauco acompanhava o noticiário, via as imagens de Saulinho dentro de um saco preto. Tão jovem e poderoso, o homem era agora um corpo morto pronto para apodrecer. Foi inevitável sentir uma ponta de orgulho, de ter se mantido vivo tantos anos, suportado inúmeras guerras, enfrentado e vencido inimigos duros, combativos. A impressão de Glauco era que seus tempos haviam sido mais difíceis, mas era só uma impressão. A nova geração aparecia com gana, ambição e violência, tal qual a sua e a de Nabor.

Glauco respirou fundo e olhou para o filho com orgulho. Era um puro-sangue: alto, forte, preparado, um campeão. Só não sabia se haveria tempo de lhe passar o último ensinamento, o mais importante para sobreviver àquele universo paralelo: malícia.

O sono pegou Glauco e ele ficou com aquela palavra na cabeça: malícia...

CAPÍTULO XI

Vilma manteve a guarda do caixão do irmão ao longo da madrugada. Não deixou que ninguém de fora da família chegasse perto, ninguém veria o rosto e o corpo de Saulo deformados. Era uma leoa, e seu filhote, naquela noite, era o cadáver de Saulo. Ao mesmo tempo, recusou-se a deixar o agente funerário fechar o caixão.

— Dona Vilma, Seu Saulo ficou muito machucado. Deixa eu fechar, deixa ele ir.

— Minhas filhas vão se despedir do tio, entendeu? Só quem vai falar com ele é a família. E ele só vai na hora que eu mandar, seu abutre ordinário!

Abutre ordinário? O cara era só um funcionário da funerária...

Vilma olhava para o exército de mais de cem homens armados, em torno da quadra da escola, com o mais absoluto desprezo. Todo aquele poder não pudera livrar seu irmão mais velho da morte. Toda aquela fortuna não poderia evitar a guerra que sua família estava condenada a lutar.

Vilma deixou que as lágrimas corressem quando Plácido chegou com as duas filhas arrumadas, com os cabelos presos, vestidas de preto, em mais um luto.

— Elas acabaram de perder o avô, Plácido. E agora o tio...

Plácido apertou a cabeça de Vilma contra seu peito e a beijou. Ela se esforçou pra chorar ainda mais forte, não que o pranto fosse fingido, mas pra mostrar ao marido a necessidade da vingança. Os membros da cúpula mandaram suas coroas de flores, mas nem todos compareceram ao evento. Parte dos chefões era contrária aos últimos atos, às agressões, ao desrespeito às regras, à inconsequência, à guerra.

— E como está Pica-Pau?

— Parece que já acordou. A imprensa disse que ele teve morte cerebral.

— Pagamos por isso. Mas ele está seguro, no hospital do Argemiro. Vou visitar ainda hoje, depois do enterro.

— Não fale essa palavra, Plácido! Não repita essa palavra!

Descontrolada, Vilma deixou escapar um uivo baixinho, pra depois sussurrar no ouvido de Plácido.

— Eu quero a cabeça dele, ouviu? Você vai me trazer a cabeça do meu primo.

— Calma, Vilma. Deixa eu conversar com Pica-Pau e veremos.

— Você me ama?

— É claro que amo.

— Então traga essa porra dessa cabeça. — A leoa tinha os dentes trincados.

Enquanto o casal discutia sobre amor e cabeças, a quadra foi tomada por um burburinho. Jamil se aproximou do caixão e fez um sinal para Plácido. O genro de Nabor afastou-se, a fim de permitir que Jamil prestasse suas condolências a Vilma.

— O garoto está aqui. Ele também quer se despedir do tio.

Vilma baixou a cabeça, sua alma misturando perplexidade e aceitação. O sobrinho tinha que conviver com a realidade cruel dos adultos de sua família, misturada à inocência das crianças que ainda não faziam parte do jogo. Com um aceno de cabeça, Vilma permitiu a entrada do garoto.

Lico, filho de Roger, apareceu, desfilando um terno preto impecável, atraindo o olhar da plateia e particularmente de Dora, filha mais nova de Plácido. Lico se aproximou do caixão e beijou a testa do tio. Deu um beijo na bochecha de Vilma, um abraço em Plácido e partiu. Os seguranças abriram caminho e Lico saiu escoltado por Jamil, sob o silêncio da quadra.

Plácido encerrou o velório:

— Pode fechar.

E a tampa caiu.

CAPÍTULO XII

A cúpula se reuniu no apartamento de Antenor Libanês. Eles se revezavam nos encontros, de forma a evitar a bisbilhotice da Polícia Federal, que começava a usar métodos de investigação similares aos dos americanos. Alguns membros aposentados da PF tiveram o interesse despertado para a engrenagem dos caça-níqueis. A atividade estava legalizada, por conta de sentenças adquiridas pelos bicheiros junto aos mais diversos tribunais, em quase todos os estados do país. Em cada caça-níquel, via-se, colada à carcaça de madeira da máquina, uma cópia de decisão judicial amparando seu funcionamento, junto com a proibição de apreensão. O caça-níquel fora considerado, pela Justiça, jogo de inteligência, não jogo de azar. Era a nova corrida ao ouro.

— Onde tem ouro, tem sangue — iniciou Jamil.

— A briga deles vai chamar a atenção pro nosso negócio. Isso tem que parar — ponderou Argemiro.

— É bom pro seu hospital — ironizou Jamil.

— Não é bom pro negócio — interveio Capitão Figueiredo, dono da Região dos Lagos.

Jamil brandiu no ar a bengala com a cabeça de tigre:

— Se Roger fosse filho de vocês, teriam orgulho do que fez.

Seu Chico contestou:

— Orgulho de chamar a atenção da polícia e da imprensa pro bicho?

— Ei, você é secretário. Você não dá opinião.

Capitão Figueiredo defendeu:

— Porra, Jamil, você tá levando pro lado pessoal por causa dos seus rottweilers.

Os rottweilers do Rancho das Codornas eram todos do canil de Jamil, em Jacarepaguá. O velho era famoso pelo cuidado que tinha com os animais, em manter sempre a linhagem mais pura, sempre com campeões nas exposições da raça. A ração era importada, os veterinários tinham doutorado nas melhores faculdades, até mesmo com um banco de sêmen com o néctar dos melhores animais o canil contava. Mas o que pode fazer um cão de raça, feroz e treinado, ante a força de um fuzil? O instinto o manda de volta para o canil, seja ele um campeão ou não.

Antenor Libanês interveio:

— E eu também levaria pro lado pessoal, se fossem os meus rottweilers. Mas tem que pensar no bolso também. Saulinho teve o que mereceu: nunca se interessou pelo negócio; só queria saber de ficar entre artistas, jogadores de futebol, puxadores de samba — Antenor tragou o cigarro — e puxador de saco.

— E quem não gosta de ser bem-tratado? — ponderou Argemiro.

Antenor Libanês rebateu:

— Roger trouxe as máquinas de Taiwan. Algum de vocês já foi a Taiwan? Algum de vocês fala mandarim?

Jamil cresceu na discussão. O chefe da cúpula parecia estar ao seu lado:

— Esses aí só conhecem chinês de pastelaria. Roger traz dinheiro. Ganhamos tanto dinheiro que perdemos a coragem. Saulo atacou o território de Roger, queimou o rancho do rapaz. E quebrou suas máquinas na Bahia. Um ataque desmedido e inconsequente.

— Roger traz problemas. — Capitão Figueiredo não tinha simpatia pelos Cavalcante.

— Eu já fui atacado antes! E o que a cúpula fez por mim? Nada! Me defendi como pude do filho de Glauco Astuto. Eu, velho, de bengala, tendo que lutar pelo que me pertence, por conta da ganância de um playboy filhinho de papai — rebateu Jamil.

— Ninguém tem culpa se seu filho foi fazer moda na Europa — sacaneou o capitão bicheiro.

Jamil apontou-lhe a bengala.

— Se repetir isso, é bom que o plantão do hospital do seu amigo esteja com a equipe de cirurgiões a postos.

Argemiro pôs panos quentes:

— Jamil, sou seu amigo e gosto de Roger. Apenas acho que você deve dar uma trava no rapaz.

Antenor encerrou a questão:

— Com todo o respeito a Nabor, garanto que, como chefe de cúpula, não vou admitir invasões de território. Glauco Astuto está doente, mas consciente. Zeca não vai tornar a fazer qualquer movimento contra Jacarepaguá.

Seu Chico, que havia ficado quieto desde a patada que Jamil desferira, comentou:

— Glauco Astuto tem câncer. Tem sua guerra particular pra vencer.

— Mais uma coisa. — Antenor tirou os óculos, antes de sentenciar: — Independente do resultado nos tribunais da justiça comum, Roger está condenado a pagar a pensão da viúva de Saulo. Jamil, você que é mais próximo...

— Darei a notícia.

— Não precisa ser agora. Antes, vou tentar intermediar um acordo entre os dois que restaram, Roger e Plácido. E ver se damos fim a essa guerra.

Os membros da cúpula acompanharam a decisão de Libanês. Brindaram seus copos e a saúde foi desejada. Jamil bebeu com todos e foi o último a ir embora. Ao fim da noite ele teve a certeza de que, por ora, conseguira livrar a cara de seu sucessor. O filho que ele não teve.

CAPÍTULO XIII

Se fosse um gato, Pica-Pau já teria usado as sete vidas. Desde cedo, o Zé Maria andava no seu encalço, fosse na terra, água ou ar. Ainda criança, fora parar num abrigo para menores, por conta de uma enchente que devastou a Região Serrana e matou toda a sua família. Pica-Pau subiu no teto de uma casa próxima ao campinho de futebol onde jogava e foi o único a se salvar. Mais tarde, já no internato para menores, um coleguinha piromaníaco quis fazer experiências com fogo e colchões. O fogo tomou o internato, e Pica-Pau se safou graças a um buraco no forro do teto que dava para a rua. O detalhe é que só ele conhecia o buraco e fugia quando queria. Voltava quando estava com fome. Mas o que tornou sua cabeça de aço foi o acidente que sofreu fugindo da polícia, às vésperas de completar dezoito anos. Eles haviam assaltado um mercadinho na Zona Oeste, e a PM, a briosa, sempre ela, veio em seu encalço. O motorista de sua quadrilha de menores era até habilidoso, mas não conseguiu segurar numa curva na Estrada de Madureira e o carro capotou. E Pica-Pau acordou com uma placa de metal na cabeça.

A mesma placa que o salvou do projétil disparado por Bruxa do Mar.

Agora, no hospital, Pica-Pau respondia às perguntas de Plácido com a boca torta:

— Eu ia... comprar uma bala.

— E aí, Pica-Pau? Quantos eram?

— Só um. Era... um vendedor.

— E como ele era?

— Eu... só me lembro... que era... estranho.

— Alto? Baixo?

— Grande... e... feio.

— Branco? Preto?

— Branco... e feio. Muito feio.

— Falou com alguém da sua família?

— Eu... não tenho família... patrão.

— Tá certo, Pica-Pau, porque ninguém pode saber que você sobreviveu. Vai descansar. Fica bom logo, porque vou precisar de você.

Pica-Pau fechou os olhos. Plácido se levantou para ir embora e, ao chegar à porta, ouviu do moribundo:

— Patrão?

— Fala, Pica-pau.

— O senhor sabe onde foi que puseram meus anéis e meu relógio?

CAPÍTULO XIV

Batista estava trancado num quarto de motel de estrada desde o dia do homicídio de Saulo. Só saía do quarto para dar um telefonema ou outro, sempre de orelhão. Mantinha ligado apenas o celular que funcionava em rede com Bruxa do Mar. Já haviam se passado dias, e seu contratado ainda não ligara.

Batista comia um galeto de padaria frio, assistindo ao jornal das oito, quando o telefone tocou. Do outro lado da linha, aquele por quem toda a polícia do Rio, em breve, procuraria iniciava:

— Batista, deu merda!

Batista respondeu com a voz gélida:

— Não repita mais meu nome.

— Mas você não disse que a linha era segura?

— Não repita mais meu nome.

— Rolou um acidente. A placa da moto ficou no local. A Civil já tá atrás do piloto.

— A Civil já esteve aqui, na casa do patrão.

— Isso já era de se esperar.

— Amigos da Civil, com o número da placa. Mas os inimigos têm a placa, fisicamente. E a placa é boa. Que diabos vocês foram fazer lá com placa boa?

Bruxa do Mar se comportava como se a falha fosse a coisa mais natural do mundo.

— A placa tava virada, não dava pra ler. Quem ia adivinhar que o piloto ia porrar? Na hora da fuga é foda, Batista!

— Não fala meu nome, caralho!

— Vocês agora têm que dar um jeito.

— Jeito é o caralho! Servicinho de porco, hein? Agora segura.

— Ô Batista, fica tranquilo. Não tenho vínculo com o piloto, ele não sabe meu nome, telefone, nada mesmo.

— Não fala meu nome! Nunca mais repita o meu nome!

— Batista, não fala assim comigo. A polícia do Rio inteiro tá atrás do cara, e ele tá assustado. Você vai garantir um troféu pra mim e pro piloto. A gente some e o problema acaba. Senão vou ficar te ligando e repetindo teu nome o resto da minha vida.

— Vai ficar de trairagem?

— Fiz o combinado, matei os caras. O filho do homem se foi! Vocês vão ganhar muito mais! E eu quero o meu também!

— Isso não foi o acertado.

— Mesmo dia, mesmo horário, mesmo local. E eu não vou de bobeira, não, Batista. Eu vou pesadão... Tu não me conhece. Sou um cara calmo, mas duro.

Num motel do outro lado da cidade, pleno de razão, Bruxa do Mar desligou na cara de Batista e sorriu para o piloto.

— Colou a história da placa?

— E tu acredita que colou?

— Mas os caras acharam mesmo que eu ia botar uma placa minha?

— O negócio é a gente ganhar uma prata a mais, vender uma situação de desespero. "*Minha placa, minha placa ficou pra trás, foi um acidente, ai meu Deus...*" E neguinho paga, paga pra se ver livre de você, dos problemas. Afinal, não é todo dia que se mata o filho do Nabor.

Porra, Bruxa, tu é foda!

— Nós somos, irmão. Nós somos. Agora, manda vir umas putinhas pra gente se divertir, porque eu preciso relaxar...

CAPÍTULO XV

O piloto de Bruxa do Mar era cabo da Aeronáutica, e no dia combinado colocou uma viatura oficial próxima ao quiosque da Praia da Bica. No banco do carona, um soldado. Essa era a equipe de Bruxa: dois militares de baixa patente. Mas era o que dava pra contratar, fazer o quê?

— Surucu adiantado — exigiu o cabo.

O soldado contratado nem tinha ideia da operação, apenas que tinham que patrulhar aquela rua até o cair da noite. Bruxa tirou um paco de dinheiro e deu ao cabo. O cabo redistribuiu uma parte do surucu para o bolso do soldado, guardando a sua própria parte dentro do coturno. O cabo era um homem prevenido.

O soldado, agora com o bolso revestido, saiu do carro, pediu um coco no quiosque e iniciou uma conversa com uma cliente, ela dizendo: "adoro homem de farda"; ele respondendo: "gosto de mulher madura", o peito estufado como o de um pombo de raça.

O piloto, mais atento, observava Bruxa sentado à beira-mar, contemplando a vista da Baía de Guanabara e da Ponte Rio-Niterói.

A noite caiu e tudo aconteceu muito rápido.

Um Tempra entrou pela contramão da praia, com bicos de fuzil para fora das janelas, atirando em Bruxa do Mar e seus comparsas. O piloto ainda conseguiu revidar alguns disparos contra o Tempra, mas um Vectra, recém-saído do estacionamento de um restaurante do outro lado da rua, fuzilou os militares e a pobre cliente enamorada. Bruxa trocou alguns tiros e correu para o mar. Ficou submerso por quase um minuto. O Tempra e o Vectra bateram em retirada pela mesma contramão, com o objetivo de evitar o quartel da Aeronáutica, que ficava no final da rua.

Bruxa conseguiu nadar até o final da praia, a adrenalina a mil. Esperou algumas horas pra sair de dentro d'água, não queria ser identificado como um dos participantes do tiroteio. Pegou um táxi e escolheu um motel na Avenida Brasil. Pegou um quarto, pediu um uísque e ligou a televisão, pra aguardar o jornal da noite.

O jornal entrou no ar, e com ele as cenas da viatura da Aeronáutica perfurada por tiros de fuzil, além dos corpos dos militares cobertos por sacos pretos. Bruxa do Mar balançou a cabeça: "É saco preto pra tudo que é lado." A âncora do jornal narrava o evento de acordo com os depoimentos de testemunhas que "não queriam se identificar".

— Ninguém nunca quer se identificar, meu amor — comentava sozinho Bruxa do Mar, na solidão de seu quarto de motel.

Bruxa tomou uma dose em homenagem ao seu piloto, num lamento sincero. "Coisas da guerra, fazer o quê?"

Mas a notícia bombástica do jornal não era o tiroteio na Praia da Bica. A âncora do jornal da noite, que povoava as fantasias eróticas de Bruxa, anunciou o retrato falado do suspeito de matar o filho de Nabor. De acordo com as suspeitas da polícia, o retrato corresponde a Paulo Roberto das Flores, personagem antigo no ramo da contravenção, e mais conhecido como Bruxa do Mar...

Bruxa do Mar encarou seu próprio retrato na TV.

Como era feio e malfeito. Sem qualquer capricho, sem pena, a natureza tivera desprezo com seu desenho. Teria sido fruto de um estupro? Nunca saberia, sua mãe jamais lhe falara sobre o pai.

"Pior que eu tenho cara de assassino mesmo", pensou nervoso, com uma pontinha de vontade de chorar.

Um calafrio percorreu as costas de Bruxa, como uma espada gelada cortando-lhe as vértebras. Era o alvo sendo desenhado nas costas.

Sua vontade foi de procurar uma igreja, um padre para confessar seus pecados. Não, não podia colocar sua cara feia na rua, seria reconhecido, interrogado ou mesmo morto. Naquele momento de solidão e desespero, restava a Paulo Roberto pensar em sua mãe, na casinha de Deodoro, onde fora criado. Ela não merecia que falassem de seu filho daquele jeito, que escancarassem sua foto na televisão, antes de sua sagrada novela, apresentando-o como assassino.

Aquela criatura era a única mulher no mundo que amava Bruxa, que não falava do rosto de Paulo Roberto com sarcasmo, que o beijava com verdadeira paixão, que fazia seu mingau por tantas manhãs, e, entre uma colherada e outra, simulando um aviãozinho, ela repetia: "Toma, fofinho, toma seu mingau direitinho, pra crescer e ficar forte..."

CAPÍTULO XVI

Os efeitos da guerra logo foram sentidos por ambos os lados: Roger e Plácido recebiam visitas de outros clãs, além de homens de reputação ilibada no bicho, que procuravam abrir-lhes as cabeças para o futuro de tragédia e destruição que se desenhava.

Já Morreu anunciou sua aposentadoria e presenteou Roger e Plácido com uma garrafa de Jack Daniel's para cada um. Roger não bebeu da garrafa. Já Plácido ofereceu seu Jack Daniel's aos empregados de uma de suas bancas de jogo. Os homens abriram a garrafa e o chefão ficou observando de longe a bebedeira. Ninguém engasgou, ninguém morreu.

Era apenas a paranoia que marcaria os anos vindouros.

Após se identificar à guarita de entrada, Batista passou pelos portões da mansão de Angra para ir ter com o patrão Roger, na garagem de barcos. As notícias eram as piores possíveis, mas o patrão requerera sua presença imediata.

Batista passou ao lado do campo de grama, onde Lico exercitava cruzamentos pra grande área. Talentoso em todos os esportes, Lico preparara sua mudança de classe, do futebol de salão para o campo, jogando pelo Fluminense. A coisa fora arranjada por Jamil, que insistia em dizer que o mérito era do garoto. No início, até Roger duvidara. Mas a pegada de Lico era forte, e até os funcionários do bicho paravam para ver o garoto atuar. Batista parou por uns minutos, admirado com a precisão do menino e invejando aquela vida tranquila que, por enquanto, ele podia levar.

O caseiro informou a Batista que Roger estava na garagem de barcos. O homem o acompanhou até o patrão, que se entretinha com um motor Yamaha.

— Trabalhando fim de semana, patrão?

— Alguém tem que trabalhar.

Roger largou as ferramentas e dispensou o caseiro. Chamou Batista para o píer, onde estariam mais à vontade:

— Não queria estragar seu descanso, por isso preferi esperar.

— Mas, se tem alguma merda acontecendo, melhor informar logo, não, Batista? Quem sabe eu possa consertar?

— Acho que desta vez não, patrão.

— O corpo do Bruxa apareceu?

— Não, senhor.

— Mas também ele não apareceu, vivo?

— Não, senhor.

— Deve ter ficado assustado com aqueles tiros de fuzil. Esse pessoal costuma ser muito violento.

— Ele telefonou, patrão.

Roger se fez de desinteressado:

— Sério? E que foi que ele disse?

— Que encontra com o senhor no banco dos réus.

Roger deixou o píer, acendeu um cigarro e pegou duas cervejas no frigobar da lancha.

— E o que pensa sobre isso, Batista? — indagou Roger, estendendo a cerveja a Batista.

— Eu sei que o senhor deve estar chateado comigo...

— Imagina.

— O senhor não conhece o Bruxa.

— Não, não conheço.

— Eu não me incomodaria em passar algum tempo na cadeia, senhor. Fui eu quem tratou com ele.

— Não vai ser necessário. Me ajuda aqui com a lancha, vamos dar uma volta pelas ilhas, pra espairecer. A semana foi complicada, vamos relaxar.

Batista passou a tarde com Roger, contornando as ilhas da Baía de Angra, comendo os melhores frutos do mar e bebendo Jack Daniel's. Roger optou por drinks a base de vodca, e deixou Batista se regalar com o uísque. A cada ilha em que ancoravam, Roger lhe mostrava um mapa, e Batista imaginava que era uma ironia do patrão, mostrar ao empregado incompetente a porção do oceano em que seu corpo seria desovado. A lancha só retornou com o crepúsculo, e o tiro na nuca pelo qual Batista esperava não veio. Ele foi dormir em seus belos aposentos de empregado, trancou porta e janelas, ajoelhou e começou a rezar a oração que o Senhor nos ensinou:

— Pai Nosso, que estais no céu...

CAPÍTULO XVII

O gabinete da promotoria recebeu Bruxa do Mar com todo o carinho; afinal, o homem estava se apresentando de forma espontânea, queria colaborar com a Justiça do Estado do Rio de Janeiro.

A promotora lamentou a falta do Dr. Gavião, seu mestre e guru. O homem entrara em colapso, ninguém sabia explicar o motivo: estresse profissional, ameaças do bicho, questões existenciais. Mas o que o grosso do Ministério Público apostava era que o cabra-macho do sertão tinha levado um chifre da esposa, já que o abandono do lar estava consolidado.

A promotora explicou ao pobre Bruxa que ele deveria mentir pra se safar. Em outros termos: ele estava fodido, de qualquer jeito. Seria condenado pelo homicídio, pagaria pelo seu crime, mas poderia barganhar uma pena menor. E ainda ver seu desafeto atrás das grades.

— Eu queria mesmo era falar com o Dr. Gavião.

— Ele está de licença, Paulo. Tu vai ter que confiar em mim. Eu quero te ver tranquilo, seguro. — A promotora estendeu a mão para Bruxa. Ele a tocou, sentiu aquela pele lisa, branca, o perfume raro das damas inocentes. — Tu confia em mim? Me dá essa chance?

Bruxa fez que sim com a cabeça, e a doutora prosseguiu:

— É cruel, Paulo, eles pegam pessoas assim com o teu perfil: desfavorecidas, simples, sem perspectivas. É como o diabo te apresentando um contrato. Tu assina e ele leva a sua alma.

Bruxa do Mar concordou com a doutora, embora soubesse que o verdadeiro demônio sempre fora ele. Roger era só mais um, naquele universo de empresários carentes de seus serviços e que não queriam sujar as próprias mãos. Bruxa era o homem das mãos sujas, mas era também um sobrevivente. Quis o destino que ele estivesse diante de uma situação nova, sua primeira falha. Sempre havia uma primeira vez.

— Eu sei, doutora. Tenho que sustentar família, fiz tanto filho por aí... A coisa ficou tão difícil. Acho que perdi o caminho de Deus.

Bruxa não tinha filhos, nem gostava de criança. E só tinha mulher por dinheiro. Era horrendo e mau, as fêmeas corriam de seu sêmen. Deus? Ele nunca conheceu.

A promotora foi didática:

— Paulo, tu tem que dizer que ouviu a ordem diretamente do Roger. Que quem te procurou foi o Roger. Senão, o advogado dele vai protelar, enrolar, e essa ação não vai dar em nada.

— Mas quem me procurou foi o Batista, doutora.

— Ninguém nem sabe quem é esse tal de Batista.

— Eu nunca estive com Roger.

A promotora pousou a mão sobre o ombro de Bruxa. Ele ficou todo arrepiado, mulher nenhuma o tocava de forma gratuita.

— Batista é só um preposto, Paulo.

A voz era doce...

— E o que eu ganho com isso?

A promotora mostrou o melhor dos mundos:

— Reduz tua pena. Cai quase a zero. E coloca esse bandido na cadeia. O inimigo que te explora, que usa o amor que você tem pelos teus filhos, uma coisa sublime, pra conseguir te domar, tornar-te um instrumento do mal.

O sotaque de gaúcha, a promotora era gaúcha.

A promotora completou, fazendo carga, com a mão pousada sobre a coxa direita de Bruxa:

— Refresca tua memória, Paulo. O Batista é só um garoto de recado. Vai enfraquecer tua causa, moço.

Moço, as mulheres não costumavam chamá-lo de moço.

E seguia a pressão:

— Te concentra no Roger. E tira o homem de circulação. Não é isso que tu quer? — A mão da promotora agora descia pelo seu ombro direito.

"Guri, me chama de guri".

Paulo Roberto "Bruxa do Mar" das Flores fechou o acordo com a promotoria. Ele responderia em liberdade e teria a proteção do Ministério Público.

Ao chegar a seu quarto de hotel, próximo à Rodoviária, bancado pela promotoria, Bruxa do Mar arrancou as calças e a camisa e deitou as costas suadas nos lençóis. Lembrou-se da promotora gaúcha apoiando a mão em sua perna, depois no seu ombro. Não conseguira distinguir se a doutora apenas estava lhe fazendo de instrumento, ou se realmente tinha algum desejo oculto, uma tara em homens maus e feios como ele. Sim, sexo bizarro, havia mulheres que procuravam por sexo bizarro. Bruxa levantou-se da cama e foi ao banheiro tomar uma chuveirada. Abriu a torneira de água quente e colocou na temperatura máxima. Deixou a água bater contra o pau. Em seguida, abriu a cortina do boxe e ficou nu em frente ao espelho, assistindo ao pau endurecer, a água quente batendo contra a glande. O tórax contava diversas perfurações, algumas provocadas por balas; outras feridas, por facas; tinha até uma de machadinha, que decepara parte de seu mamilo esquerdo. Bruxa gostava especialmente desta última.

A vitória na primeira batalha o levou a masturbar-se em homenagem ao próprio corpo, ao herói egresso da guerra, vivo, implacável e, aos seus olhos, fascinante e lindo. Com falhas ou sem falhas, Bruxa do Mar matara o filho de Nabor, e sobrevivera ao seu sobrinho. Ele era, agora, uma lenda.

Acelerou os movimentos com a mão direita e ejaculou em seu reflexo, preso no vidro do espelho, na esperança de que um dia uma mulher lhe fizesse esse favor. E sem cobrar.

CAPÍTULO XVIII

Jamil chegou com o jornal debaixo do braço e sentou-se ao lado de Roger, em frente ao ginásio do Fluminense. Roger observava o treino de salão de Lico, a cada dia o garoto batia mais forte na bola, sua pegada no jogo estava cada vez mais agressiva, a brutalidade já transpunha a quadra. Era hora da virada para o campo. Jamil sentiu uma ponta de inveja de Roger, por ter um herdeiro viril, um varão. Enquanto isso, em sua casa, Jamil era obrigado a aturar aquela bicha louca, Dudinha. O velho deu um tapa no ombro de Roger:

— Como vão as coisas?

— Podia ser pior.

Jamil abriu o jornal e mostrou a manchete com as notícias da morte de Saulo e da confissão de Bruxa do Mar.

— Antes julgado por sete que carregado por seis.

— É por aí — resignou-se Roger.

— Roger, você vai ter que cumprir a decisão da firma.

Roger balançou a cabeça e mostrou um paco de dinheiro a Jamil.

— Vim preparado.

— Não é pra mim que tem que oferecer. É pra viúva.

— Ela vai aceitar receber?

— Claro. Ela é uma mulher.

Roger assentiu.

— Ela é obrigação sua, agora.

— É razoável que seja.

— Roger, eu não tenho sucessor. Meu filho faz moda na Europa, sabe o que é isso?

Roger ergueu as sobrancelhas, pesaroso:

— Duro.

— Muito duro. — Jamil levou a mão ao joelho, enquanto se apoiava na bengala de cabeça de tigre prateada para levantar-se. Roger o seguiu pelas arquibancadas.

— E minha filha é meu tesouro, mas é menina, uma moça, que tem que ser cuidada. — Jamil desviou o olhar para Lico, correndo pela quadra, a energia que Dudinha nunca tivera. — Preciso de alguém com maturidade pra arrendar minha área. Alguém de confiança.

— Vai ser uma honra, seu Jamil.

— Olho aberto com Plácido, mas não esqueça os outros. Não esqueça o filho de Glauco Astuto. O dia em que o velho se for, ele vai dar muito trabalho.

— Não acho que ele vá se meter nesta guerra.

— É um rapaz abusado, com a goela que parece um ralo, não se engane com ele. O velho Glauco está nas últimas. Se ele se juntasse ao filho, seria muito pior. Na última vez que tivemos guerra, ele acumulou Estácio, Cidade Nova e parte do Catumbi. E com anuência de seu tio.

— Titio andava muito generoso.

— Eram outros tempos, Ditadura. Um tenente-coronel da Aeronáutica juntou duas dúzias de soldados e invadiu a Tijuca. Tomou todas as bancas, aterrorizou os empregados e disse que aquele era só o começo. Eu e seu tio deixamos a cidade, fomos pra Bahia arrumar os homens pra contra-atacar o tal tenente. Passaram-se nove meses e nada. Nem à padaria o desgraçado ia sem um pelotão atrás. Nove meses, uma vida. — Jamil fez uma pausa. — Não havia nada a fazer, ficamos nas praias, queimando no sol, ociosos. Então Glauco Astuto resolveu nos fazer um favor...

A verdade é que Jamil e toda a cúpula da contravenção, nos tempos da Ditadura, estavam intimidados pelos militares. Ele mesmo, Jamil, era ex-combatente da FEB. Conhecia a força do Estado, já vira isso de perto, em Monte Castelo, na Segunda Grande Guerra. Tinha respeito pelas tropas. Já Glauco Astuto...

Glauco recrutou Já Morreu e aguardou pelo dia da Independência, quando todo o pelotão do tenente-coronel estaria de serviço. Eles acompanharam o desfile de Sete de Setembro até o desfecho. Ninguém preveria, em plena Ditadura, um atentado contra um oficial no Sete de Setembro.

O tal tenente-coronel, com o peito cheio de medalhas, entrou num Maverick preto, estacionado atrás do Palácio Duque de Caxias, na Central do Brasil. Ele dirigiu até a Barra antiga, passou pelas estradas de terra, margeadas por um interminável matagal. Foi quando uma viatura da Polícia Militar encostou no Maverick preto e acionou a sirene. O tenente parou o carro e esperou ao volante pela abordagem dos policiais.

— Documentos, por favor.

— De que batalhão você é, soldado?

— Décimo quarto, senhor.

— E você tá querendo o quê? Já não viu a minha farda, minha patente?

— Senhor, só estou cumprindo meu dever.

— Você é um soldadinho de merda, vai cumprir é trinta dias de cadeia.

Mas da janela do carona veio o aviso:

— Coronel, vira pra cá um instante...

O tenente-coronel olhou para a janela do carona. Ele viu algo familiar por trás daquela farda de PM, quepe e óculos escuros. Algo familiar e perigoso.

— Na nossa guerra, não tem esse troço de patente.

O tenente-coronel silenciou. Num movimento ágil, levou a mão à arma, mas o tempo era curto para a reação. Seu corpo foi chacoalhado pelos coices brutais das balas do revólver 357 de Já Morreu. A farda impecável ia se desmantelando, os pedaços de tecido verde se desgrudavam, arrancados junto com os pelos e a pele do oficial. Já Morreu deu seis tiros, todos bem agrupados, na altura do coração.

Glauco contornou o carro do tenente-coronel e deu dois tapinhas nas costas de Já Morreu, que contemplava o cadáver. Já Morreu recarregou o revólver, enfiou-o no coldre, dirigiu-se para o volante da viatura da PM e girou a chave na ignição. Glauco arrancou as medalhas do tenente-coronel e seu quepe, depois entrou na viatura, entregou uma medalha a Já Morreu, vestiu o quepe do Coronel e mandou tocar em frente.

A história toda passava na cabeça de Jamil como se tivesse ocorrido no dia anterior. Ele a contava a Roger com entusiasmo e mesmo alguma admiração. Mas isso acontecera havia décadas, eles permaneceram décadas no comando de uma máfia poderosa e implacável. E agora estava na hora de escolher os próximos barões, a nova geração. Hora de passar o bastão.

— É com esse tipo de gente que você vai lidar, Roger. Conto com sua força e perseverança. — Jamil apoiou a bengala com o tigre de prata entre os pés de Roger. — Estou entregando a vida dos meus a você, filho.

Jamil apertou a mão de seu escolhido e eles ficaram diante da quadra até o fim do treino. Roger, orgulhoso do filho jogador, satisfeito pela confiança que Jamil nele depositara e pelo que isso significava: a extensão dos seus domínios; e Jamil, ao mesmo tempo em que sentia alívio pela garantia da paz no sono eterno e proteção à família, tinha no presente a assombração de um fantasma gay que o esperava em casa todos os dias, até o final daquela maldita vida.

CAPÍTULO XIX

Estélio chegou à mansão de Rita logo pela manhã. Havia seguranças na entrada da casa e nos jardins. A empregada, enfurnada naqueles ridículos uniformes que remontam à escravatura, abriu a porta. Pediu a Estélio que aguardasse na biblioteca.

— A patroa tá tomando sol na piscina. Vou chamar ela.

A empregada ficou na dúvida se fez certo em deixar o homem esperando na biblioteca. Ele vestia terno e, na lógica dela, quem usava terno devia esperar na biblioteca. Aliás, ela nem sabia pra que servia aquela biblioteca com pencas e pencas de livros e enciclopédias, porque nem o falecido seu Saulo nem dona Rita nunca puseram as mãos na capa de um deles.

Rita chegou enfiada num robe preto, com chinelos de pluma preta e óculos escuros pretos. O sutiã do biquíni era perceptível embaixo do robe, preto também. A própria viúva negra.

— Dr. Estélio, como tem passado?

— Tra-tra-balhando... du-du-duro, sempre. Sa-sa-be o motivo da minha vi-vinda?

— Fui avisada. Mundo louco. Matam meu marido e recebo uma indenização do assassino por isso.

— Se houver algum pro-pro-blema com o valor... me fa-fa-fala.

Dr. Estélio pegou dois pacos, um em cada bolso do terno. Ele usava um Armani, os Armani costumam ter bolsos mais fundos. Rita conferiu o valor ali mesmo, em cima da mesa, numa contagem grotesca e negligente. Estélio permaneceu impassível e elegante, com as duas mãos pra trás. Após terminar a contagem, Rita arrumou o dinheiro em seus respectivos pacos e guardou-os dentro de uma enciclopédia.

— Livros... aqui em casa só servem para isso. E como é que vamos funcionar, doutor? Quando terminar esse dinheiro eu ligo pra quem?

— Esse mon-mon-tante é men-men-mensal.

— É uma mesada, então?

— De uma ce-ce-ce-certa forma, sim. E eu ve-ve-venho trazer todo mês, to-to-todo dia primeiro.

Rita encarou o homem, estudou-o de cima a baixo. Tinha quase o dobro de sua idade.

— A partir de agora, o senhor virou meu provedor, então?

— Eu-eu venho tra-trazer o din-din-din... — Estélio estava nervoso com toda aquela intimidade, toda aquela mulher na frente dele. Sozinha, sem filhos, carente, desgostosa, gostosa. — Din-dinheiro.

— Todo dia primeiro, é isso?

— Pe-pe-perfeitamente.

Antes de deixar a biblioteca, Estélio jurou por todos os seus livros lidos, por todos os anos de trabalho árduo, pelos deuses da justiça e da injustiça, prometeu a alma a Jesus Cristo e a Lúcifer, aos anjos e demônios, qualquer um que lhe oferecesse ajuda... "Ela vai ser mi-mi-minha um di-di-a... to-to-da minha. To-to-to-dinha."

Deu mais um último olhar de ave de rapina para o corpo mal escondido pelo robe de algodão preto, que emanava beleza, luxúria e poder. Estélio beijou-lhe a mão.

— Meus pe-pe-pêsames mais uma vez, madame.

E deixou a casa, o pau velho querendo se rebelar e erigir.

PARTE III

O exílio

CAPÍTULO I

O dinheiro pode manter você afastado do banco dos réus por um bom tempo, mas não por toda a eternidade.

Dr. Estélio conseguiu adiar o júri pelo homicídio de Saulo até quando foi possível. O período de "adiamento" ficou conhecido na Justiça carioca como "Os sete anos de bonança", quando promotores e juízes que passaram pelo tribunal do júri viveram de forma nababesca. E poderiam ter sido mais sete anos de ouro, mas os homens de negócios da família Cavalcante não tinham afeição pela trégua. O escândalo causado pela guerra dos caça-níqueis da Zona Oeste mantinha Plácido e Roger nas páginas dos jornais. E havia ainda o Bruxa do Mar e sua língua que desembainhava como tapete persa para toda rádio, todo jornal ou TV que o procurasse.

— Eu me fodo mas levo ele junto! — repetia aos policiais que cuidavam de sua proteção. — Bife de fígado de novo? Pô, sacanagem, hein, seu Madrugada!

— Quem manda ser caguete?

— Sete anos comendo essa merda!

Bruxa do Mar era mantido pelo programa de proteção a testemunhas numa casinha em Miguel Pereira, no sul fluminense. Dr.

Estélio sabia que o Ministério Público estava jogando sujo, Roger garantira que jamais tivera contato com Bruxa.

— Não posso deixar um sujeito com nome de Bruxa do Mar foder a minha vida, doutor.

O advogado juntava as frases de seu cliente aos comentários de policiais conhecidos que descreviam o comportamento de Bruxa do Mar: a cólera, a instabilidade emocional, a inconsequência. Era uma testemunha perigosa e forte, perfeita pra sofrer um enfarte à véspera do julgamento.

Mas eram outros tempos, e não havia como encomendar um enfarte, não debaixo dos olhos do Ministério Público, o novo leão da República.

Estélio hesitara bastante antes de aceitar a empreitada de defender Roger. Antenor Libanês o aconselhara a ficar de fora, podia despertar a ira de Plácido, caso optasse por um dos lados. Ofereceu até uma vaga no Conselho Fiscal da Descarga, onde atuaria no controle do repasse de cada território comandado pelos clãs. Mas Roger foi rápido e agressivo, e o convocou para uma reunião em Paquetá, onde mantinha mais uma de suas residências de veraneio. O iate partiu da Marina da Glória, e Estélio passou a travessia ensaiando o discurso que faria para o jovem contraventor:

— É uma situação difícil para mim, Roger. Tenho amizade com sua prima e mesmo com Plácido, que não tem o sangue da sua família. Entenda bem, eu te acho um bom rapaz, leal, firme. Que tal propor uma trégua, eles podem ter alguma dúvida quanto ao que aconteceu. Eu mesmo tenho minhas dúvidas, sabe? Esse Bruxa do Mar fala demais... antes de mais nada, preciso saber a verdade. Não a verdade dos fatos, mas a verdade que você quer alegar...

Estélio diria isso entre uma gaguejada e outra, é claro. E só depois de muita hesitação, muita mão no queixo, depois de repetir várias vezes "é complicado isso" — essa ele aprendera com Nabor, toda vez que o velho capo queria fazer uma barganha, ele dizia: "é complicado isso" —, ele, relutante, aceitaria a proposta.

O iate ancorou no portinho de Paquetá, mas Estélio nem teve a oportunidade de descer. Roger subiu a bordo, abriu um uísque e serviu duas doses.

— Fez boa viagem, doutor?

— Si-sim, bo-bo... tranquila.

— Gostou do iate?

— É muito bo-bo-bo

— É seu. Quando começamos os trabalhos?

— A-a-a...

Estélio queria dizer "agora", mas a emoção era muita. Que jovem! Que magnífico exemplar da espécie da contravenção! Generoso, pródigo... um pouco violento, sim, mas não era hora de pensar em violência ou riscos. Era hora de agarrar a proposta e o iate, seu pagamento, sua embarcação. E navegar pela Baía de Guanabara, pelas ilhas de Angra... Levaria a bordo mulheres de todo tipo: maduras, trintonas, ninfetas... e Rita, a viúva da contravenção. Ela seria sua, finalmente.

Estélio tratou de afastar o pensamento de uma eventual derrota no júri. Não podia falhar. Usaria quantas malas e contatos fossem necessários, toda a sua capacidade de penetração na Justiça, na política, no Estado. Iria atrasar, procrastinar, arrastar, levar o Ministério Público à loucura, mas, se quisessem julgar seu jovem cliente, Roger sentaria no banco dos réus já com os cabelos brancos.

Brancos como os de Estélio agora.

Foram sete anos de trabalho, até chegar a hora do julgamento, a hora da verdade, o momento de sua realização profissional. Estélio estava preparado, um oficial de justiça fizera a ponte com os jurados, Estélio comprara três. Os outros três foram comprados por Plácido. O problema era o sétimo jurado, um crente incorruptível, que acreditava no fogo dos céus e na carruagem de Esaú desfilando pelas nuvens. Essa fora a justificativa que o cético Estélio se dignara a ouvir: "Doutor, ele não quer levar dinheiro por causa da carruagem de Esaú e do fogo dos céus. Falou também na pirâmide de Gizé", mas aí já era demais para a cultura religiosa do advogado.

Pois bem, então, se o trabalho de Estélio era entrar lá e fazer o crente desgraçado crer que a carruagem de Esaú e o fogo dos céus iriam comer-lhe as carnes por toda a eternidade, essa seria a defesa de seu cliente.

Na véspera do julgamento, na ampla sala de sua casa, Dr. Estélio envergava sua toga, que contava com uma cauda que deslizava por quatro metros de chão, mais parecendo a capa de um lorde medieval. O advogado tinha um boneco, uma imitação humana, com a cabeça raspada, vestido com uma camisa com a inscrição: réu. Na lateral, ao lado da biblioteca, uma estátua com a mulher vendada segurando a balança. E, acima do aparador, o Cristo crucificado.

Em seus ensaios, ele agarrava-se ao "réu", ante o espelho:

— Vocês não vão levar ele, não! Não vão tomá-lo de sua família! Não vão tomá-lo de seu filho! Eu não vou deixar! Eu não vou deixar! Ele vai voltar pra casa! Vocês vão mandar ele de volta pra casa!

Parecia um exorcismo.

Estélio citava seu refrão cantando, e a fala saía natural, sem gaguejos, como um coro de igreja. Afinado e inescrupulosamente crível.

— Ele vai voltar com a gente pra casa, comigo, com vocês — apontava para a família — e com vocês — agora, apontava para o júri —, que também precisam retornar para as suas famílias, para as suas casas, para os seus filhos, com a certeza de que não cortaram a cabeça de um inocente. Peço isso não só em nome deste homem, deste cidadão, traído pela promotoria, pelo Estado... peço não só em nome da família, peço em nome desta senhora — e Estélio, mesmo em ensaio, deixava as lágrimas correrem livres pelo rosto, apontando para a estátua da mulher vendada — e invoco o maior dos injustiçados, aquele que está sobre suas cabeças.

E apontava para o Cristo crucificado.

Foi o décimo sétimo ensaio naquele dia. Eram dez da noite. Estélio tirou a toga, tomou uma única dose de uísque e foi se deitar.

Antes de fechar os olhos, sorriu sozinho. Porque o dia seguinte era dia de espetáculo. E o dono do palco era o menino gago e pobre que crescera à base de feijão e farinha, que se tornou homem e advogado, Dr. Estélio. O maior advogado que a contravenção haveria de ver em ação, desde a sua criação.

CAPÍTULO II

O promotor Gavião via pela televisão a nova comitiva de promotores dar entrevistas sobre o julgamento de Roger. Jovens recém-saídos da faculdade, crianças ainda, sendo atirados pra encarar esse submundo sujo e implacável do jogo do bicho. Orgulhosos em seus ternos e tailleurs, os homens e mulheres da Justiça não sabiam o tamanho das garras do monstro que, pensavam eles, iam enjaular.

Oh, se Gavião pudesse avisá-los, contar o quão inútil é batalhar contra forças maiores e incontroláveis. Mas ninguém ia querer ouvir conselhos do homem conhecido como "O Promotor Devasso".

As fotos de seu corpo sodomizado por Cindy foram apreciadas por toda a família, todas as amigas, os amigos e vizinhos do casal no Rio de Janeiro. Washington experimentou a fúria da mulher carioca, de patricinha inocente da Zona Sul que se metaformoseara na Medusa implacável. A esposa enviou cópias das fotos para o Ministério Público do Estado. E para todos os tribunais.

Washington Gavião, naturalmente, acabou abandonado pela família em caráter definitivo. Como resquício de honradez, deixou os bens, móveis e imóveis, poupança, geladeira, fogão, Mercedes, o apartamento, tudo para trás, para a mulher, para os filhos, na esperança do silêncio. Pelo menos em relação à sua família do Nordeste.

Mas o silêncio foi rompido numa noite de trovoadas, de chuva forte, incessante, em que a traída se viu semiafogada na Praça da Bandeira, com água até o pescoço. Ela notou que era acompanhada por um rato nadador. Talvez fosse uma ratazana, pelo tamanho, ela não sabia. Mas era um roedor, nadando bem do ladinho. Achou que era tudo praga do Senhor, do Deus absoluto e resoluto, que a devassidão do marido corrupto de espírito contaminara toda a família. Era preciso submeter-se a uma purificação de corpo e alma, varrer de sua vida o homem da noite, o inescrupuloso, o luxurioso, o libidinoso, e pior: o hipócrita. O rato.

A máscara de Gavião foi arrancada pela esposa, mas isso não foi suficiente. Num momento de descontrole, a traída mostrara as fotos à mãe de Gavião, a lavadeira em que ele se inspirara para se tornar o grande homem que envergava belos ternos e que fazia os poderosos congelarem ante os punhos da justiça.

Aquelas fotos fizeram a lavadeira chorar, tremer, gemer, ela só não gritou porque a vergonha se impôs acima da indignação. Ninguém mais podia tomar conhecimento "daquilo". O que a gente de Quixadá, terra em que os filhos nasciam machos, terra onde se honravam pai e mãe na peixeira, sertão do Nordeste onde o sol curte o couro dos meninos desde o berço, o que os quixadenses diriam daquelas fotos despidas, do mais degradante horror, da mais fétida sarjeta a que podia chegar um filho. Por isso gemia baixinho, comportada... "shiii, vai passar, shiii..." A cena da mãe sentadinha na cadeira de balanço, presente dele, promotor Gavião, conferindo as fotos de seu filho, de calcinha vermelha, pés e mãos feitos, segurando um consolo negro como ébano... negro como ébano. E a lavadeira odiava negros, quanto mais como ébano. Entregara-se a um na juventude, e ele a desprezara. Desprezada por um negro como ébano. Gavião tinha a quem puxar, a lavadeira era hipócrita também. O negro, enquanto oferecia seu cacete lustroso em suas mãos, lhe servia bem; quando a deixou, voltou a ser um maldito negro como ébano.

A lavadeira deixava escorrer as lágrimas e soluçava. Então era isso, não havia como a gente pobre vencer; no fim das contas, eles, nordestinos, estavam mesmo condenados à danação.

— Não chore assim, mamãe.

— Cala a boca, Washington! Seu sem-vergonhão!

Gavião passou a morar numa cabeça de porco em Copacabana. Seus vizinhos eram criaturas da noite. O salário fora reduzido à metade, tinha que pagar pensão à ex-mulher e às crianças. E tinha que sobrar algum para o velho amigo, o álcool, aquele que troca ideia contigo e te acompanha até a tumba sem reclamar. O promotor teimava em beber todas as noites, os inferninhos de Copa o tragavam sem cerimônia. Era o bêbado clássico, a gravata frouxa, a língua enrolada, e as praguejadas de sempre contra a vida:

— Aquela puta. Aquela fela da puta. Aquele canalha também. Ei, eu sei quem é você! Não foge, não! — E então começava a procurar debaixo da mesa. — Eu sei que foi você! Sai daí, José Carlos! Sai daí de baixo!

— Dr. Gavião, vamos pra casa!

Fora de si, sacava o 38 da cintura:

— Eu não tenho casa! Eu não tenho ninguém! Zé Carlos, sai já debaixo dessa mesa!

— Não tem ninguém debaixo da mesa, doutor!

— Eu também não tenho ninguém! Não tenho família, não tenho ninguém! — Nada fazia sentido para Gavião, e ele continuava a procurar embaixo da mesa. — Sai daí, fela da puta!

— Mas eu tenho, doutor. Os garçons também. Vai, leva uma menina com o senhor, o senhor tá precisando...

Washington Gavião ouvia falar em menina e mudava a expressão do rosto. Estudava o interlocutor e, num lampejo pelos velhos tempos de persecutor da lei, indagava:

— Eu quero ir pra casa da Cindy. Onde está a Cindy?

— Pela centésima vez, doutor: eu não sei quem é essa Cindy.

— Bandida, ela é bandida! Temos contas a ajustar!

Ninguém sabia quem era Cindy, só Washington. Cindy era a derrota, a vergonha, a tragédia. Cindy era a cicatriz que herdara da batalha contra o jogo do bicho, a cicatriz que lhe fora imposta por Zeca Astuto, com requintes de malícia e crueldade.

Era só mais um desses dias de sua vida ébria. Washington Gavião estava sentado, catatônico, contemplando a tempestade que castigava o calçadão de Copacabana. Gavião escolhera o conhaque naquela noite e isso não era bom, porque da catatonia ia à fúria em um gole. Sem aviso prévio, colocou o revólver sobre a mesa e pôs-se a encarar os demais clientes. E, então, voltou à catatonia.

Mas a arma atraiu uma moça, devia ter seus vinte e poucos anos, bem-feita de corpo, fina, chique. Ela sentou-se à sua mesa e ele não teve tempo de contemplar-lhe a beleza. Mais uma vez, sua mente apagou.

CAPÍTULO III

O promotor Gavião acordou grogue, deitado em leito estranho. Não era mais uma novidade para ele. Dessa vez, ao menos havia uma mulher ao seu lado. Aos poucos, foi tomando pé da situação: o leito era esplêndido, leito de rainha, e já passava da uma da tarde.

Deixou a mulher escornada na cama e correu para o banheiro. Apresentou-se ao espelho. A princípio, tudo em ordem, nada de batom, saia, unha pintada. Com a boca seca, partiu pra geladeira. Foi interceptado por um empregado trajando camisa polo e bermuda social:

— O que o senhor deseja?

— Um copo d'água, por favor — ele pediu, antipático e desconfiado.

O empregado trouxe um copo com gelo e a garrafa d'água numa bandeja de prata. A água também era prata. O abridor era de uma marca francesa que ele não conhecia, feito em prata, coisa de aristocrata. Gavião tinha inveja, raiva e desprezo por aristocratas. Mais inveja e raiva que desprezo.

Esquecido da educação apregoada por sua mãe lavadeira, bebeu da água prata no gargalo, ignorando o garçom e o copo com gelo. Saciado, já ia conferir a vista da varanda quando avistou uma escadaria em mármore, desenhada em curvas sinuosas, como as escadas de motéis.

"Vamos subir e ver o que que há."

No andar superior, não sabia se detinha os olhos na piscina com cascata ou no bar ao lado da churrasqueira. Um segundo empregado, trajando um avental branco, cuidava do preparo de carnes diversas.

— Bom dia.

— Bom dia.

— Vamos ter churrasco hoje?

— Ordens da patroa.

Porra, como ordens da patroa, se ela estava apagada na cama? Talvez tivesse acordado antes dele e determinado. Depois, voltara a dormir. Hidratado, deixou a garrafa de lado, invadiu o bar e se deparou com o freezer lotado de todo tipo de cerveja e vodca.

Cerveja à mão, foi afinal se debruçar na varanda da cobertura. Gostou do que viu. Frente para o mar. Nada mal pra um bêbado largado na noite prostituta de Copacabana: Praia da Urca, Pão de Açúcar. A gostosa valia um investimento.

Desceu, foi checar o quarto. A amante da noite anterior roncava baixinho. Gavião tirou a coberta devagar, sem que houvesse risco de a moça acordar. Ela estava seminua, os seios, mesmo adormecidos, estavam rijos, denunciando uma juventude ainda anterior aos trinta. Uma calcinha rosa cobria seu sexo. Gavião não se lembrava de tê-la possuído. Com muito mais cuidado do que tivera em livrar a moça da coberta, o promotor abaixou a calcinha pouco a pouco. Logo, o filete de pentelhos ficou de frente para sua boca. Mesmo todo o cuidado do homem da lei não poupou o sono da moça. Ela despertava com um sorriso, mantendo os olhos fechados e sondando:

— Que que você tá fazendo, hein, promotor?

O promotor agiu com mais energia e baixou a calcinha com demasiada agressividade. A moça manteve as pernas fechadas, sorrindo e sacaneando o macho:

— Abra, se puder.

Gavião, chamado na masculinidade, enfiou os braços entre as ancas da moça e logo encontrou a fenda úmida que levava à caverna, à boa devassidão, sem medo, sem traumas. Sem Cindy. A obscenidade tomou conta do casal. Gavião oferecia os dedos molhados e dava para a moça lamber, provando seu gosto. O promotor enfiava novamente a língua e os dedos no sexo da mulher, ela agora dizendo que estava quase lá. Gavião pôs-se de joelhos e preparou-se para penetrar, ao que foi interrompido:

— Faz que nem ontem.

— Como assim?

— Pega aqui embaixo da cama. Você usou ontem.

Um tanto quanto contrariado, Gavião meteu a mão sob a cama e trouxe para cima uma bengala com cabeça de tigre de prata. Mirou o desenho do animal, sem entender:

— Usei como?

A moça não respondeu. Apenas levou as mãos à cabeça do tigre de prata e o introduziu na vagina. À medida que o felino de prata avançava, a moça gemia e xingava, "vem, seu puto", "cachorro", atiçando os instintos mais animalescos de Gavião. Quando cessaram os trabalhos e os corpos caíram para os lados da cama, Gavião indagou:

— E qual o seu nome, mocinha levada?

— Maria Eduarda... ou Duda... — Ela sorriu, sedutora. — Mas pode me chamar de Dudinha.

— E onde arrumou isso? — perguntou Gavião, segurando a bengala.

— Mandei fazer. O tigre é meu animal preferido desde pequena.

Gavião encontrava, afinal, a sua salvadora.

E Dudinha, o seu protetor.

CAPÍTULO IV

O tribunal do júri, depois de reunido, ficava incomunicável. Ou quase. O único homem a ter acesso aos sete jurados era o oficial de justiça. Como o homicídio de Saulo gerara milhares de páginas de inquérito policial e chamadas da imprensa, o presidente do tribunal resolveu designar dois oficiais de justiça para conduzir os trabalhos extraforo. Os homens da lei providenciavam as refeições, lençóis, toalhas e material para higiene dos jurados. E outros serviços:

— Tá impossível, o homem está irredutível.

— Irredutível ou está com Plácido?

— Eu já te falei: o outro oficial, o alemão, levou três jurados pro lado de Plácido. Nós ficamos com os outros três.

A testa de Batista suava a cântaros. A escolha de Bruxa do Mar como executor se mostrou mais do que infeliz: trágica; e se o patrão fosse condenado, a cabeça dele corria sério risco de rolar.

— Porra, o que quer o desgraçado, afinal?

— Ele é crente, diz que quer apenas que a justiça seja feita. E agora, como é que faz com um maluco desses?

O oficial forneceu o nome do jurado e da igreja que frequentava. Batista foi atrás do responsável pela tal ordem evangélica, o pastor Tobias, da Igreja da Última Luz dos Aflitos. Mediante uma contribuição para a igreja, o pastor concordou em embarcar na mala do carro de Batista, rumo ao fórum. Batista estacionou no subsolo do prédio da Justiça. O oficial veio buscar o pastor na garagem, como se fosse uma importante testemunha para algum processo. Ninguém reclamou. Todos tinham seus esquemas, até o ascensorista.

Subiram pelas escadas e não houve qualquer interpelação. Juízes não descem nem sobem degraus de escadas. O oficial sabia que estava com a situação sob controle. Guardou o pastor em sua sala. O relógio marcava meio-dia e meia. Dirigiu-se ao refeitório do fórum. Os jurados almoçavam em silêncio, um grupo voltado contra o outro. A máscara de ambos já havia caído. Só faltava ali o sétimo jurado.

O oficial era peitudo, gostava de uma prata, fosse fácil ou difícil. Bateu nos aposentos de Ivanildo. Mentiu.

— Seu pai quer lhe ver na sala de visitas. Arrume-se e vamos.

"Diabo, paizinho veio do Ceará, a coisa é importante mesmo", pensou Ivanildo, o coração aos pulos.

O pastor dera a ficha de Ivanildo, filho devoto. Se o oficial tivesse sido procurado antes, teria importado o coroa do Nordeste.

Ivanildo acelerou os passos pelos corredores internos do tribunal, preocupado com os motivos que teriam levado o pai a querer vê-lo com tanta urgência. As pernas magras tremiam; de repente ele se via no olho do furacão, o bom Ivanildo. O oficial abriu a porta, lançou Ivanildo dentro da sala e introduziu:

— Fiquem à vontade. Qualquer coisa, estarei do lado de fora.

Ivanildo estranhou a situação:

— O oficial disse que era um recado de meu pai.

— Nosso Senhor seu Pai, Ivanildo.

O pastor Tobias puxou uma cadeira e ofereceu à sua ovelha:

— Você tem que ver, Ivanildo, que pra condenar uma pessoa, um chefe de família, a gente tem que ter certeza. Deus nos dá direito a um julgamento, mas não podemos dispor da vida das pessoas.

— Sim, senhor.

— Satanás, muitas vezes, veste a capa da justiça, Ivanildo. Você me entende?

— Entendo, sim, senhor.

— O mal veste a máscara da moralidade...

— É, sim, senhor.

— Quando existe dúvida, Ivanildo, é porque a pessoa é inocente.

— Deve ser, sim...

— Mas é claro que é, Ivanildo. Lembre-se, Ivanildo, o mal veste a máscara da moralidade...

O pastor Tobias desceu pelas escadas do tribunal até a garagem, onde Batista o esperava. Batista deixou o pastor em seu templo, não sem antes oferecer mais um grosso paco.

— Um complemento pra doação, pastor.

O pastor alisou o paco com grande satisfação.

— Vai ser muito útil à obra de Deus.

— Vai sim, pastor. É de coração.

— O Senhor vai olhar por você.

— Sempre, não tenho dúvida disso. O Senhor é meu pastor.

CAPÍTULO V

O Cristo crucificado tamanho médio, esculpido em marfim e com farelos de rubi em seu sangue, ficava imenso acima dos jurados, vigilante. E Dr. Estélio não se fazia de rogado em lançar olhares e apontar para Jesus ao longo de seu pronunciamento:

— Ele é inocente! Vocês não vão levar ele, não! Porque não sou eu quem não vai deixar, não... é Ele, Ele é quem não vai deixar. — E apontava para o Cristo sobre a cabeça dos jurados. Em circunstâncias normais funcionaria melhor, mas ali corria dinheiro. E, quando pinta dinheiro, Cristo desaparece. Mas Estélio era insistente. — Ele vai pra casa, sim, pra junto da família! Pra junto da esposa, pra junto do seu filho! Olha ali o filho dele, uma criança ainda — Dr. Estélio agarrava-se à cabeça de Roger como um náufrago ao seu destroço mais precioso. — Mirem os olhos da criança, vejam como ela está assustada! São vocês, vocês! Vocês! Vo... cês, esses que assustam. — Estélio baixou a cabeça numa pausa silenciosa, para reerguê-la com energia e o dedo em riste, apontado para os jurados: — São vocês que vão tirar o pai dessa criança daqui! Eu conheço vocês, sei quem são vocês, sei o que fazem! Sei que têm um bom coração, um coração generoso, muito generoso. — Ele encarou os três jurados comprados por Plácido, cada um a seu modo desviou o olhar. — Quero crer que essas pessoas generosas, honradas, justas nunca permitiriam sujar o nome de seus ancestrais, o nome que seus filhos terão que carregar para o resto da vi-vida. Para a eternidade! Por isso, agora, vocês vão tirar esse pai de família daqui! Agora! Hoje!

Magistral, Estélio quase não gaguejava no júri. Ou quase. Parecia enfeitiçado, agigantado, como se seu corpo fosse capaz de gerar luz própria. Mesmo a parte do júri comprada por Plácido afetava-se diante da apresentação do advogado. Com Ivanildo, não podia ser diferente.

O pobre crente acompanhou a defesa de Estélio, depois o ataque implacável do grupo do Ministério Público, as mocinhas exuberantes entre penteados e batons, que tornavam suas bocas ainda mais sugestivas, falando firme — não eram donas de casa como sua mãe —; e homens frios e duros, mostrando a lógica dos fatos. Na plateia, Ivanildo pôde encontrar o pastor Tobias, ficou pensando em como ele fizera pra chegar ali. O pastor abria e fechava a boca, e Ivanildo conseguiu decifrar o recado:

— I-no-cen-te. I-no-cen-te.

E então veio Bruxa do Mar, com seu rosto horroroso e suas frases monossilábicas. Dr. Estélio tinha raiva de gente como Bruxa. O advogado estava acostumado com sua rotina, o dia a dia a ouvir as histórias tristes contadas por bandidos de todos os quilates que procuravam por seus serviços. Mas sentia repulsa por caguetes.

— Sabe o que o senhor é? Um mentiroso! Covarde, frouxo e mentiroso! E vejam: ele está mentindo a mando do Ministério Público! Covarde, frouxo, mentiroso e pau-mandado! Nada tem de homem! Está vestido de forma inadequada. Coloquem uma saia neste rapaz...

Bruxa do Mar ergueu-se de sua poltrona de testemunha:

— Mentiroso?! Eu sou mentiroso?

Estélio se voltou para a guarda judiciária:

— Filhos, providenciem uma saia pra esse rapaz. Ou se alguém neste tribunal tiver uma à disposição... Vamos! Quem tem uma saia pra emprestar pra esse rapaz?!

Bruxa do Mar abriu os botões da camisa um a um.

— Eu sou mentiroso, advogado? Eu estou mentindo?

Bruxa terminou de abrir os botões e, com peito nu, berrou a plenos pulmões:

— Então olha o que ele fez comigo!

O peito de Bruxa era um crivo de combate, as cicatrizes de balas espalhavam-se por todo o tórax. Os promotores se entreolharam surpresos, aquilo não estava no script. O corpo do homem era uma tela de destruição. Bruxa se mostrara um artista, um depoente com grande poder de improvisação. No banco do júri, o jurado número seis, Ivanildo, contorcia-se em calafrios. Dr. Estélio ainda tentou: "Isso aí é coisa antiga, vai ver que ele mereceu..." Mas a decisão de Ivanildo já estava tomada.

Os jurados se retiraram para decidir seus votos. Não demorou mais que uma hora. O presidente do júri leu a sentença:

— Por quatro votos a três, o júri condena o réu a dezessete anos de prisão...

Estélio baixou a cabeça, Roger manteve-se de pé. Era a primeira vez que o advogado perdia um júri. O placar lhe dava o direito a um novo julgamento, mas, por ora, Roger era um condenado. O juiz permitiu que o réu apelasse em liberdade e isso rendeu uma visita de Dr. Estélio ao seu gabinete. E uma mala de presente.

Roger entendeu que eram novos tempos, a maldita guerra em que fora obrigado a se meter. A coisa estava ficando cada vez mais cara e difícil. Quem não partia para o mundo dos mortos herdava uma vida cheia de obstáculos e inimigos. Lembrou-se da história de Jamil e de seu tio Nabor, nos tempos da Ditadura. Talvez uma temporada na Bahia lhe fizesse bem. Mulheres, fazia tempo que não se divertia com elas. Na Bahia havia uma porção, dóceis e fáceis. Não iam lhe pedir dinheiro, na Bahia ninguém o conhecia. Na Bahia ele poderia andar pelas ruas e esquecer aquela guerra em que se enfiara. Na Bahia, ele podia tentar esquecer a herança que, a cada dia, prometia ser mais maldita.

CAPÍTULO VI

A porta da garagem do prédio de Maria Eduarda subiu e uma Mercedes preta ingressou no prédio. Jamil subiu o elevador único que dava acesso ao terraço do edifício. Ela deixou a porta de entrada aberta. Vestia um robe vinho e teve todo o cuidado em vedar o decote. Queria receber Jamil como filho, mas ao mesmo tempo como mulher. Confuso, um troço confuso.

Jamil entrou no apartamento como um estranho. Era luxo puro, luxo do bom, esculturas, obras de arte e até uma estufa com plantas exóticas no meio da sala. Um gosto bem diferente do seu, e muito mais sofisticado. Não imaginava onde diabos Duda andava aplicando o dinheiro que lhe enviava, mas o certo é que o filho estava indo bem. Será que tomara jeito? Virara homem? Ah, essa esperança enchia seus pulmões, seu coração, seu espírito, só de coisas boas: netos, descendência, família, correria, patrimônio, longa vida, império...

Poder.

Então aparece Maria Eduarda com seu robe e cabelos lisos, na altura da cintura, e a voz rouca, com falsetes.

— Olá, papai.

Jamil balançou a cabeça de um lado pro outro, incrédulo, apatetado. Fez-se um longo silêncio.

— Estou esgotado, Eduardo.

— Maria Eduarda.

— Como é?

— Chame pelo meu nome, papai: Maria Eduarda.

Jamil arrematou, sem ódio, sem alegria, sem emoção.

— Eu não sou seu pai.

E se virou, preparando-se pra ir embora.

— Onde o senhor pensa que vai, papai?

Jamil se voltou apenas uma vez. Estavam a sós, a criadagem fora dispensada:

— Pra mim já deu, Eduardo. Não posso mais com você.

Jamil virou as costas para Eduardo ou Eduarda pela segunda vez, voltando os olhos para o mar da Urca.

— Vai me abandonar mais uma vez, papai? — O desprezo paterno calava fundo na alma de Maria Eduarda.

Jamil respondeu sem se dar ao trabalho de virar:

— Faça o que quiser, mas mude também o sobrenome, mocinha. Senão, por Deus, eu te mato.

Jamil percebeu apenas um breve deslocamento de ar, a cabeça do tigre de prata explodindo contra seus dentes. Ele sempre se orgulhara de ter todos os dentes, e agora eles estavam ali, esparramados sobre o tapete de Maria Eduarda. E ela continuou golpeando, fazendo da bengala um taco de golfe, e a cabeça do pai, uma bolinha. Ela bateu por toda uma vida de preconceitos, de rejeição, de violência silenciosa. E pelo único dia de violência física, o dia do Cisma.

Maria Eduarda era vingativa.

À medida que batia com a bengala, seu robe e seus cabelos se desconjuntavam, e logo ela estava seminua, diante do pai semimorto.

— Gostou do meu novo corpo? Gostou?

Ela tinha belos seios agora e uma bunda bem formada, tudo graças ao silicone. Mas o mais impressionante era a xoxota, a incrível vulva construída: parecia feita por Deus, perfeita, os lábios simétricos, o grelo delicado, prontos pra receber o melhor macho.

Se quisesse, Maria Eduarda poderia agora sair nas noites cariocas e escolher quem a fodesse, sem o risco de entrar na porrada depois.

Jamil tinha ainda alguma força, alguma consciência. Maria Eduarda esperava por uma resposta, a bengala-taco-de-golfe às mãos:

— Então, papai? Gostou ou não gostou? — Ela tremia, entre o arrependimento e a excitação, os olhos parecendo duas esferas de fogo.

Jamil prendeu os bigodes por um instante, conferindo o gosto de sangue. Ele chamou Duda com uma das mãos, parecia não ter forças para falar. Maria Eduarda se aproximou, com cuidado. Jamil a chamou mais para perto. Enternecida, ela colocou o ouvido direito próximo à boca de Jamil:

— Pode falar, papai. Estou ouvindo.

— Você, meu filho...

Maria Eduarda se arrepiou, as lágrimas tomaram os olhos de vez.

— Nem no Exército, onde tem muito veado escroto... eu conheci um igual a você... porque você é quase macho..

Em seguida, Jamil deu uma dentada nos lábios de Maria Eduarda, da qual ela não conseguia se livrar. Ela retrucou a mordida e apelou para as cabeçadas. Maria Eduarda cabeceava com fúria e com o vigor da juventude, e logo se colocou em franca vantagem, pronta para o golpe final. Mas ainda houve tempo para Jamil sentenciar, ofegante:

— Deixa eu te falar: ficou muito melhor, Duda... Ficou mais macho do que antes. Papai ficou até feliz. Quem sabe você não fode... alguém... e me dá um netinho?

Maria Eduarda levantou-se com a bengala do tigre de cabeça de prata às mãos e contemplou o velho Jamil sangrando no chão do apartamento.

— Não, papai. Eu sou vingativa demais pra isso. Sou vingativa mesmo, como toda mulher — respondeu Maria Eduarda, fazendo um malabarismo com a bengala.

Diante de seu estandarte, o tigre de prata, Jamil sorriu, a boca agora desdentada e cheia de sangue. De que outra maneira poderia encarar a morte?

— Anda logo com isso, seu veadinho escroto...

Esperou o golpe de olhos abertos e desafiadores. E se foi.

CAPÍTULO VII

O capataz Amynthas recebeu o patrão Roger na pista de pouso da Fazenda Caravelas, em Ilhéus. No total, eram dez homens armados, quatro deles com fuzis G-3. Roger embarcou numa Land Rover com Amynthas, e juntos tomaram o rumo da sede da fazenda. O capataz tratou de iniciar o relatório:

— A chapa tá quente aqui em cima, patrão.

— No Rio não tá muito diferente — respondeu Roger, enquanto analisava as terras da propriedade. — Teu queixo diminuiu, Amynthas?

Amynthas deu um confere em seu queixo pelo retrovisor. Ele deixara crescer um cavanhaque e a coisa tinha funcionado.

— Patrão, deixou de ser o maior queixo da Bahia, mas continua sendo o zero-um de Salvador. — Amynthas coçou o cavanhaque, voltando ao assunto incômodo que Roger desviara: — Tá morrendo gente, patrão.

— Eu sei, Amynthas. Mas o que você falou pra eles quando ofereceu emprego?

— Como assim?

— Você falou que era emprego de decorador, cabeleireiro, arquiteto?

Amynthas não gostou da ironia do patrão. Amigos próximos já tinham ido pro saco preto, aquele que só abre pra te despejar na cova, por conta do desacerto na família Cavalcante.

— Patrão, mas aqui na Bahia o pessoal do Plácido podia aliviar. E o senhor também podia entrar num acordo. Baiano não gosta de briga, não.

— De dinheiro gosta, né? — devolveu Roger.

— E quem não gosta, patrão?

Após a chegada à sede da propriedade, Amynthas mandou preparar os cavalos, um árabe e um campolina, para levar o patrão numa incursão pela fazenda. Amynthas construíra um stand de tiro ao ar livre e se imaginava preparado para um duelo com o patrão. Amynthas gostava de apostas e colocou uma caixa de uísque pra jogo no tiro de cem metros. Perdeu.

Dirigiram-se para a marca de duzentos metros: o patrão venceu mais uma.

Duas caixas de uísque em menos de duas horas.

Seguiram numa cavalgada pela Fazenda Caravelas. Roger reparava nas melhorias operadas na fazenda, com vários poços espalhados pela propriedade, o pasto bem-cuidado e os animais com saúde. A fazenda, como muitos dos outros bens de Roger, fora comprada para lavar o dinheiro do bicho. O problema era que, por si só, o negócio do gado lhe rendia uma pequena fortuna, que, inevitável o destino, era reinvestida no jogo do bicho. O bem que era para lavar seu dinheiro acabava alimentando ainda mais a contravenção. Não havia nada que pudesse pará-lo.

A Fazenda Caravelas era como uma pequena cidade: os colonos viviam em casinhas de alvenaria e não precisavam sair da propriedade para adquirir seus suprimentos. A Caravelas tinha bar, mercearia, açougue e até uma capela, onde todo domingo vinha um padre da paróquia de Salvador rezar a missa das dez. Claro que, no bar, na mercearia e no açougue, havia o divertimento, a marca da família do bicho: o jogo escrito e o caça-níqueis — e uma TV para as mulheres assistirem às novelas. Acima das estantes afixadas nas paredes, as imagens de santos cristãos se misturavam aos santos do candomblé, era a virgem santa de um lado e São Jorge do outro. E um caça-níquel no meio.

— Tô pensando em tirar as máquinas daqui, patrão.

— E por quê?

— Os colonos tão fazendo muita dívida. E ficam brigando pra jogar, não tem máquina pra todo mundo.

— Coloca mais máquina. Deixa eles se endividarem. Vê quem são os mais broncos. Quando tiver serviço no Rio, serviço pesado, eles podem pegar uma empreitada.

— Já tem gente pra isso.

— Nunca é demais. — Roger fez uma pausa e tentou enxergar até onde ia a propriedade. — Quanto ainda temos pra crescer?

— Na fazenda?

Roger fez uma careta.

Amynthas alisou o queixo enorme:

— Ah, a Bahia é muito grande, muito maior que o Rio de Janeiro. A gente pode chegar a trinta mil máquinas no estado, se o pessoal de Plácido não atrapalhar demais. Fora as casas de jogo.

— E o coronel Veneno? Não pode ajudar?

— O Coisa Ruim quer virar sócio.

— Eu não gosto desse negócio de sociedade. Diz que a gente banca a campanha pra família dele. Toda. O resto que ele arrecadar pode botar no bolso. Tenta fechar assim.

— O faturamento tá muito alto. Já não dá mais pra lavar com restaurante, motel. Tá ficando foda.

— Já resolvi isso.

— O que vai ser, patrão?

Antes que pudesse responder, um zunido passou pelo ouvido de Roger. Ao seu lado, Amynthas tombou de seu campolina. O árabe de Roger empinou, o bicheiro tentou domar o cavalo, mas o animal foi abalroado. Roger se jogou no chão e usou o corpo do cavalo como escudo, trazendo Amynthas para junto de si. Os empregados saíram com as armas às mãos pra proteger o patrão e disparando a esmo, mas já não havia mais sinal dos atiradores. Roger sacudiu o capataz.

— Tá vivo, baiano? Não vai abandonar o patrão agora...

— Essa é a Baía de Todos os Santos, meu rei. Aqui a gente tá seguro — respondeu Amynthas, o sangue escorrendo pela boca.

CAPÍTULO VIII

Washington Gavião chegou ao prédio de Maria Eduarda antes da meia-noite. Tivera um longo dia de trabalho e não pôde resistir a uns tragos de final de noite em Copacabana. O toque do telefone, contudo, o fez largar o uísque na mesa e partir para a Urca. O relacionamento com Maria Eduarda parecia em franco progresso, ela o queria a todo tempo e amava como uma gata de rua.

O promotor entrou direto pela garagem e apertou o botão do elevador que indicava a cobertura. Subiu. Deixou o elevador. A porta do apartamento estava fechada. Gavião tocou a campainha. Ninguém atendeu. Gavião tocou mais duas vezes. A porta se abriu. Junto ao portal, Maria Eduarda estava de pé. Gavião a beijou na boca, um leve selo. Ela tinha o semblante sério. Gavião passou por ela e pelo corredor. Sobre o tapete branco de urso, jazia um corpo coberto por um lençol.

— Puta que o pariu, fela da puta! — Gavião voltou até a entrada e trancou a porta da cobertura. Em seguida, abraçou Maria Eduarda, que tratou de tranquilizar o amante.

— Calma, querido. Esse sangue não é meu.

Aquele olhar vazio, Maria Eduarda tinha o olhar vazio, "esse sangue não é meu"... "Que merda", previu Gavião, "que merda."

Maria Eduarda apontou com a cabeça para o corpo encoberto estendido no chão da sala como uma múmia.

— Ele subiu aqui sem ser convidado. Eu deixei entrar. Ele sempre foi muito ciumento, não podia me ver com homem nenhum.

— Ele quem?

— Meu pai.

— Eu nem sabia que você tinha... que seu pai era tão presente... na sua vida.

— Era presente. Muito presente.

— Mas ele... porra, ele é seu pai. O cabra...

— Ele se foi. Meu pai me atacou, como sempre fez. Eu não ia aguentar baixar num hospital mais uma vez. — Maria Eduarda roía as unhas, ensaiando um choro. — Vai me ajudar ou não? Vai ser meu homem, ou vai ser o promotor? Se for desistir de mim, pode me levar presa. Pra mim, pouco importa.

Gavião não tinha como crer que aquela jovem fina, elegante, gostosa e rica pudesse se transformar numa assassina do dia pra noite. Apaixonado como estava, seu credo era de que o pai a atacara, que o desfecho fora inevitável. Ele podia tentar enfrentar os fatos, depor a favor de sua jovem amante, mas seu passado voltaria à tona, mais um escândalo a assaltar sua carreira. Não, não, a hora era de usar toda a malícia aprendida nos tribunais e na vida. Bastava fazer tudo certo, e a paixão e a fortuna lhe sorririam. Não havia espaço para heróis neste mundo.

O primeiro obstáculo era desfazer aquele cenário tenebroso: sangue para todos os lados, tripas e uma bengala de cabeça de tigre de prata tingida de vermelho; e aquele cadáver no meio da sala. A curiosidade falou mais alto, o velho homem da lei voltava a habitar a alma do promotor. Ele se aproximou do corpo e puxou o lençol que o cobria. O fel subiu à sua boca, ao conferir o morto. Maria Eduarda observava o promotor com o semblante de uma moça inocente e violentada, com o queixinho batendo. Ajoelhado ante o defunto, Gavião a encarou. Balançou a cabeça para Maria Eduarda, perplexo com a revelação de sua filiação.

— Você o conhece, não é? — perguntou Duda.

Gavião fez que sim com a cabeça e inquiriu:

— Alguém sabe que o velho está aqui?

— Ele parou o carro na garagem. Não nos víamos há mais de um ano.

— E os moradores? Os vizinhos?

— O carro dele tem os vidros escuros. E aqui cada um cuida de sua vida.

— Tem câmeras na casa?

— Sim, mas não gravam as imagens.

Sentiu a hesitação na voz de Maria Eduarda.

— Você tem alguma coisa aí?

— Alguma coisa...

— Dinheiro.

Maria Eduarda era uma mulher preparada. Como todo membro de uma família de contraventores, tinha seu bauzinho de dinheiro guardado. Gavião apanhou uma parte do dinheiro e colocou nos bolsos.

— E os empregados?

— Dei folga pra todos. Era pra ficarmos a sós, eu e você.

Novamente a hesitação.

— O que vai fazer? — a moça perguntou.

Gavião separou todo o material de limpeza de que Eduarda iria precisar: água sanitária, rodo, vassoura, sabão, toda química possível. Pegou dois lençóis e um saco de dormir e embalou o cadáver do bicheiro. Em seguida, cobriu o embrulho com silver-tape, de ponta a ponta. Foi até o banheiro.

— Você tem touca de banho?

— Na terceira gaveta. Tem várias, de todas as cores.

— Tem luvas?

— Sim.

Gavião pegou a chave do carro do velho e entregou a Eduarda. Em seguida, mandou que vestisse um biquíni por baixo de um sobretudo. A cabeça da moça ganhou três toucas. Ela pôs dois pares de luvas, uma de lã e outra de couro. Colocou botas de salto alto e óculos escuros. Montou para ela também uma bolsa de praia, com uma canga, sandálias e um chapéu de abas largas.

— Você vai dirigir até a Praia de Grumari e largar o carro do velho por lá. Depois, livre-se das roupas aos poucos, dentro d'água. Leve algum dinheiro na bolsa. Eu encontro você no canto direito da praia, em Abricó, amanhã de manhã.

— E papai?

— Seu papai já não estará mais entre nós.

CAPÍTULO IX

Amynthas foi operado na sede da Fazenda Caravelas. O projétil entrara pela virilha e saíra pelas nádegas, sem varar nenhum osso. Já desperto da anestesia, o capataz viu primeiro a imagem de São Jorge ao seu lado, no criado-mudo. Em seguida, uma bela enfermeira cuidando da dosagem de seu soro. Sentado à sua frente, um jovem médico com uma prancheta. Ao fundo, a voz do patrão ao telefone:

— Não existe telefone seguro. Existe urgência. Ou é emergência ou não fala ao telefone.

Do outro lado do telefone, Dr. Estélio foi sucinto:

— Aquele documento saiu. Tá na mão do nosso amigo. Ele achou que você ia gostar de saber, antes de soltar o papel no mercado.

— Agradeça a ele por mim — respondeu Roger, lacônico, antes de desligar.

Roger invadiu o quarto onde Amynthas estava sendo atendido.

— Com licença, doutor.

— Eu ia explicar a situação clínica do seu Amynthas agora — ponderou o médico.

— Por favor, doutor. — Roger estendeu o braço, apresentando a porta do quarto ao médico.

Resignado, o doutor deixou o quarto, acompanhado pela enfermeira.

— Poxa, patrão, eu queria saber minha situação clínica.

— Fica tranquilo que você não fica aleijado nem broxa. Telefona agora pro coronel Veneno.

— Agora, patrão? Tô todo fodido, não consigo nem respirar direito.

Roger entregou o telefone a Amynthas:

— Agora, baiano, deixa de frescura.

— To cheio de dor.

— Deixa de ser frouxo, saiu meu mandado de prisão, porra!

Horas mais tarde, Roger e o coronel Toninho Veneno jantavam a bordo de um jatinho de propriedade do senador. A comissária trouxe para o jantar uma lagosta ao termidor para o senador e um peixe ao molho de camarão para Roger, acompanhados de vinho branco. Entre uma garfada e outra, o senador explicava:

— Vou proteger você pelo tempo que for necessário, mas não posso voltar atrás naquele valor. Mas vai valer a pena pra você, porque aqui na Bahia não tem conversa: comigo não tem prefeito, governador, nem general: todo mundo tem que chupar o meu pau. Então, filho, atenção ao número.

— Coronel Veneno...

— Me chama de Toninho.

— Metade dessa posição vai fazer do senhor o homem mais rico da Bahia, coronel.

— Eu já sou o homem mais rico da Bahia. Essa terra toda aqui embaixo é minha. Tem muita gente que achava que era valente e tá aí embaixo, dormindo um sono profundo embaixo do meu cacau. Gente que gostava de guerra, mas que acabou servindo de adubo pras minhas terras. Olha aqui, meu rei, vou fazer negócio com você, mas tem essa condição: enquanto estiver sob a minha proteção, eu não quero saber de guerra. Nem no Rio, nem na Bahia. Quem vai guerrear com Plácido é o Estado, a polícia, a minha polícia. Fecho em quarenta por cento.

Do alto, Roger não tinha como mensurar o tamanho da plantação de cacau do senador, mas sabia, pelos boatos, que a propriedade superava em muito a Fazenda Caravelas. Resolveu desafiar o senador:

— Se garantir o jogo, senador... ainda que eu vá preso e continue em guerra com a minha família, eu compro tuas terras, com todo o teu adubo, com todos os teus defuntos, em um ano de trabalho na Bahia.

O senador pigarreou, o rosto estava vermelho, talvez pela pressão imposta pelo voo. Tomou um gole do vinho e encerrou:

— Quarenta por cento enquanto você estiver sob a minha proteção. Depois baixamos pra vinte.

O senador pediu à comissária que trouxesse uma garrafa de champanhe. O velho senador e o jovem bicheiro brindaram, celebrando o negócio e o encontro de gerações.

— A propósito, senador: pra onde estamos indo?

— Não se preocupe com isso, meu rei. Vamos pra uma terra sem lei.

— Pensei que a terra sem lei fosse a Bahia.

O senador fez cara de poucos amigos. Roger emendou, com um tapinha nas costas do velho político:

— Foi uma brincadeira, senador. Não leve a sério.

CAPÍTULO X

Fazia anos que Plácido acordava todos os dias com um só pensamento na cabeça: "Quanto eu vou ganhar hoje?" Jamais fora, como muitos da contravenção apostavam, um coadjuvante do sogro, Nabor, muito pelo contrário. Era um homem empreendedor, um caçador nato. Naquela manhã de primavera, ele andava nu, solitário, em sua nova cobertura, a mais alta da Praia de São Conrado, comprada no dia anterior. Por ser um homem de negócios num ramo, por assim dizer, sensível, contava com a compreensão da esposa em questões tais como "não dar satisfações". Eram ambos machistas e viviam bem desta forma. Isso facilitava, entre outras coisas, a surpresa que Vilma teria, ao conhecer o novo apartamento.

Com a expedição do mandado de prisão contra Roger, Plácido resolvera partir com tudo pra cima dos domínios do rival. A destruição dos bares que alojavam máquinas com o selo inimigo aos poucos fazia com que os portugueses e cearenses proprietários de botecos virassem a casaca.

Plácido era cuidadoso com as quebradeiras, mandava vir gente de fora, os chamados "meninos maluquinhos", fornecia bastões de madeira e pés de cabra, tudo sob a supervisão de Pica-Pau. Mandava fotografar os estabelecimentos após o "abate" e exigia relatório diário. Pagava por produtividade. Do outro lado, os prepostos de Roger retribuíam, mas sem a mesma eficácia. O olho do dono estava distante.

O telefone de Plácido tocou. Do outro lado da linha, uma enfermeira indagava:

— É o seu Plácido quem está falando?

— Sou eu, sim.

— Seu Plácido, quem fala é a enfermeira-chefe do Hospital Miguel Couto.

— Hã-hã...

— Tem um senhor aqui, o Francisco, que precisa muito lhe falar, ele sofreu algumas fraturas, mas insiste em falar com o patrão.

— Não conheço nenhum Francisco.

Ao fundo, Plácido pôde ouvir um lamúrio, algo como "au...". Também ao fundo, a voz da enfermeira indagava: "Como é? Ah, tá..."

— É o senhor Pi... peraí... é o senhor... pau... peraí... ai, agora entendi: é o senhor Pica-Pau. Ele tá todo quebrado aqui, seu Plácido... o senhor Pica-Pau está com fraturas múltiplas, escoriações, hematomas. Olha, ele tá bem machucado.

Plácido bateu o telefone na cara da enfermeira.

Plácido chegou ao Miguel Couto e se deparou com Pica-Pau num estado deplorável: pernas e braços engessados, os olhos fechados, a boca costurada, nem gemer ele podia. Plácido ouviu de um combalido Pica-Pau que não fazia ideia sobre o que tinha acontecido:

— Não vi nada, patrão.

— Tem a lista dos últimos bares que vocês visitaram?

Pica-Pau assentiu com a cabeça, a fala não saía sem dor, a arcada dentária toda desfalcada. Plácido assinou um termo de responsabilidade pelo paciente e o colocou dentro de seu Toyota blindado. Deram algumas voltas pela Zona Oeste, conferindo bar a bar, pra ver se houvera reposição nas máquinas. Nenhum caça-níquel à vista.

— Porra, se fosse coisa de português rebelde, ia ter máquina funcionando... — observou Plácido.

— Tem mais uma ali em Santíssimo — disse Pica-Pau, quase como num cochicho, cheio de medo.

Chegaram ao bar em Santíssimo. Plácido parou o carro do outro lado da rua e o sangue lhe subiu à cabeça ao ver uma fila de senhores aposentados esperando sua vez para jogar em duas máquinas, plenas de cores e sons, fazendo do bar um pequeno cassino.

— Estava assim antes?

— Não, patrão... não deixamos um caça-níquel pra contar a história... ele repôs... ele re-pôs.

Não bastasse Roger, agora Plácido tinha que enfrentar botequineiros rebeldes, era o fim da picada. "Que onda é essa agora, quem é o filho da puta que tá me desafiando, caralho?...", Plácido rugiu, enquanto abria a porta do Toyota e partia pro outro lado da rua, deixando pra trás um Pica-Pau em trapos.

Ao entrar no bar, antes mesmo que pusesse a mão na arma, foi surpreendido por um homem de olhar duro, cabelos brancos e peitoral farto e grisalho:

— Cerveja ou jogo? — perguntou Já Morreu, sem estender a mão ao cliente.

CAPÍTULO XI

O promotor Gavião dirigiu seu Astra até a esquina da Siqueira Campos, em Copacabana. Subiu até seu apartamento e fez uma mochila com short, camiseta, boné, chinelos, óculos escuros e sunga. Desceu, tirou a moto da garagem e a deixou parada na outra esquina. Em seguida, reembarcou no Astra e, com o cadáver de Jamil embalado na mala de seu carro, seguiu até um sítio em Bacaxá, que pertencia a um homem que caíra para a Divisão de Entorpecentes anos antes. O proprietário do sítio plantava maconha para consumo próprio, mas o promotor forçara uma barra e colocara o coitado atrás das grades por tráfico. O juiz deu perdimento do sítio do doidão para o poder público e nomeou o promotor como depositário. Gavião mal usava o local, e, na falta de um caseiro pra tomar conta dos hectares, o matagal crescera em torno da casa-sede.

O promotor escolheu os fundos da propriedade pra fazer o serviço. Tirou os quatro pneus de seu carro, mais o estepe, e formou uma pilha a uma distância segura do veículo. Em seguida, sugou toda a gasolina do tanque e pôs em galões. Enfiou o cadáver bem embalado de Jamil entre os pneus. Regou os pneus com a gasolina. Tirou o paletó, a calça, a camisa, sapatos, meias, cueca e gravata e fez uma trouxa. Ateou fogo à trouxa de roupas, fazendo dela uma bucha pra acender a pilha de pneus. A rapidez e a força da combustão eram um espetáculo com alguma beleza, mas não era por isso que ficaria ali admirando a fogueira. Pela sua experiência no tribunal do júri, sabia da eficiência do micro-ondas, sabia até o tempo de duração da combustão. Faltava conferir a outra ponta da operação. Pegou a mochila com os apetrechos de praia no carro e vestiu.

Antes que seu corpo ficasse impregnado com o cheiro de carne, deixou o local e o cadáver em chamas para trás.

Andou quase uma hora até o centro de Saquarema. Ao amanhecer, pegou o primeiro ônibus para a Rodoviária Novo Rio. De lá, pegou um ônibus até Copacabana. Montou na moto que deixara na Siqueira Campos e seguiu até Grumari, onde Maria Eduarda o esperava nua, na Praia de Abricó, recanto dos hedonistas. De chapéu e óculos escuros, tal qual ele mandara. Ela o recebeu com beijos ansiosos, cheios de sofreguidão, mas ele a conteve. Ela queria saber os detalhes da operação, ele queria emudecer sobre o assunto. Ela o queria pelado, ele queria ir embora dali o quanto antes.

— Só um mergulhinho, amor.

— Isso não é hora pra amadorismo. Vem comigo.

No percurso da areia até a moto, com discrição, Gavião colocou o dinheiro do baú, o dinheiro que Maria Eduarda lhe tinha emprestado, de volta na bolsa de praia da amante. Ela o olhou com curiosidade, ele apenas sussurrou: "Não foi necessário, era pro caso de uma emergência." Os olhinhos de Maria Eduarda brilharam. Além de tudo, de bom amante, companheiro, leal, fiel, o seu promotor, seu justiceiro, era honesto. Duda montou na garupa da moto, abraçou Washington Gavião pelas costas e pensou consigo mesma: "Isso sim é que é homem. Isso sim é que é macho."

PARTE IV

O regresso

CAPÍTULO I

Cinco anos se passaram desde o desaparecimento de Jamil. O bicheiro colecionava inimigos desde a Segunda Guerra Mundial. Depois, foi detetive da Polícia Civil por alguns anos. Finalmente, debutou como pequeno bicheiro. Cresceu no meio, até chegar à cúpula. Tinha temperamento explosivo, gênio forte, e poucas vozes ousavam desafiá-lo em público. Quando de seu desaparecimento, no início os bicheiros desconfiaram de Roger, mas o jovem bicheiro honrou os compromissos com a família de Jamil. Depois se esperou por um movimento de Plácido em cima da área de Jacarepaguá, mas esse lance não veio. Decorrido esse quinquênio, a cúpula agora se reunia naquele simbólico enterro cristão do corpo imaterial de Jamil. Ali estavam todos os bicheiros de sua geração, incluindo o novo capo, Antenor Libanês, e o advogado da contravenção, Dr. Estélio. Representando o foragido Roger, os novos gerentes de logística do bicheiro, Batista e Soares. Já Plácido se fez presente apenas pela bela coroa de flores enviada, em nome de Vilma, filha e herdeira de Nabor, junto com protestos de pêsames.

De Eduardinho (ou Maria Eduarda), nem sinal.

A grande surpresa ficou por conta da presença de Zeca, representando Glauco Astuto, para prestar a solidariedade à família de

Jamil. Enfiado em um elegante terno preto, parecia não o garotão de outrora, mas um homem amadurecido e pronto a ocupar o lugar deixado pelo pai, um morto-vivo que não fazia mais parte do jogo. Zeca ficou quase todo o enterro ao lado do caixão, sempre com um lenço pronto para a viúva.

— O melhor amigo da família — resmungou Antenor Libanês aos ouvidos de Dr. Estélio, de forma debochada, prevendo o ataque a ser desferido por Zeca em cima da viúva de Jamil.

Na semana seguinte, Zeca compareceria à casa da viúva, com um ramalhete de flores e uma garrafa de vinho italiano para o almoço. Era uma casa de viúva, casa de velhinha autêntica: um receptáculo com flores coloridas e água com açúcar para os pássaros; uma prateleira cheia de santos católicos; fotos de família em preto e branco; cheiro de cebola e alho frito invadindo a casa, como se fosse uma pensão portuguesa.

Almoçaram um bacalhau à lagareira, preparado pela própria viúva. Ela obrigou o encorpado Zeca a engolir três pratos mais a sobremesa, um doce português feito à base de ovos. Ao término do almoço, recolheram-se para um café na varanda.

— Pode falar, meu filho. Sei que, nesse negócio de vocês, não há tanto tempo pra cuidar de velhas como eu.

— Mas é sobre cuidado com mulheres como a senhora que eu vim lhe falar.

— Sou obsoleta — a velha tossiu. — Seu pai sabe que está aqui?

— Meu pai está fora, no momento.

— Você conhece negócios, menino. Sabe que Jamil arrendou a área para Roger. Você sabe disso. Ofereci o almoço por educação.

Lá estava a velha tirando o corpo da reta, mais uma velha gatuna do bicho, querendo receber mais, sem se queimar. E sem se arriscar. Caso Roger falhasse, ou faltasse, ou desaparecesse do convívio terreno, ela poderia pular no colo de Zeca.

— Quero argumentar duas coisas com a senhora: Roger é um foragido da Justiça. E, nos tempos de seu marido Jamil, os ganhos não se comparavam aos de hoje, com os caça-níqueis. Roger está pagando a menos. Só quero ser mais justo.

A viúva se levantou da cadeira e pousou a mão direita sobre o ombro de Zeca.

— Jamil disse que isso aconteceria. Acho mesmo que demorou pra acontecer. Foram cinco anos de espera... e ele simplesmente desapareceu. — A viúva segurou um lenço com a mão esquerda, apertando-o com alguma raiva pela falta de satisfação dada pelo falecido. — Sei que nada do que eu diga vai te impedir de avançar sobre a área de minha família. Eu tive um filho, que não tem sua força... longe disso... mas é meu filho, quero o melhor pra ele.

— Não sou seu filho, mas sou homem de palavra. O que seria o melhor pra ele, pra senhora?

— Quem quer cuidar da minha família é você, meu jovem. Você é a pessoa certa pra dizer.

Zeca já estava preparado pra esse impasse:

— Três vezes o valor que Roger está pagando.

A viúva permaneceu olhando pela janela, com a mão sobre o ombro de Zeca. Finalmente, ela decidiu:

— Você vai ter que garantir isso.

— Vai valer o escrito. Falarei com os senhores da geração de Jamil, se é que a senhora me entende.

Ela tirou a mão do ombro de Zeca:

— Entendo, sim, meu filho. Entendo mais do que você imagina. Antes de encerrarmos esse nosso agradável almoço, posso lhe fazer uma pergunta?

Zeca assentiu com a cabeça.

— Tem ideia sobre o que fizeram com o corpo de meu marido?

Zeca balançou a cabeça negativamente.

— Nenhuma ideia.

A mulher sorriu, encerrando o almoço.

— Se você mente, ao menos mente olhando nos olhos da gente. E tem mais: apesar da vista cansada, tenho lido os jornais. — Ela se aproximou de Zeca e agarrou-lhe o pulso, como se estivesse para contar um segredo. — Tem muita gente morrendo por causa dessas maquininhas. E, como dizia meu marido querido: se tem gente morrendo é porque tem gente ganhando dinheiro.

Ela deu um gole no café, balançando a cabeça pra cima e pra baixo, como quem diz "eu sei das coisas, sim, eu sei". Zeca balançou a cabeça igualzinho, acompanhando a matriarca da prole fraca. A viúva sentenciou:

— Resolva o problema, meu filho. Na falta de um homem na casa, que a velha restante resolva qual o melhor negócio para a família...

E, com um ar blasé, a velha se retirou, levando sua xícara de café e autorizando a guerra que marcaria para sempre os tempos de contravenção.

— Sou só uma velhinha cansada, meu filho. Uma velhinha cansada.

CAPÍTULO II

O salão de festas do Jockey Clube, no Centro do Rio, estava tomado por autoridades do Legislativo, do Executivo e do Judiciário para aclamar a posse do novo chefe de polícia do estado do Rio: Raul Estrela.

Num duro discurso, Raul prometeu caçar as duas maiores organizações criminosas do Rio, que aviltavam o poder público e o Estado Democrático de Direito:

— Traficantes e contraventores serão combatidos com mão de ferro na minha gestão!

Aplausos vazios ecoavam no salão. Todo mundo sabia, ali, quem era quem.

Raul era um tira de carreira da Polícia Civil. Cumpriu toda a carreira de investigador sem uma única mácula na folha. "Deu sorte", era o que dizia a voz dos corredores. Depois, foi a delegado e a sorte aumentou. Raul sempre fora graneiro, escapou quase por um milagre de uma extorsão a um judeu desaparecido. Mas um homem de sua equipe pagou pelo pecado: Batista.

O mesmo Batista que tomava conta dos interesses de Roger, naqueles dias difíceis de exílio do bicheiro.

Agora Raul era celebrado por todos como o homem da lei, o homem da vez, o paladino da justiça. Ele recebia os cumprimentos e tapinhas nas costas com um largo sorriso: "Eu sei o que vocês pensam de mim, seus canalhas, mas aqui estou, eu consegui..."

O poder... cada um daqueles tapas, daquelas mãos presentes, queria a mesma coisa que Raul: poder, dinheiro, mulheres. Ou homens, como na Roma antiga.

Mas Raul era espada, por isso estranhou ao ser abordado, no banheiro do Jockey, por um rosto antigo e muito familiar:

— Obrigado por ter lembrado de mim — iniciou o ex-policial civil Batista.

— A gente sempre lembra dos fortes, os caras com estômago.

— Andou esquecido por uns tempos.

— Tomamos rumos diferentes.

— Tomei o rumo que me restava.

— O rumo que eu indiquei, não seja ingrato.

— Eu subi lá dentro por mérito.

— E eu também, meu caro. Deus ajuda quem trabalha. Como vão as coisas com seu patrão?

— Estáveis. Vai depender da política da nova chefia de polícia.

Um homem de terno, com credenciais de segurança, entrou no banheiro e foi direto para um dos boxes. Raul e Batista deixaram que o homem se trancasse e seguiram em frente com a conversa:

— Quanto tempo fora — o novo chefe de polícia sussurrou, na sequência —, o patrão?

— Cinco anos.

Raul Estrela deu um assovio leve, sempre mantendo o tom baixo:

— Papagaio!... — Raul soltou um risinho, debochando daquele termo antigo. — Isso torna ele uma cabeça e tanto. Talvez a cabeça mais procurada pela polícia do estado.

Batista permaneceu estático, mudo. Terminou sua mijada e foi lavar as mãos. Raul continuou no mictório, sacudindo o membro e expulsando as últimas gotas de urina.

— A política da Secretaria vai ser de caça às grandes cabeças, é bom que todos compreendam isso.

Batista passou a lavar o rosto, como se não estivesse ouvindo.

— Mas eu particularmente prefiro caçar as cabeças do tráfico. Por que não passa no meu gabinete esta semana, pra conversarmos um pouco sobre essa política? Talvez possamos trocar informações.

O homem estranho de terno lavou as mãos e deixou o banheiro rapidamente, como se não quisesse atrapalhar a conversa. Raul guardou o membro na calça e sussurrou para Batista:

— Tô aqui pra ajudar, Batista, meu velho. E pra colocar ordem nas coisas. Sem ordem, não há progresso. Diga isso ao seu patrão.

Raul deu dois tapinhas camaradas no rosto de Batista com a mão suja de pau. Em seguida, deixou o banheiro. Sem nem tomar conhecimento da pia.

CAPÍTULO III

Plácido e Zeca estavam cada vez mais próximos. Nenhum dos dois ficou satisfeito em constatar que o velho Jamil deixara toda Jacarepaguá para Roger. Uma afronta, o velho não dera nenhuma chance para eles, escolhera Roger como seu predileto e entregara, de bandeja, a maior área do Rio de Janeiro.

A morte de Jamil, agora certificada, cinco anos após o seu desaparecimento, mudava todo o mapa da contravenção. Ao longo desse período, a guerra fora dura e suja, mas sem a intervenção da cúpula e sem o envolvimento de Jacarepaguá, área de Jamil cedida a Roger. O novo império do sobrinho de Nabor, que somava parte de Bangu, Padre Miguel, Santíssimo, Barra, Vargem Grande, Recreio, incorporava agora, oficialmente, Jacarepaguá. Seu faturamento, que já era forte, se tornaria estupendo. E isso significava mais homens e mais armas nas ruas; mais pacos de notas para os polícias; e mais maletas de dinheiro para juízes e políticos.

Zeca subiu no elevador de portas pantográficas até a sauna da termas de Plácido, no Centro da cidade. Zeca preferiu a sauna a vapor, era capaz de suportar o calor em grau alto até uma hora, sem interrupção. Fez a sessão, tomou uma chuveirada fria e colocou o roupão. Penteou os cabelos, escovou os dentes, deu uma mijada, esgarçou o prepúcio, lavou as mãos e tornou a tomar o elevador.

Dentro dele, duas jovens usavam botas de salto alto, calcinha e sutiã. Uma delas riu e cochichou no ouvido da outra. Zeca sorriu. Tinha deixado, propositalmente, o roupão mal amarrado, de forma que o membro tarado se expusesse.

— Peruzão, hein? — uma delas provocou.

Zeca não respondeu.

Antes de deixar o elevador, Zeca ganhou uma patolada de uma das putinhas. Não se deu ao trabalho de virar a cabeça para ver o rosto da moça. Pôs uma nota de cem em sua calcinha e deixou o elevador com o cenho fechado.

— Gostoso — a putinha mexeu.

"E pensar que um dia ela foi um bebê." Esse pensamento idiota sempre afligia a mente de Zeca, imaginar que pessoas como aquela puta, um dia, tinham sido bebês imaculados. E agora abriam as pernas, pra ele e pra qualquer um que atirasse notas sobre seu corpo sujo.

Curioso é que Zeca carregava uma foto sua, quando criança, na carteira. Quase um bebê. Quase imaculado. Não se indagava sobre o rumo que a vida havia tomado, os homens que havia corrompido ou matado; as famílias que tinha destruído; as esposas que ficaram viúvas; os filhos que fizera órfãos. Nada disso: o bebê Zeca só queria crescer, dominar e conquistar.

Zeca desembarcou no quarto andar, onde funcionava a boate principal. O som nas alturas, ele mal pôde ouvir Plácido, que o recebia:

— E aí, filhão? Já tinha vindo aqui antes?

— Não. Nem as minhas casas eu frequento. — Zeca parecia incomodado.

— Tá de mau humor, Zequinha?

— Gosto de puta que me engana.

— Eu prefiro sinceridade.

— Esse som vai me deixar surdo, Plácido. Bora pra sauna.

— Tem lugar melhor na casa.

O lugar devia ter servido de abrigo na Segunda Guerra: escadas pra todo lado, portas, saídas, postes de bombeiros, elevadores. Prostitutas surgiam e desapareciam como que por encanto, deslizando em postes de ferro, de lado, de cabeça pra baixo... O perfume de sacanagem empesteava o ambiente e o público todo falava a mesma língua: sexo.

Mas Zeca queria saber de negócios. Pararam num singles bar no sexto andar, protegido por dois gorilas. Plácido introduziu o assunto:

— Como está seu pai?

— Em casa, todo entubado. Transformei o quarto dele num CTI, o velho não queria ir pro hospital. O câncer é agressivo, os anteriores também eram. O velho é casca-grossa, mas esse tá foda.

— Não pode é entregar os pontos.

— Cem mil por dia. Fora a segurança. Dá pra levar cem dessas suas putas pro quarto, com champanhe e uísque — resmungou Zeca.

— Vamos fazer isso, mais tarde. É bom pra relaxar, esquecer os problemas.

Plácido assumiu o balcão. Serviu dois copos com gelo e escolheu uma garrafa de Logan. Zeca jogou o seu gelo fora, bebia quente quando estava ansioso:

— O velho Jamil não podia ter feito isso, não é assim que funciona. Jacarepaguá é a maior área do Rio, e, se ele não tem filho com colhões pra assumir, que colocasse pra divisão.

— Decidiu reclamar só agora, Zequinha?

— Sou um cara respeitador. Esperei os cinco anos de sumiço do velho.

— Talvez tenha sido tempo demais. Jacarepaguá não tá no meu mapa de guerra.

— Mas deveria, porque deixa teu inimigo mais rico e mais forte. O que interessa é que, por conta da generosidade desse velho senil, Roger agora é o maior. Ultrapassou a você, a mim, a todos. O cara não pode se dar bem sozinho de novo. Ele quer tudo pra ele. O negócio tem que ser bom pra todo mundo. Bom pra um, só punheta.

— Qual a tua ideia?

— Já falei com a viúva de Jamil. Tomaremos Jacarepaguá à força.

— E se a cúpula não topar?

— Vamos reivindicar a área pela proximidade. Jacarepaguá fica entre uma área arrendada pela minha família e a sua por direito.

— Acha que os velhos vão apoiar isso?

— Você mesmo acabou de dizer: a cúpula é isso, só um monte de velhinhos. O último durão já se foi, o martelo tá batido. E deixou Jacarepaguá pro Roger só pra me sacanear.

— Se ele queria te sacanear, escolheu bem.

— Pra comprar essa guerra sozinho, o risco é maior. Se nós dois entrarmos, ninguém tira. A gente divide a área e acaba com esse peito de pombo.

Plácido puxou de baixo do balcão um telefone vermelho. Mandou vir a Rebeca, a Valéria, a Bia, a Patrícia e a Cindy.

— Vamos selar o negócio com chave de ouro, Zequinha. Por conta da casa.

— Quem é Cindy?

— Sei lá. Apareceu hoje na boate, procurando emprego. Ela disse que queria ser batizada com esse nome. É uma tremenda gostosa, mandei contratar no ato. Conhece alguém com esse nome?

— Não, ninguém.

Por conta da coincidência, Zeca deixou escapar um sorriso de canto do rosto. Lembrou-se do promotor Gavião. Se fora capaz de derrubar um homem de princípios e convicções, um homem de escrúpulos, de moral rígida como aquele, o homem forte do Estado, poderia acabar com qualquer um. Cercado por uísque e prostitutas, numa suíte gigante onde as secreções das vulvas se misturavam ao suor e ao champanhe, Zeca exercitava seus quadris e abdômen, atuando como touro reprodutor, mas alheio ao prazer, como uma máquina eficiente e fria. Suava em meio àquela tela viva pecaminosa, e tentava mergulhar a cabeça nos planos para eliminar Roger do circuito, ou no dinheiro e no poder que o acúmulo de territórios lhe traria; mas a verdade é que, entre falsos e verdadeiros gritos de prazer, Zeca fazia de tudo para fugir da realidade e evitar o pensamento em seu pai moribundo, o grande Glauco Astuto, indefeso e acabado numa cama, à espera da Inevitável.

CAPÍTULO IV

Batista subiu os dez andares do prédio da Chefia da Polícia Civil e informou à recepcionista que o Dr. Raul Estrela o aguardava no gabinete. A recepcionista deu um belo chá de cadeira em Batista, num sinal claro de que queriam amaciar-lhe a alma. Ela atendia a chamada do ramal, encarava o gerente de bicho, sorria maliciosa e o sacaneava: "Ele guenta sentadinho", "Todos eles aguentam", "Fedendo a peixe, ele espera". Quando Batista já pensava em abandonar o prédio, resignado, a moça sacaninha da recepção o convocou, dissimulada:

— Última porta à esquerda.

Era uma antiga senha de seus tempos com Raul na DP da Ilha do Governador, a última sala à esquerda. Os negócios de polícia sérios eram feitos na primeira sala à direita. Quando tinha sacanagem, a marcação era na última sala, a canhotinha de ouro.

Batista foi recebido pela equipe de Raul, dois homens que não eram do seu tempo, um mais jovem e outro quarentão, ambos com o ouro inscrito nos pescoços, nos pulsos e nos olhos.

O quarentão, que parecia ser o chefe, estava um pouco acabado, mas ainda não esgotado para a atividade policial. Ele era parrudo, um tanto bonachão, mas cordial. Apertou a mão de Batista e o encaminhou até o banheiro contíguo à sala.

— O senhor vai ter que se livrar das roupas, nessa primeira vez.

Batista reclamou da deselegância:

— Isso é necessário mesmo?

— Não somos amigos ainda. Portanto, é necessário.

Batista entrou no banheiro e livrou-se da calça e da camisa. Retornou à saleta de cueca, meias e sapatos. Dessa vez, o policial bonachão já não foi tão cordial:

— Porra... a roupa toda...

Batista ficou ruborizado, mas atendeu à exigência. Aquilo tudo era tão humilhante... mas poderia dar, além de dinheiro, status para Batista na organização e no mundo do jogo.

Finalmente nu em pelo, Batista foi apresentado a um mapa da Zona Oeste do Rio de Janeiro, todo dividido em zonas. Segundo o mapa, Bangu tinha capacidade pra 1.500 máquinas; Barra, 1.000; Vargem Grande 750; Jacarepaguá, 3.250. Em alguns casos de bares muito rentáveis, eles tinham até os dados de faturamento de cada máquina. Com uma vareta na mão, o tira quarentão ensaiou uma aula, exibindo os pontos do mapa marcados com alfinetes:

— A duzentos reais por semana por máquina, são 5 milhões e duzentos o mensal.

— Tá alto isso — argumentou Batista. — Puta, tá muito alto!

— Ainda bem que tá alto. Já pensou se tivesse baixo? Você ia até ficar preocupado com a gente — ironizou o tira.

— O custo operacional não permite livrar duzentos por semana — insistiu Batista.

— Tira isso do escrito. Ou vai dizer que o talãozinho parou de vender? — redarguiu o polícia.

— Não parou, mas caiu.

— Sabemos o quanto caiu. Somos sérios. Se não desse pra pagar, não estabeleceria esse valor. Ou quer que repasse essas condições pra um concorrente? A prioridade é atender à família policial. E você é gente nossa, não é isso?

Batista tinha autonomia pra fechar os negócios. Sabia que Roger iria chiar, mas também sabia que, se não fechasse com o chefe de polícia, Plácido faria a mala deles todos.

— Quer uma semana, duas, pra pensar? — insistiu o policial.

— Cinco minutos — pediu Batista.

O mais jovem do grupo sorriu estranho, denunciando aflição.

— Ora, por que não ficamos aqui mesmo e sentenciamos de uma vez? — jogou o quarentão.

— Eu segui as regras de vocês. Fiquei nu, de frente pra um mapa e dois homens que poderiam ser meus recrutas, não fosse um acidente de percurso na carreira.

— Teu passado como tira não nos interessa, Batista. O que quer fazer, então?

— Quero dar a resposta vestido, num bom restaurante, com um bom bife, um bom vinho... vinho pra vocês, minha bebida é uísque.

— Pode ser uísque pra nós também. Está justo. — O quarentão já ria à toa, era o próprio diretor-executivo policial em mais uma negociação bem-sucedida.

Batista dirigiu-se até o banheiro e, antes de entrar e se recompor, finalizou:

— Tem só um detalhe, agora que somos quase amigos.

— Diga, Batista.

— Vocês sabem o meu nome. Se, algum dia, alguém souber que fiquei pelado dentro desta sala, ou de qualquer outra desse maldito prédio, eu mato vocês dois.

Batista bateu a porta do banheiro e, enquanto se vestia para o jantar com seus novos amigos, berrou lá de dentro:

— E na sequência enrabo essa piranha recepcionista-namoradinha de vocês!

CAPÍTULO V

Zeca levou um enorme bolo de chocolate com setenta e cinco velas fosforescentes para comemorar o aniversário de seu pai, junto com duas belas passistas da escola de Nilópolis, uma loira e uma morena, com minissaias e belas pernas à mostra. Um bolo que seu coroa, enfiado numa cama e entubado no soro, não poderia nem sonhar em mastigar. Mas Zeca tinha consigo, junto do bolo, uma garrafa de uísque pela metade e mais duas outras nas mãos de suas meninas:

— O povo gosta de gente, velho. Gosta de jogo... Ninguém, governo nenhum, polícia nenhuma vai nos derrotar. Somos eternos, coroa, somos imbatíveis.

Zeca estava bêbado ao pé da cama do pai moribundo, falando, tagarelando e chorando. Se o pai, Glauco Astuto, estivesse vivo, já teria lhe virado uma bolacha nos cornos: "Quem te deu autorização pra chorar, seu bundão? Você me mata de vergonha..."

Era sua frase predileta: "você me mata de vergonha". Ao se lembrar dela, Zeca sempre buscava a superação, fosse nos esportes, nos estudos, no trabalho. O tal do "você me mata de vergonha" lhe soava como ordem, um chamado à vitória.

Zeca encostou o rosto no ouvido do pai, na esperança ébria de acordá-lo:

— Tenho saudade do senhor, dos seus esporros, dos seus esculachos, e queria mostrar como estamos crescendo, ganhando espaço, territórios... Queria dizer que as regras do jogo... elas estão mudando. Foi necessário fazer alianças...

Zeca contou ao moribundo fora de órbita todas as providências revolucionárias que tinha tomado ao lado de Plácido. Contou que não aceitava a transferência de poder das terras de Jamil, em Jacarepaguá, para um foragido da Justiça; que não aceitava, também, que a descendência fraca de Jamil, mais interessada em fazer moda na Europa, pudesse obstar a ampliação do território da família Astuto; que por isso mesmo procurou a viúva de Jamil e obteve dela uma espécie de salvo-conduto para debater o negócio com Roger; mas que Roger não era razoável, que a discussão se tornara inviável; que, infelizmente, a família estava em guerra não só em Jacarepaguá, mas também na Bahia, local onde Roger estava agora baseado; que a guerra se achava equilibrada, mas que já se contavam mais de cem corpos deitados nas ruas; que as despesas com a polícia haviam aumentado, mas que, no balanço final da empresa, os lucros compensariam as perdas e o investimento...

— Gããã... gããã...

Zeca interrompeu o diálogo com o pai pra checar que porra era aquela de gã-gã-gã... Ficou surpreso quando viu as duas passistas em lágrimas.

— Que que tá havendo?

— A gente tá emocionada... — a loira respondeu.

— Emocionada com o quê?

— Com vocês... pai e filho... e o seu Glauco, coitado... ele era tão bom...

— Era é o caralho! Tem algum morto aqui?!

A morena interveio:

— Não foi o que ela quis dizer, Zeca. É que a gente gostava muito do seu pai, e ver ele assim, desse jeito... é difícil...

— Responde, porra! Tem alguém morto aqui?

— Não, Zeca... não...

— Meu pai nem sabia quem eram vocês, suas piranhas! Vão pra puta que as pariu arrumar colo! Vão se foder, suas vadias! Fora, fora daqui, me deixa com meu pai, porra! — Zeca empurrava as moças pra fora, elas faziam força pra ficar, estacavam nas pernas e nas bundas trabalhadas e metidas em saias jeans mínimas, como era praxe das mulheres da escola. — Não faz força não, porra! Sai, sai logo... sai, cachorrada!

Nem houve tempo pras mulheres saírem, porque um apito interrompeu a discussão. O monitor que media a frequência do coração disparou um alerta, e logo a unidade intensiva em que se transformara o quarto da mansão de Glauco foi invadida por médicos e enfermeiros. Perplexo, Zeca mirou uma tela com uma linha contínua, a linha clássica de cor verde, num monitor de fundo escuro: a morte.

A Inevitável.

Uma enfermeira colocou as duas grandes pás de eletricidade, parecendo um par de esquis, grudadas ao tronco de Glauco, e deu início à sessão de choques. Dois enfermeiros tentaram empurrar Zeca para fora do quarto, mas o herdeiro golpeou-os com os braços e cotovelos e se manteve ali, feroz, acompanhando a luta do pai pela vida. Após o quinto choque, o monitor voltou a acusar sinal de vida. E, em volta do leito de Glauco Astuto, médicos e enfermeiros examinavam os sentidos, o pulso do homem, arregaçavam suas pálpebras e iluminavam com lanternas os olhos fundos, em choque, mas vivos, do bicheiro. Sem saber que, na caverna em que se escondia o consciente do enfermo, rufava um tambor incansável, o sangue azul fervendo, prevendo o pior para seu indomável e nem tão sagaz filho único, na guerra da contravenção que se anunciava.

CAPÍTULO VI

O portão de quatro metros da casa de Raul Estrela escancarou-se por um breve instante para o ingresso do Jaguar pilotado por Batista, que não economizava na ostentação. Raul recebia sua visita, seu ex-polícia, com um abraço cheio de ternura, mais pela prata que haveria na mala do Jaguar do que pelo apreço em apertar a carne dura de Batista.

— E então, meu tira? Juntos outra vez?

Batista manteve o semblante sério, odiava essa historinha de ser chamado tira "de alguém", propriedade de algum delegado. Quando polícia, ele cavara seu caminho, apenas isso. No final, dera errado naquela carreira. Não queria falhar agora como bicheiro.

Batista acionou a mala do Jaguar. De dentro dela, tirou um saco preto com um volume consistente e o jogou no chão, aos pés de Raul, de forma um tanto indelicada. O chefe de polícia agachou-se e conferiu o saco:

— Parece que estamos indo bem, meu tira — disse, tentando disfarçar o mal-estar.

— Indo bem, Raul? Isso é mais do que você ganha em uma década! Dá até pra aposentar.

— É o que você quer? Que eu me aposente, meu tira? — Raul não gostava de ser chamado pelo nome por seus subalternos, ele queria sempre o "doutor" vindo na frente. — Quer que eu deixe um bando de órfãos?

— Claro que não... Roger quer voltar. Cansou de ser baiano. Ele não quer ficar longe do filho, é a maior manobra pra poder ver o garoto, um transtorno.

— Não é mais interessante pra nós... que ele fique por lá?

— Eu não mando nele. Estou com problemas com Zeca e Plácido, a guerra agora se alastrou pra Jacarepaguá. Se continuar assim, vou ter problemas pra te pagar.

— É melhor você ter problemas com Plácido e Zeca do que comigo. E com toda a polícia do estado.

Batista olhou pro chefe de polícia com desconfiança. Raul não queria o estremecimento, tentou contornar:

— Vamos lá pra cima, tomar um uísque e pensar melhor.

Já no salão da casa de Raul, o uísque servido não arrefeceu os ânimos de Batista. Os dois se encararam em silêncio por um tempo, um esperando pelo outro, ninguém dando o braço a torcer. Batista quebrou o gelo:

— Se você ajudasse, ao invés de ameaçar, ia facilitar as coisas. Os caras invadiram a área, vai ter que haver represália.

Raul desconversou:

— E o Astuto? Isso pode ser coisa dele?

— Glauco Astuto tá fodido, entrevado numa cama.

— Pode ter dado a ordem pro filho invadir as áreas, antes de ser internado.

— Não, o velho tá fora do jogo. E mesmo antes não queria isso. De qualquer forma, esse não volta mais.

— Então vai ficar tranquilo. Zeca é garotão, playboy, presunto barato. Por que não campana ele na saída do hospital?

— Zeca internou o velho na mansão da Baixada. Entra e sai de casa pesadão. Uns dez acompanhantes.

Raul completou seu uísque com mais uma dose:

— Se o meu pessoal participar, vai ter que rolar uma cota extra.

— O que vai ser?

— Eu quero uma área, um pedaço do bairro. Pelo menos enquanto eu estiver na chefia.

— Vai ajudar a gente?

— Não vou atrapalhar. Limpo a área, tiro as minhas viaturas das ruas.

— E a PM?

— O Batalhão também é nosso, não tem com o que se preocupar.

— Se eu conseguir com o patrão uma área pra vocês... vai lembrar do amigo?

— Vai ter uma farpela. Vou te dever essa.

— Eu sempre falei: se não levantar a pipa até os cinquenta, não levanta mais.

— Eu dou o momento, vocês executam. — E, com a velha e incansável mania de chefe de polícia, desferiu dois tapinhas no rosto de Batista, chamando-o do jeito que este tanto repudiava: — Meu tira!

CAPÍTULO VII

Batista seguia um ritual religioso ao chegar em sua cobertura, no Recreio, todas as noites. Antes de se enfiar na sauna e mergulhar na piscina, com uma minigarrafa de uísque nas mãos, ele abria a despensa da cozinha e contemplava as pilhas de dinheiro. Chegava a cheirar, fungar o dinheiro, seu afrodisíaco.

Batista fora um tremendo cara de pau ao falar sobre pipa no céu aos cinquenta anos. A pipa dele já estava lá em cima, cortando todo mundo, desde a prisão de Roger. No começo ele só desviava vinte por cento do total da arrecadação. Depois, passou a desviar de tudo que era lado, até funcionário fantasma a firma passou a ter na folha de pagamento. No fim do mês, se sobrassem vinte por cento pra Roger, era muito.

Mas ninguém dá um tombo num bicheiro de grande porte sem a cumplicidade de seus homens mais poderosos. Soares tinha que estar na parada. E estava.

Batista comprou do melhor pó para Soares, cocaína que ele nem sonhava que existisse, fornecida por um traficante da alta sociedade carioca, de quem Batista já tomara um dinheiro em seus bons tempos de polícia... Bons tempos?! Só rindo... Bons tempos eram esses de hoje, em que Batista assumia o lugar do patrão e dava as cartas do jogo.

Precisava falar com Soares, atualizar seu comparsa. Armara um esquema perfeito com o parceiro, nada de telefone. Eles passaram a alugar apartamentos do mesmo prédio e só se falavam pelo interfone.

— Como foi hoje, Batista?

— Sobe aí.

— Tem coisa boa pra mim? — Soares queria cheirar.

— Não, tem bom negócio. Não vamos fazer negócios com você alterado. Sobe logo e sobe careta.

Soares subiu, e Batista franqueou-lhe a porta blindada da cobertura. O dinheiro todo já estava em seus devidos mocós, embora a confiança entre eles fosse razoável. Fizeram sauna juntos, trataram dos assuntos principais e encerraram com um mergulho na piscina, regado a uísque:

— Os porteiros devem achar que somos boiolas — reclamou Soares.

— Foda-se a opinião dos porteiros. Eu quero é ganhar dinheiro.

— Ganhamos dinheiro todos os dias, Batista. Ninguém ganha dinheiro como a gente.

— Esse lance, Soares. Esse único lance. Esse é o que vai mudar a nossa vida pra sempre.

— Fácil falar... não vai botar a cara...

— Mais do que já botei, Soares? Essa... passagem, agora... é com teu setor. Ou tu conhece alguém mais forte que o chefe de polícia pra dar moral pra gente?

— Conheço não, Batista. O serviço é meu, mas não vai dar uma de patrão, que não é o teu caso. Cada um na sua, só sou mais antigo e tô avisando que não vai ser sempre assim, ainda mais com uma pica dessas. Na contravenção, não pode sair matando todo mundo. Quanto mais se o alvo for poderoso. Porque senão...

— Senão fica muito rico.

— Senão vira alvo. — Soares tomou um gole do uísque e emendou: — Agora, mudando de assunto, queria te pedir uma coisa. — No que formulava o pedido, já foi coçando o nariz.

Batista nem esperou o fim da frase:

— Porra, não é hora pra isso. Vamos trabalhar, depois a gente comemora.

— Tomar no cu, Batista! Serviço sério desse, e quer que eu fique de careta nas vésperas? Não é assim que eu trabalho, não. E eu trabalho bem.

Batista se deu por vencido e apanhou cinquenta gramas de pó para Soares — queria ver seu soldado com o peito estufado de coragem.

— É pra ir devagar, Soares. É pra durar uns dias.

Soares jogou seu imenso nariz sem pelos naquela coca fantástica e em pouco tempo estava de pé na borda da piscina, de cueca, batendo as mãos fechadas contra o peito, urrando para o céu e as estrelas como um tarzã da madrugada, prometendo fortuna para a quadrilha. Batista batia os dedos na borda da piscina, nervosamente, pensando se não tinha exagerado na dose. Soares era um pequeno Frankenstein, uma pequena criatura. Batista era seu criador, mas se preocupava com o controle do monstro. Só não podia era o cachorro querer morder o dono...

CAPÍTULO VIII

A engenharia foi montada em menos de dois meses. Os homens sob o comando de Soares, diferentemente dele, eram mesmo disciplinados, aplicados e profissionais. Em um curto espaço de tempo, tinham o itinerário de Zeca nas mãos, e concluíram que a melhor maneira de eliminá-lo seria na saída do samba na Baixada, onde mantinha a porta-bandeira como sua protegida e namorada mais firme.

A dificuldade da operação residia em seguir um carro por tanto tempo, já que a namorada de Zeca morava na Travessa Cajazeiras, em Nilópolis. Na madrugada carioca, com as ruas vazias, ficaria complicado abordar o carro pilotado por Zeca, quanto mais se os seus acompanhantes fossem com ele até a porta da casa.

Mas, de acordo com o último mês de campana, Zeca relaxara a posição, saindo da quadra de samba, muitas vezes, com um único carro de seguranças em sua cola. Fazia com que o cortejo o seguisse até a Dutra, onde parava num motel tradicional de propriedade de sua família, no qual se mantinha numa suíte presidencial inexpugnável, posto que o motel era guarnecido por soldados aposentados da família. Vez por outra, recebia suas amantes no motel, mas gostava também de fazer visitas às namoradas, conhecer suas casas, seus quartinhos, seus hábitos; jantar os pratos preparados em sua homenagem, dormir nos lençóis com perfume caseiro, não da lavanda dos motéis. Livre da segurança móvel, Zeca deixava o motel e retornava até a Travessa Cajazeiras, em Nilópolis, onde morava a moça da vez. Sempre com um carro diferente.

Mesmo com toda a logística e as informações colhidas de forma prévia, mesmo com todos esses pontos favoráveis, Soares optou por dispensar os homens da campana na quadra da Baixada e fixar um exército para um ataque mortífero e fatal na esquina da Travessa Cajazeiras. O sinal do telefone de Zeca seria monitorado pela Polícia Civil, e a equipe de Soares saberia o momento exato em que o carro do bicheiro estaria se aproximando da rua e da morte.

Soares ficou com o rádio HT ligado até as quatro e meia da manhã, em sua moto Harley-Davidson, com toda a equipe distribuída em carros com vidro fumê, estacionados nos dois lados da travessa. Tinha tudo para ser um massacre. E foi.

— Atento, equipe. Astra Sedan cinza, Lima Quebec Oscar confirmada.

Soares deu o sinal. O Astra Sedan virou na Cajazeiras. O clarão dos tiros iluminou a rua escura do subúrbio. Soares, da calçada da rua principal, no conforto de um general, imaginava o massacre que seus homens haviam imposto a Zeca.

Mas, na Cajazeiras, os homens enfrentavam um inimigo destemido e incansável, que, já baleado, perfurara o para-brisas e alvejara dois homens da quadrilha de Soares. Como um lobo raivoso, o homem saltou do Astra e ainda disparou contra mais um da quadrilha, antes de cair de peito no asfalto, esgotado.

— Atento, Imperador. Deu merda aqui! Manda reforço! Reforço!

Soares disparou com sua Harley e bateu de frente com o cenário caótico. Homens de sua quadrilha jogados nas calçadas, baleados dentro dos carros, ao menos dois deles mortos. E um estranho estrebuchando no asfalto, na pista dos carros, semivivo, semimorto. Soares puxou o homem pelo pescoço: não era Zeca.

— Puta que o pariu! Quem é você?

O homem cuspiu sangue, quase acertando o rosto de Soares.

— Quem é você? Você fodeu o serviço!

O homem fez um sinal com as sobrancelhas. Soares percebeu que ele tinha algo a falar. Encostou o ouvido bem próximo da boca do homem:

— Eu tô indo embora.

A cabeça do homem pendeu para a frente. Ferreirinha, um dos capangas de Soares, se aproximou:

— Patrão, vamos nessa! As viaturas podem chegar.

— As viaturas tão longe daqui, isso é problema meu. Deixa eu falar com o cara primeiro. Vai embora pra onde, amigo?

— Pro mesmo lugar pra onde mandei os teus.

Soares olhou ao redor, conferindo os três cadáveres de homens do bando jogados no asfalto.

— E meus primos vão te mandar pra junto da gente, em breve — o homem completou.

— Quem são seus primos?

O homem foi ao chão, e Soares o suspendeu novamente e ficou cara a cara com a vítima:

— Quem são seus primos?

— Você... vai saber... na hora certa...

O homem desabou novamente no asfalto e dessa vez Soares libertou a alma da vítima, com um tiro na nuca.

— Vambora, Soares! Isso aqui tá foda! Olha o estrago que o cara fez!

— Não vou olhar porra nenhuma! O estrago que ele tinha que fazer já tá feito.

— Vamos deixar ele aí?

— Quer fazer o quê? Levar pra tua casa?

Soares mandou recolherem as armas e os pertences do cadáver. Os mortos e feridos da quadrilha foram levados de volta pra Bangu. O homem não tinha uma carteira, uma identidade, um CPF, nada que o identificasse. Tudo o que Soares pôde saber, naqueles poucos instantes de convivência, é que ele tinha primos ferozes.

"Que vão te mandar pra junto da gente, em breve." — Aquela frase ficou ecoando na cabeça de Soares por um bom tempo.

Menos de uma hora depois, viaturas da Polícia Civil e da Federal cercavam o local. Os federais cobriram o corpo do cadáver com um lençol preto, com as letras PF em amarelo. Zeca, que tinha feito uma parada urgente para uma trepada numa rua escura com a porta-bandeira de Nilópolis, passou pelo Astra Sedan com vidros estilhaçados, pelo corpo coberto com o lençol preto e pelos policiais que guarneciam o perímetro. Viu ainda velas em torno do cadáver, e, ante a cena fúnebre, a namorada sambista agarrou-lhe a coxa fortemente, aumentando a tensão da cena. Zeca estava emotivo com a iminência da morte do pai, mas não chorou. Apenas fez o sinal da cruz e rezou, em silêncio, uma Ave-Maria. Ao passar pelo último homem da linha, fez uma reverência respeitosa ao policial que parecia comandar o exame do local: Tadeu Esquenazi, o tira da Baixada que gostava de perturbar aos sábados, sempre ele.

Ele sempre estava no local...

CAPÍTULO IX

Já era a quinta vez que Batista esmurrava a porta de Soares, no dia seguinte ao massacre da Travessa Cajazeiras. Finalmente, o brutamontes abriu a porta, vestindo um roupão amarelo e com o rosto sujo de pasta de dentes.

— Ô parceiro! Pensei até que fosse pesadelo! Quer botar minha porta no chão?

Batista rompeu pelo apartamento, com um jornal debaixo do braço. Uma enorme carranca posta no meio da sala de Soares, com rosto de gárgula, lhe chamou a atenção.

— Algum problema, Batista?

Batista deteve-se na carranca por mais um instante e, num rompante, atirou o jornal sobre uma mesa de tampo de vidro, no centro da sala, que ficava de frente para um coqueiro vivo, infestado de formigas alpinistas ao seu redor. Para aumentar a irritação de Batista, no mesmo tampo de vidro já havia uma carreira de pó a ser batida.

— Lê aí, Soares. E me diz.

Soares pegou o jornal nas mãos. Coçou a cabeça, curioso.

— Ué, mas a que horas esse jornal foi pra gráfica?

— Que diferença faz isso, Soares?

— Porra, esses jornalistas tão foda... tudo em cima da pinta... E olha que a gente agiu na madruga, tranquilão...

Batista balançava a cabeça de um lado pro outro, inconformado. Soares fungava e coçava o nariz, de olho na carguinha de pó, a cabecinha pensando numa mentira boa pra pregar.

— Pô, xará, a culpa foi dos caras da Civil. Passou um carro igual ao do Zeca, com um cara parecido com o Zeca, pelo ponto de observação deles. Eles passaram um rádio e disseram que era só fuzilar. — Soares abriu os braços. — Aí eu mandei fuzilar, né?

— Que merda, porra! Que merda!

— Porra, agora já era! Matou, tá matado! Cheio de arrependimento, Batista... Tu tá parecendo evangélico. — Mal terminou de falar, Soares aspirou aquela carga maravilhosa e branca como neve.

— Tu já ouviu falar na família Machado, xará? — Batista retrucou.

Com o semblante estúpido, meio afetado pelo pó, Soares assentiu:

— Acho que o cara da fatalidade era Machado.

— Fatalidade?! O cara era Federal! E tinha três primos na Federal! Três! Eram quatro Machados, agora são três! Taí a tua fatalidade!

O semblante estúpido de Soares pareceu preocupado por um instante. Um breve instante.

— Caralho, hein? Melhor ninguém ficar sabendo disso...

— Por tua culpa! E eu conheço os caras, os caras não são de bobeira, os caras são sérios, são pica! Isso vai dar pica!

— Como é que eu ia adivinhar? Depois que eu vi que tinha acertado o cara errado, ia fazer o quê? Pedir desculpa e ir embora? Esquenta a cabeça não, a gente mata o Zeca e bota tudo na conta da cúpula.

— Mais fácil você ter uma overdose do que matar o Zeca. Cheirar pó não vai resolver teus problemas, não, Soares.

— Que nada, eu tô quase careta. E o troço não é tão feio assim, não. Zeca já teve problema com polícia, juiz, com seu Jamil, com todo mundo. É presunto barato.

Com o sorriso já louco, Soares tirou outra carga de um bolso do roupão amarelo, com uma letra "S" grafada em preto.

— Vem cá, Batista. Vou bater uma carreirinha pra você. Tu tá ficando um cara muito sério, um pozinho vai te fazer bem. Vou botar um som pra gente.

Enquanto Soares ajeitava a nova fileirinha de pó, Batista baixava a cabeça, inconformado. Soares deu seu teco e deixou uma carreira sobre a mesa de tampo de vidro. Colocou um som, "Maior abandonado", do Barão, e mergulhou com seu roupão personalizado na piscina, como se todos os problemas do mundo tivessem solução. Batista sabia que as coisas não funcionavam assim, especialmente quando se tratava da Federal. Batista mirou a carreira que lhe foi destinada, pronta sobre o tampo de vidro. Baixou a cabeça até ela e cheirou uma parte. Depois a outra, até a última partícula. Voltou o olhar para Soares, que cantava e imitava um golfinho, com as duas mãos espalmadas e coladas junto ao nariz, mergulhando e vindo à tona, feliz e contente. Batista caminhou até a porta de entrada e encarou a carranca com cara de gárgula. Chutou o pescoço da carranca, depois a cabeça. Destruiu o resto do corpo da estátua com a sola do sapato. E deixou o apartamento sem olhar pra trás.

CAPÍTULO X

Batista passou direto pelo manobrista do estacionamento da Churrascaria Laço de Ouro, no centro de Bangu. Jamais entregava seu carro nas mãos de um estranho. Na verdade, não entregava suas chaves a ninguém. Em tempos de guerra, deixava seu bull-terrier dentro do carro, como guarda, apenas uma pequena fresta aberta, pra garantir o oxigênio do animal.

Do lado de fora da churrascaria, aguardou Soares, que chegou em sua Harley-Davidson já reclamando:

— Por que você quebrou a minha carranca?

— Fica pela merda que você fez. Agora se concentra na reunião, pra não fazer outra.

— Sacanagem...

Numa antessala da churrascaria, onde eram servidos os drinks, Dr. Estélio levantou-se para receber a dupla. Sem mais rodeios, Batista fez um breve resumo da história, descrevendo os ataques desferidos por Plácido; a nova sociedade de Plácido e Zeca; a manipulação da viúva por parte de Zeca; e, por fim, o homicídio do homem errado, do policial federal que estava no lugar errado, na hora errada, com o carro errado.

— E então, doutor?

— O que vo-vo-cês querem saber?

— Os homens tão pianinho, ninguém mais falou no assunto, vai passar batido, a Federal nem vai saber de onde veio.

— Onde vocês que-querem chegar?

— A gente quer autorização pra se livrar do Zeca. Ele some e a gente bota na conta da cúpula.

— Ah... a-go-go-ra vocês querem autorização...

— É, principalmente depois da cagada. — Batista lançou um olhar acusatório para Soares, que se fingia de morto na reunião.

— A gente só queria um conselho, doutor Soares enfim abriu o bico, como pedindo orientação a um padre.

Estélio fitou os homens de cima a baixo, com um certo desprezo:

— Então o advogado tem que falar o ó-ó-óbvio?

Os dois homens mantiveram o silêncio. Soares concordou com a cabeça. Batista mantinha o olhar de soslaio, sempre acusando o cheirador.

— Se eu tenho u-uma criação de co-co-co-coelhos. E uma raposa velha vive comendo meus co-co-coelhos to-to-todinhos. Um dia eu pego a ra-ra-raposa em flagrante. Eu pe-pe-pego minha espingarda e atiro na ra-ra-ra-raposa. Eu erro a ra-ra-raposa. A rr-rr-raposa foge. O que que eu fa-fa-faço?

Soares se antecipou:

— Espera a raposa voltar?

Estélio agarrou o braço de Soares e respondeu, quase sussurrando:

— Eu fo-fofo-ffff-fodo a raposa toda, xarááá... Eu ca-ca-caço a raposa, po-po-porra, caraaaa...

O advogado se levantou e encaminhou-se até a porta de saída da churrascaria. Batista o seguiu:

— Pode confiar, doutor. Pode deixar que vou cuidar da raposa.

O advogado deu um tapinha nas costas de Batista, mas não saiu sem recomendar:

— E manda o So-Soares lavar o rosto, tem co-co-cocaína pendurada pelos bigodes. — Dr. Estélio pegou fôlego: — Esses maus hábitos não pegam bem pra repu-reputa-reputação da firma.

Batista assentiu, obediente. Voltou o olhar para a mesa. Soares já havia se levantado mais uma vez e se dirigia ao banheiro.

E, decerto, não seria para lavar os bigodes.

CAPÍTULO XI

A Laço de Ouro seguia frequentada pelos membros do segundo escalão do jogo do bicho. O dono era um português pé de burro, que abria todos os dias do ano e só encerrava o expediente depois que o último cliente entregasse os pontos. No dia do evento que desencadeou a morte do agente federal Machado, dois homens da quadrilha jantaram, beberam e falaram demais. E as paredes da churrascaria tinham ouvidos de tuberculoso.

Dr. Estélio recebeu um convite pro jantar na nova propriedade de Antenor Libanês. O motivo era o aniversário do novo chefe da cúpula e isso poderia ser considerado normal, não fosse um indício desconfortável: Antenor nunca comemorava aniversários.

O atentado na Travessa Cajazeiras deixara, além das cápsulas de balas, um rastro de sangue que implicava mais mortos além do tira da Federal. Famílias dos capangas mortos choraram sua dor e reivindicaram a morte dos entes queridos nas delegacias da região, mas sem sucesso. No âmbito interno da Secretaria de Segurança do Estado, Raul Estrela deu ordem para colocar uma pedra em cima da questão: "Isso é coisa de contraventor, é guerra de quadrilhas. Não vou desperdiçar a força de meus homens em disputas entre bicheiros. Se quiser, a Federal que investigue, o morto ilustre é deles, não nosso."

Ainda assim, o assunto gerara incômodo e os boatos sobre a guerra que se iniciava tomaram as mesas de Bangu. Em especial, a Laço de Ouro.

A Cabana do Libanês, nome conferido à sua nova chácara na Serra de Itatiaia, ficava num vale isolado, com vista privilegiada da Mata Atlântica. De cabana não tinha nada, a construção era moderna e luxuosa, e o acesso à sede se dava por uma ponte de tábuas feita em arco, sob a qual passava um rio com jacarés-de-papo-amarelo e dourados. No interior da casa, tudo era branco, desde as paredes até as mesas e cadeiras, dando um tom de isolamento, espírito elevado e paz. E foi nesse clima de paz que Antenor ergueu um brinde:

— Não sou de comemorar aniversário, mas nunca pensei que pudesse chegar aos setenta. Fiz questão de passar a data com meus colegas de trabalho. Hoje vamos falar de samba, futebol, carnaval, mulheres. Mas nada de negócios.

Um barman, um tipo índio de estatura mediana, mas com tronco forte e ombros largos, comandava uma mesa que oferecia caipirinhas com frutas da época. Outros dois se revezavam passando bandejas com canapés, uísque, vinho e charutos. Estélio, um tanto tenso, observava a formação de grupos. Seu Chico, o médico Argemiro, Antenor e Capitão Figueiredo. Mais ao fundo, Plácido e Zeca. Os bicheiros de porte médio dividiam uma pequena roda. Estélio não estava relaxado como de costume. Preferiu ficar por perto da mesa de drinks e jogar conversa fora com o barman. No canto da sala, Zeca e Plácido confabulavam:

— Alguma novidade sobre aquele ataque na Travessa Cajazeiras?

— Nenhuma. Parece que era um federal com família de polícia. Devem ter tentado tomar ponto de alguém. Dinheiro mal tomado, coisa do tipo. Polícia é foda.

O jantar foi anunciado. Zeca pediu licença e foi até o banheiro, que ficava no final de dois imensos corredores. Pôs sua arma sobre o tampo do vaso, deu uma longa mijada e apertou a válvula. A válvula emperrou e a água começou a subir. O vaso parecia meio entupido. Zeca procurou pelo registro e o encontrou ao lado do chuveiro. Girou-o no sentido anti-horário e fez cessar o vazamento. Mas o banheiro já estava encharcado de água e mijo. Antes de pensar no próximo passo, a porta do banheiro veio abaixo.

Na mesa de jantar, Plácido indagava:

— Zeca não está demorando muito?

Capitão Figueiredo virou-se para o assento onde sentava Plácido como se ele não existisse e seguiu comendo seu medalhão de frango.

Dentro do banheiro, os três garçons, envergando barras de ferro, atacavam Zeca. O filho de Glauco Astuto ainda tentou alcançar sua pistola, mas foi golpeado no braço, depois nas pernas. Caiu de joelhos. Uma terceira porrada na cabeça o levou ao chão, deitando sangue pelo nariz e pela boca. Os garçons seguiram golpeando a cabeça e os membros de Zeca, até que o corpo não oferecesse mais resistência.

O corpo foi colocado num carrinho de mão, que passou em frente aos convidados, na sala de jantar. O garçom com tipo índio sustentava os punhos do carrinho. Os outros dois o ladeavam, como um pelotão adestrado. Pareciam aguardar alguma ordem de Antenor Libanês sobre o destino do corpo:

— Pode dar uma olhada, doutor? — pediu o capo.

O médico Argemiro levantou-se da mesa e foi conferir o cadáver de Zeca no carrinho de mão. Pôs um dos joelhos no chão do corredor e a mão no queixo. Nem sequer tocou no corpo de Zeca. Retornou à mesa e tornou a comer. Os demais convidados o observavam. Antenor indagou mais uma vez:

— E então?

Argemiro comentou, lacônico:

— Não está mais entre nós.

Dito isso, o médico voltou a comer de seu prato. Estélio procurou manter os nervos sob controle, mas as pernas dificultavam a situação. Plácido, instintivamente, levou as mãos à sua arma, com a discrição que lhe foi possível. O chefe da cúpula interveio:

— Não é necessário ninguém mais se preocupar. Espero que este tenha sido o último ato de guerra em muitos anos. Que fique claro que não será mais admitido perdão a quem ousar invadir a área de um colega de contravenção.

Os bicheiros ficaram em silêncio, observando seu Antenor Libanês.

— A comida vai esfriar, senhores.

Seguindo o médico Argemiro, o chefe da cúpula retomou sua refeição. Os demais bicheiros o seguiram. Antenor resmungou para Dr. Estélio:

— Diga a Roger que ele me deve essa.

O advogado concordou com o chefe da cúpula, os olhos esbugalhados. Antenor empurrou uma travessa de batatas na direção de Estélio:

— Agora vê se come alguma coisa, Estélio! Você tá ficando muito fraquinho — recomendou, espetando uma batata calabresa com seu garfo e mastigando, ao mesmo tempo em que observava o rosto pálido do advogado.

— É diferente de advogar, doutor. É bem diferente.

PARTE V

A guerra do bicho

CAPÍTULO I

Um violão triste acompanhava a liturgia eucarística na capela da Polícia Federal do Rio de Janeiro, na Praça Mauá. Ao lado do violeiro, um velho padre e o campanário. A capela resistiu a meio século de engenheiros, peritos e delegados que a viam como um estorvo para a arquitetura do prédio, um quartel de quatro andares que ocupava um quarteirão da Mauá. O velho padre combativo já durava o mesmo meio século, era fundador da capela, e não aceitava que encostassem nas paredes daquela pequenina casa de Deus, que encomendara a alma de centenas de policiais para o céu.

O espírito do falecido Machado, se por acaso estivesse por ali, se depararia com uma missa para quinhentos policiais. Enfurecidos. À frente desta turba, o chefe da família, o policial Adônis, e os primos Machado consolavam a mãe desfalcada.

O padre convocou os policiais para a comunhão, a fila se fez, a mãe foi a primeira a receber a hóstia. O padre olhou para os primos Machado, mas eles mantinham a cabeça baixa. Não queriam compromisso com Deus naquele dia.

Fez-se uma fila de policiais, grande o suficiente para chegar ao outro quadrante do pátio. Os primos mantiveram a cabeça baixa.

O padre ofereceu a última hóstia, olhou para a família e encerrou a comunhão, resignado.

Antes da bênção final, ouviu-se o telefone celular de um dos primos; e então tocou o celular do segundo deles; e, na sequência, o terceiro celular, o de Adônis, junto com vários outros celulares no pátio do prédio. Em minutos, o quartel central da Polícia Federal virava uma Torre de Babel e as viaturas saíam para conferir a notícia de um cadáver ilustre, largado na área de Jacarepaguá: Zeca Astuto.

Por si só, o homicídio de um bicheiro poderia gerar alguma curiosidade policial, mas a questão ali era outra: é que Zeca, fisicamente, não poderia ter um sósia no mundo mais parecido consigo do que Machado.

A missa estava encerrada. Em questão de minutos, o pátio estava vazio, de gente e de carros. A mãe do falecido Machado permaneceu dentro da igreja, ajoelhada, rezando por seus sobrinhos, que haviam partido como alcateia para as buscas e que certamente virariam a noite na rua. A PF já assumia uma linha de investigação para a morte de seu tira.

No corpo de Zeca, largado em Jacarepaguá, havia sido colado o selo do Leão. O selo de Roger.

CAPÍTULO II

O juiz federal de plantão soltava tudo pra PF, gostava de ficar bem com a tropa. De qualquer forma, com juiz ou sem juiz, a coisa ia correr com velocidade acima da média. Depois de uma boa volta por Bangu e Santíssimo, com direito a uma cerveja num pardieiro na Vila Vintém, em becos no Valqueire e alguns espancamentos em vielas de Realengo, os primos já tinham o nome do suspeito: Soares.

Antes das seis da manhã, um dos principais galpões da avenida Brasil que armazenavam máquinas cujo selo era o Leão de Roger foi invadido pelos tiras parentes do policial morto. Enquanto os primos mais altos e fortes destruíam as máquinas com pés de cabra, Adônis, o mais articulado da família, negociava com o funcionário responsável pelo galpão, um paraibinha sério, durão, que não se impressionava com qualquer coisa, muito menos com quebra-quebra de máquinas:

— Olha aqui, paraíba: as máquinas tão acabando. Quando não tiver mais nenhuma pra quebrar, só vai sobrar tua cabeça. Então me diz: cadê o Soares?

— E tu acha que eu tenho cara de caguete?

O homem não sabia o paradeiro do Soares, isso Adônis sacou na hora. Ninguém sabia. Soares sumiu, tinha amarelado. Mas esses paraíbas têm mania de dar uma de cabra-macho, olhar os outros nos olhos e falar quase cuspindo. E alguém tinha que pagar aquela conta...

O camarada apanhou de cabeçadas, chutes, socos e carcaçadas de máquinas. Não satisfeito, Adônis vestiu o sujeito com uma carcaça de máquina e terminou de surrá-lo com um pé de cabra.

Os primos deixaram os restos do homem no chão, junto com a madeira da carcaça destruída. Não dava pra perder o resto do dia com um subalterno que não sabia de porra nenhuma e ainda por cima tinha espírito de cabra da peste. Tinham que ser objetivos. E os Machado eram objetivos.

No centro de inteligência da PF, na Praça Mauá, os grampos autorizados pelo juiz do plantão da noite já rolavam livres e soltos. E os empregados da contravenção começavam a choradeira nas escutas:

— Porra, entrei na porrada, isso não pode ficar assim. Tem que falar com Dr. Estélio pra ele dar um toque no patrão, sacanagem isso, tem que dar queixa disso na polícia...

— E tu vai dizer o quê? Que tava na moral tomando conta das maquininhas, que chegou uma porrada de gorila te metendo a porrada, que tu é um bicheiro sangue-bom...

— Vou dizer que sou vítima do sistema, arrimo de família.

— Sistema é o caralho! Sistema é coisa de otário, seu cuzão!

O investigador Cérebro, cabeça da inteligência, concordou na mesma hora: sistema era coisa de bundão, de sociólogo. Outro grampo tocou, o grampo em Estélio. O investigador caçou a antena do advogado. Aterro do Flamengo. Imediatamente, Cérebro informou aos primos:

— Antena Aterro do Flamengo. Atenção com saída do Santos Dumont. Antena Santos Dumont, antena Santos Dumont.

— Tô na Mauá — respondeu Adônis.

— Corre que dá tempo.

— Não tem a placa? — perguntou Adônis pelo rádio.

— Não, porra! Começamos ontem, né? Já tem a foto do cara, quer mais o quê? Se vira!

Dr. Estélio parou seu Toyota de vidros escuros na cancela do estacionamento do Aeroporto Santos Dumont. Abaixou o vidro para pegar o bilhete de estacionamento. Fez pouco-caso do retardado que babava a própria camisa e repetia para a atendente do estacionamento:

— Você viu meu pai, moça? Cadê meu pai?

Estélio estava com pressa, quase passou por cima do pé do idiota.

Ao contrário da maioria dos passageiros, Estélio não se dirigiu ao guichê de embarque. Foi direto ao Rent a Car e alugou um Renault sedan prata, com uma mocinha loira e simpática:

— São cento e vinte reais com quilometragem livre.

— A mocinha vem junto?

— Por mais cento e vinte, depois do expediente...

Não havia tempo, a mocinha ficaria pra uma próxima. Estélio tinha coisa séria a resolver. Nos últimos tempos, dedicara-se a um único cliente. E esse cliente o tornara um homem rico, como nunca antes fora, nem nos tempos de Nabor.

Estélio tinha orgulho em servir a Roger, sentia-se parte daquele império que se erguia. E, mais do que nunca, estava comprometido em protegê-lo de todos os males.

O advogado assumiu o volante do Renault e pisou fundo, em direção a Angra dos Reis, sem olhar para trás, ignorando o retardado que continuava a perguntar:

— Moça, cadê meu pai? — e sem tirar os olhos da placa de Estélio, em momento algum, anotando a sigla na mente e repetindo: — Cadê meu pai?

CAPÍTULO III

Em Angra dos Reis, Roger terminou de ajeitar o píer de madeira da mansão em que se mantinha cativo. Os anos de vida nas fazendas paraguaias fizeram bem ao seu corpo, sentia-se mais jovem e forte do que a idade permitia.

A mansão estava sem empregados, quase como abandonada, a não ser pelo cão labrador que lhe fazia companhia. Roger tratou de encher o pote do animal com ração, o suficiente para dois dias, prazo máximo para seu retorno. Enquanto o cão faminto queimava a largada e comia a metade do suprimento, o organizado bicheiro arrumava toda a sua roupa, toalhas e utensílios de higiene de forma militar, numa bolsa de tamanho médio.

Roger despediu-se de seu cão e deixou a casa pela mata vizinha, evitando a porta da frente. Lá de cima, podia controlar a chegada ou saída de veículos e teria tempo para fugir ou se esconder ante a aproximação de um estranho.

O Renault de Estélio deu uma volta infeliz pelo condomínio, o advogado esperava que Roger pudesse se aproximar, fazer o mais simples, o mais comum. Depois, se lembrou da recomendação acerca da ribanceira, Estélio não deveria sequer ingressar no condomínio. Bastava um breve passeio pelo mato, que Roger o abordaria.

O advogado subiu a ribanceira devagar, os dois faróis acesos. Perto do cume, acionou os faróis altos e tomou um susto quando um cabeludo com duas pistolas e uma bolsa atravessada pulou na frente do carro.

— Apaga isso! Já vi, porra!

Estélio abriu a porta com as mãos trêmulas, mais gago do que nunca:

— Tá-tá-tá-tá ma-ma...

— Tô maluco, sim, quero ver meu filho, porra! E você dá mil voltas no condomínio, chamando a atenção de todo mundo!

— Eu nã-nã-não sou polícia, sou ad-advogado.

— Tudo bem — disse Roger, beijando Estélio na testa —, e é melhor assim. Resolveu com o chefe de polícia?

— Ma-ma-mais ou menos.

— Como mais ou menos?

— Batista e Soares.

— Hum.

— A parte deles é-é-é mais a-alta do que-que...

— Sei, já imaginava. Quero só saber se posso atracar no Rio.

— Garantido.

— Então acelera, doutor, que eu quero ver meu filho!

— Te-tem umas no-novidades...

— Sem novidades agora. Quero curtir a viagem.

Desceram a Rio-Santos num fim de tarde, a mata e o mar de Angra misturados com o sol. Nada podia dar errado, não podia dar errado.

Na altura de Mangaratiba, uma barreira policial provocava uma retenção no trânsito. Roger olhou para o outro lado da pista, sondando a possibilidade de retornarem para a segurança da mansão, mas havia homens de preto por todo lado.

— Que diabos a Federal tá fazendo aqui?

— Eu na-não sei... mas po-pode ser que tenha re-relação com o que e-e-eu queria falar.

Não houve tempo para explicações. O Renault foi parado na barreira e os tiras nem se deram ao trabalho de pedir documentos. Apenas algemaram Roger e repassaram ao advogado as informações de praxe:

— O senhor quer acompanhar o seu cliente?

— Fa-faço que-questão.

O advogado tentou embarcar na viatura, junto com Roger, mas foi delicadamente colocado pra fora:

— Ei, isso aqui é viatura, doutor! É só pra polícia e pra bandido!

— Ei, ei, peraí! Eu não sou bandido! — protestou Roger.

— Isso você vai dizer pros primos e pros outros colegas. E você, advogado, vá no seu carro e não perturbe demais, senão nem entra no cartório pra oitiva.

O paraíso se tornava pesadelo, de um quilômetro pro outro, de uma hora pra outra. Assim vinha sendo a vida de Roger — parecia sempre escorrer pelos seus dedos. Perdera sua liberdade, o controle sobre seus homens, o mando nos negócios. Agora a porta do camburão era fechada ante seus olhos e a escuridão que se abateu dentro do carro era um prenúncio dos dias futuros.

CAPÍTULO IV

Após suportar horas de interrogatório na Praça Mauá, onde o tema quase único era o paradeiro de Soares, Roger finalmente foi enviado para Bangu VIII, recinto dos presos com nível superior. Por óbvio, Roger havia respondido: "Não tenho a menor ideia do que vocês estão falando." O que mais poderia dizer? "Ah, Soares? Meu gerente de segurança? Um de meus braços? O homem que aperta o gatilho para mim? Ah, vou trazê-lo aqui para que vocês batam com uma barra de ferro na sua cabeça." Porra, que diabo pensavam da contravenção, de sua condição de patrão, de líder? Ele tinha uma reputação, uma história, Roger tinha o dever de proteger seus funcionários.

O bicheiro resolveu os trâmites burocráticos dentro da cadeia com rapidez e perspicácia. Fez chegar aos agentes penitenciários que comandavam sua ala uma bonificação, e o serviço público prestado ao preso Roger passou a ser britânico, finlandês. Os pratos quentes e as bebidas importadas também ganharam as galerias, assim como uma televisão de apenas vinte e nove polegadas, pra manter a discrição.

Dr. Estélio o visitava toda semana, às vezes levava Lico, ocasião em que o cardápio era reforçado, para alimentar o atleta. Já de posse dos relatórios da Federal, o advogado Estélio informou a Roger que Soares e Batista vinham dando um grande desfalque nas contas de sua banca.

— Tem que ver isso direito, doutor. Os federais querem me colocar contra os homens, querem que eu faça o serviço deles. Se o Soares tiver que morrer, que seja pela mão deles.

— Engraçado é que os relatórios pareciam be-bem reais. Ia ser necessário mu-muita imaginação pra inventar todos aqueles diálogos.

— Você não sabe do que a Federal é capaz, doutor, quando quer foder alguém.

— Se-sei mais do que ima-imagina. Eles grampearam to-todos, vai ser fácil saber onde está a verdade. Vou ouvir as fitas e depois te ponho a pa-par, Roger.

CAPÍTULO V

No vigésimo dia desde a decretação de sua prisão, Soares montou uma operação de guerra para sua rendição. Para ele, era mais seguro passar uma temporada no Batalhão Prisional dos Bombeiros do que caçado como um cão selvagem nas ruas do Rio. Cheirou tudo de pó que podia, jogou o resto na privada e, com a cabeça em outra galáxia, entregou-se para os colegas militares.

Com o poder todo concentrado em suas mãos, Batista tinha chegado a ponto de guardar dinheiro em paredes, tamanho o volume de desfalque aplicado na firma. Multiplicara o número de caça-níqueis, mas seguia maquiando o faturamento. Enrolava todos os outros envolvidos nas operações: o chefe de polícia, Raul Estrela, Soares, Dr. Estélio, Roger, Antenor Libanês. Inventava propinas em nome de promotores, juízes, peritos e jornalistas, além das dezenas de policiais. A mão do ex-polícia estava ficando tão pesada que, daquele jeito, a firma poderia chegar ao cúmulo de dar prejuízo, no papel. Aproveitava-se do momento de fraqueza de Roger, um leão encarcerado, com as presas cortadas.

Batista continuou a pagar a Soares, que era um arquivo vivo, mas não o mesmo pró-labore da ativa. Batista tinha uma goela imensa e, de posse dos números, podia manipular, além da verdade contábil, a verdade política acerca da aceitação do bicho. Soares tratou de mostrar sua indignação:

— Não me vem com essa porra de política, não, hein, Batista! É melhor você me pagar direito nessa porra, hein? Senão eu alopro!

Batista abriu os braços:

— Mas o movimento caiu, Soares... e tem também a taxa de administração.

— Continua a me sacanear, que eu vou cobrar a taxa da liberdade pra você — arrematou o bombeiro, passando a mão sobre o nariz. — E vê se me arruma logo uma carga que eu já tô entrando em abstinência.

Batista deixou o batalhão prisional e encomendou um quilo de pó para Soares. Ele e o bombeiro faziam aniversário no mesmo dia. Mas o melhor presente que Batista esperava receber era a notícia de uma overdose de Soares, ouvir que a carcaça do velho bombeiro não resistira, que era um bom homem, que era carinhoso, que era generoso, e todas aquelas mentiras que se falam quando a gente morre...

CAPÍTULO VI

Numa reunião fechada, o corregedor regional da Polícia Federal do Rio de Janeiro, delegado Gotardo, expunha ao agente federal Adônis um gráfico com as mortes decorrentes da guerra do bicho. O número havia triplicado desde a morte do primo de Adônis, o policial Machado.

— É por isso que não quero mais ações deliberadas contra o bicho. Qualquer operação de vocês tem que passar antes pelo crivo da Corregedoria.

— Estranho isso — comentou um Adônis, impassível.

— O quê?

— Essas mortes.

— Muito estranho — emendou o corregedor.

— Será que alguém da casa tem algo a ver com isso? — replicou o agente, com um sorriso sardônico no rosto.

— Se tiver, eu vou ser o primeiro a comer o cu do polícia.

— Não sabia que o senhor era adepto dessas práticas.

— Você me entendeu, Adônis. Vou foder a vida de um! — o corregedor emendou, já se levantando.

— Eu só sabia das outras práticas...

— Acho que você precisa de uma licença, Adônis — aconselhou o corregedor, afrouxando a gravata.

— Pareço doente, chefe?

— Me preocupo com a saúde da tropa.

— O senhor mal conhece a tropa.

— Você tá bagunçando o prédio! Encontramos máscaras de macaco, cordas, sacos, alicates, martelo e serrotes na mala de uma das viaturas da sua equipe, Adônis! — acusou o corregedor, apontando o dedo para o agente, as veias do pescoço saltadas.

— Jura? O senhor encontrou isso na minha viatura? — Adônis bateu com a mão direita na mesa do corregedor. — Ou colocou isso na minha viatura?

— Como ousa, seu merda...

O corregedor levou a mão à arma. Adônis o encarou com um sorriso desafiador no rosto. O corregedor se arrependeu da precipitação. "Puxou, agora atira", era o que diziam os olhos de Adônis. Se recuasse, estaria humilhado. Pensou numa solução.

Um disparo. Apenas um.

O corregedor só queria dar um susto no tira abusado. Ficaria com fama de maluco, que é a melhor fama que um tira pode ter. Ninguém mexe com malucos. Eles não respondem a sindicâncias, processos disciplinares, inquéritos, nada. Eles, os loucos, são esquecidos. O corregedor retribuiu o sorriso de Adônis e atirou na haste da cadeira onde o policial estava sentado. A fumaça da arma pairou no ar. Adônis esperou um segundo tiro, que não veio.

O agente não imaginava o que andavam dando pra esses delegados comerem ou beberem, a ponto de colocarem um delegado despreparado e indeciso à frente de uma Corregedoria. Que o corregedor levava uma prata da contravenção todo mundo sabia, mas achar que dava pra intimidar um tira antigo. Enfim, Adônis não podia perder tempo com filosofia:

— O senhor, sim, vai precisar de uma licença médica.

Adônis sacou sua 9mm e enfiou quatro balas no tórax do corregedor.

* * *

Do outro lado da cidade, Plácido recebia a Federal na porta de sua casa com um mandado de prisão. O agente federal que comandava a ação ponderou:

— A gente quer o Soares.

— Acha que ele veio procurar emprego novo aqui no meu apartamento?

— Acho que vamos infernizar a vida de vocês até encontrar esse filho da puta.

— Querem um café?

— Arrume sua mala e vamos embora.

Os carcereiros já conheciam Plácido de outras temporadas que ele passara, por conta do contribuinte, nas melhores suítes do estado. Muitos daqueles carcereiros ele cumprimentava pelo primeiro nome, e até sabia um pouco sobre suas famílias. Era assim no jogo do bicho, havia camaradagem, proximidade entre os bicheiros e as autoridades. Se algum policial, por conta de um desvio funcional ou um defunto mal matado, perdia a carteira, lá estava a contravenção, de braços abertos para contar com sua experiência e aproveitá-la em suas atividades. Segurança, agiotagem, encomendas mais pesadas, enfim, eram o segundo caminho para o tira. A segunda oportunidade, que a sociedade se negava a dar ao profissional de polícia, o bicho oferecia de todo o coração.

Plácido e Roger mantiveram uma coexistência pacífica. Não podiam se comportar, num presídio de nível superior, como líderes de facções criminosas. Eram, antes de tudo, homens de negócios. Em um jantar ou outro, chegavam até a sentar próximos e travavam diálogos curtos, dando a entender à massa carcerária que haveria uma trégua na contravenção. E a relação com a Justiça poderia melhorar.

Não funcionou muito bem.

CAPÍTULO VII

O jogo do bicho e a Polícia Federal eram instituições tradicionais, sendo o bicho a mais antiga. Apesar de não serem irmãs, as duas entidades se toleravam, cada uma tinha o seu limite de ação. Com a guerra, o caos se instalou em ambos os impérios: o da Lei e o da contravenção.

Por três longos anos, Maria Eduarda recebeu seu cheque mensal das mãos de Dr. Estélio. Ela procurava informações sobre Roger, seu protetor, mas tudo o que ouvia era que não havia previsão para o relaxamento de sua prisão preventiva.

— Nã-nã-não tá mo-mole, não, Du-duda... eles fo-fo-fo-foderam o Roger dessa ve-veeez... — dissera o doutor em sua última visita.

O iate *Adão*, de propriedade de Duda, atracou na Praia de Barra Grande, no sul da Bahia. O capitão retirou-se para o camarote, a fim de deixar a patroa Maria Eduarda à vontade com seu namorado, noivo, marido ou o que o valha. O capitão conhecia a história de Maria Eduarda desde o princípio, sua origem, seu sexo masculino, sua devassidão. E, como na contravenção não há segredo que dure para sempre, sabia do motivo do nome do barco: *Adão*. Ah, Adão, o tatuado, ela sentia sua falta até hoje.

Mas Gavião a confortava. Era homem, centrado, promotor de justiça, imagine. Fino. Maria Eduarda, afinal, triunfara, transformando-se em mulher para depois conquistar o homem de sua vida, seu porto seguro.

Gavião dava mostras de que se acostumara ao luxo, mas Maria Eduarda não sabia ainda como ele reagiria diante de um assunto tão delicado, mas que não podia mais ser adiado.

— Filhos? — ele perguntou, ao ser abordado.

— Não, não é sobre isso. — Ela sorriu amarelo. — Trata-se disso aqui — Duda completou, girando o indicador e apresentando o barco envolto pela água e pela relva ao fundo.

— É um lugar fantástico, realmente. Parece quase virgem.

— Que nem eu — ela emendou, manhosa. — Amor, você sabe de onde vem tudo isso, não sabe?

Gavião fez que sim com a cabeça. Fazia parte disso, desde aquele dia...

— E sabe que não sou eu quem toca esse negócio que meu pai deixou.

Gavião adiantou:

— Sei mais sobre a história de sua família do que imagina.

— Agradeço a discrição e o cavalheirismo. Você nunca perguntou nada.

— Perguntar sobre o que já sei? Que sentido isso faria?

Por um instante Maria Eduarda imaginou que ele soubesse da transformação, mas jamais, em hipótese alguma, adiantaria o assunto.

— Tem conhecimento então que o homem que toca meu negócio está preso há três anos.

— Sim.

— E pra manter isso aqui tudo, nadar entre golfinhos, tomar essa champanhe — e ela apontou mais uma vez para a bela baía —, pra manter esse nível de vida, quero dizer.

— Fale, Maria Eduarda.

— Estou perdendo dinheiro. Preciso dele solto.

— Eu sou promotor, não sou eu quem decide isso.

— Esperei três anos pra lhe pedir, amor, pra não confundir nem arriscar nosso relacionamento. Sei que não gosta de bicheiros e...

— É sobre Roger?

Maria Eduarda concordou.

Gavião iniciou:

— Veja bem, não sou mais tão inflexível. Fui assim no passado e minha atitude só me trouxe desgraça. Era correto, íntegro, leal à minha profissão. E fui escorraçado. Pela mãe dos meus filhos, pela minha família, pelos meus pares.

— Não quero que faça nada de errado, só quero...

— Mas essas coisas são complicadas, tem que ver com o juiz de execuções penais, tem que ver o regime da prisão, tem que ver conjuntura política, imprensa...

— Sei disso, era só se tivesse uma brecha... uma esperança que fosse.

Gavião levantou-se e rodeou o iate, as mãos tocando cada parte da embarcação, o leme servindo de apoio à sua mente. Aquela mulher que lhe pedia era a fêmea que lhe havia estendido a mão, quando o promotor estava bastante enfiado num buraco cheio de lama, um esgoto fétido, desprezado pelos porcos. Ela o chamava agora de volta à realidade: "Você virou de lado, homem, você mudou de time, o outro time não te quis, eu te quis, entendeu?" Mais do que isso, as mãos do promotor já estavam sujas com o sangue de Jamil. Tudo por causa de uma xoxota? Não era bem assim, ele tinha de reconhecer: gostara do conforto e do prazer da vida que o dinheiro do bicho lhe proporcionou, resgatando-o da pocilga em que sua cabeça estava enfiada, na parte mais pobre e suja do Lido, em Copacabana, junto de prostitutas como Cindy, a perversora.

Mas o ponto fundamental que o inclinava a se esforçar em atender ao pedido era a proximidade, antes improvável, que tinha de Roger. Os bens de que ele desfrutava, o conforto de sua nova vida, tudo isso vinha do dinheiro do bicheiro. E o mais importante: a vingança que ele jamais acreditou que teria também foi proporcionada por Roger. O algoz de sua vida anterior, Zeca, estava morto. E ele, Gavião, ressuscitado, nas águas mornas da Bahia.

Estava fácil de decidir.

— Estou pronto pra fazer tudo o que estiver ao meu alcance. Por você, meu bem. — Ele fez uma pausa, olhando ao redor do barco. — Pelo que vivemos até aqui, passo por cima de qualquer um. Não garanto sucesso, mas vou fazer o meu melhor.

Maria Eduarda o beijou, agradecida, e, mais uma vez, com tesão. Ela trepou com o promotor ali mesmo no convés e, antes de chegar ao orgasmo, olhando-o bem no fundo dos olhos, ela jurou ter visto seu surfista prateado, Adão, com o dragão tatuado no braço. E, com a chegada do amante, deixou escapar, para desconforto de seu enamorado:

— Ai, Adão...

Gavião fingiu não ouvir e seguiu metendo, com fúria de cabra macho, fúria de cabra da peste, fúria nordestina, acompanhando o ritmo dos gemidos, travestindo e falseando o "ai, Adão" em "ai, Gavião"...

Faria o favor por Maria Eduarda também, mas, acima de tudo, por si mesmo.

Pelo retorno do Gavião.

CAPÍTULO VIII

O Salgueiro comemorava antecipadamente o réveillon, ao mesmo tempo em que preparava sua escola para o desfile na Sapucaí do fevereiro próximo, carnaval. A quadra se oferecia em vermelho e branco e a bateria percutia vigorosa, incitando os sambistas. Os machos caçadores tinham ao seu alcance um pelotão de mulatas e negras gostosas do samba, misturadas às garotinhas brancas, loiras, morenas e cheirosas da Tijuca, enfiadas em vestidos curtos e shortinhos jeans mínimos, prontas pra amar nas estradas do Alto da Boa Vista ou se estender até os motéis da Barra antiga. Mas a preferência era pelas esquinas tijucanas.

O chefe da Polícia Civil, Raul Estrela, assistia ao espetáculo feminino de seu camarote, um caçador em posição privilegiada. Ele vestia uma camisa florida abotoada até a gola, mantendo o cordão grosso de ouro escondido dos maledicentes. Se a intenção era ser confundido com um bicheiro, acertara na mosca na indumentária.

Já Batista sentia-se no domínio da situação, tinha convicção de que Raul brigaria por ele, no caso de uma destituição de sua posição dentro da quadrilha de Roger, do controle das finanças. Raul era o tira mais bem-pago pelo bicho de todos os tempos, graças a Batista. E aos desfalques por ele aplicados.

Batista mantinha-se ao seu lado, sereno, as duas mãos segurando a varanda de cimento do camarote, com uma lata de cerveja presa aos dentes.

— Não tinha uma blusa melhor no armário, não? — brincou Batista, pra quebrar o gelo.

— Não tinha um lugar menos chamativo pra marcar? — Raul não estava para gracejos.

— Território neutro. Queria marcar em Padre Miguel? Ou em Nilópolis?

— Diz o que que é tão urgente. Não quero bicheiro andando agarrado na barra da minha calça.

Batista não engoliu a desfeita.

— Você não respondeu aos meus recados. Não tive outra escolha.

Raul fez um mea-culpa, sem muita convicção:

— Não leve a mal — o delegado baixou o tom da voz —, são esses federais malditos! Você não pode me ligar, eles grampeiam tudo... Levaram o lance do polícia pro lado pessoal, é foda isso...

— E agora vão ficar mais atrás do que nunca.

— Por quê?

— Dr. Estélio conseguiu a soltura do patrão.

Estrela deu um pigarro:

— Diz aí o que é que esse Dr. Estélio não consegue? Puta que pariu esse gago... Quem são os amigos desse cara?

— Quem vai saber? É um gago bem-relacionado, disso eu não tenho dúvida.

— Isso vai atrapalhar os negócios? — emendou Raul, testando Batista.

Batista percebeu, mas deu corda para o delegado:

— Bom... agora o patrão é outro. Vou voltar a ser empregado. Acho difícil manter teus vencimentos com ele solto, legal.

— Tem essa, não. Ele tem que pagar o que eu exigir.

— E se não pagar?

— Você tá ganhando bem. Eu tô ganhando bem. O negócio vai bem. Por que que ele não vai pagar?

— O patrão não gosta de dividir, e vai reassumir a administração. Ninguém ia chorar a morte de quem já tava morto, enterrado na Bahia, Paraguai, Cuba, sei lá por onde ele andou. E ele tem muitos inimigos, ninguém saberia de onde veio...

Raul Estrela estava desconfortável ali, na companhia de Batista. Nunca fora homem de se arriscar em público. Já soubera da conquista do incansável Dr. Estélio dias antes, estava ciente de que Roger passaria o réveillon na santa paz de Deus, em absoluta e irrevogável liberdade. Mas era bom estender a corda ao seu achacado sócio Batista, estudar suas reações. E dar seu recado:

— Olha aqui: não vem me sugerir maluquice, não! Se tá me tirando de assassino de bicheiro, me fala agora que tu não sai nem dessa quadra. Já te ajudei no que devia, estamos quites. Cada um com seus problemas. Se o Roger vai pagar, se vai sumir, se vai voltar pra Bahia, pro Paraguai, pra Cuba, eu não quero saber. Mas, no fim do mês, vou querer o meu dinheiro, na minha gaveta — Estrela bateu nas costas de Batista —, ou acabo com o jogo.

Batista desviou o olhar para a quadra, concentrando-se nas mulheres, no samba. Tinha que aturar aquele delegadinho de merda fazendo ameaças que jamais poderia cumprir. Mas era recomendável que fosse político naquele momento. Tinha que seguir ganhando dinheiro. E ninguém ganha dinheiro de verdade sem política.

O delegado deu dois tapinhas em seu rosto. Batista odiava isso. Mas engoliu mais uma vez. Raul Estrela se despediu:

— Pensa em tudo isso que falei. Bom samba.

Estrela virou as costas, deixando para trás as sinuosas mulatas do Salgueiro.

O mundo pesava nas costas do ex-tira. Com o fel na garganta, ele viu a progressão do seu ex-delegado, agora chefe de todos os tiras do Rio de Janeiro, pela quadra da escola, as pessoas dando tapinhas nas costas do zero-um da Polícia Civil, como se fosse o homem mais honesto e ordeiro dos quadros da instituição. Batista, num arroubo romântico de masculinidade, chegou a coçar o cão de sua 45, oculta sob o blusão branco e liso.

Estava cansado daquela vida cínica, dos caminhos errados que tivera que escolher. E farto daquele inarredável respeito à hierarquia. Já matara antes, já espoliara antes, mas sempre como empregado. Sempre com o espectro do chefe a assombrá-lo.

Batista baixou o cão da arma e viu o chefe da Polícia Civil deixar a quadra do Salgueiro pela porta da frente, aquele canalha poderoso. Bater de frente com instituições, com organizações não era bem sua especialidade. Não era competente para encurralar canalhas poderosos.

Aquela seria mais uma noite que o ex-tira teria que passar com a lembrança de seus mortos, seus gritos e uivos. Batista, enfim, vencera. Era um homem rico. Mas o passado de fracasso o assombrava. Ao menos, agora, podia dormir com seus pesadelos sobre um colchão forrado de dinheiro.

Ainda que não fosse o suficiente.

Para Batista, nenhum dinheiro seria suficiente.

Jamais seria.

CAPÍTULO IX

Foram mais de três anos de cadeia fechada. Cadeia privilegiada, mas cadeia fechada. Roger cumpria a pena pelo homicídio de Saulo, seu primo. Plácido era acusado de contrabando, lavagem de dinheiro e participação na guerra do bicho. Plácido e Roger já não tinham o que inventar: sinuca, visitas íntimas, futebol, cartas, dados, lagostas, salmões, churrascos, cerveja, vinhos, cigarros, charutos e uísques. Mas, quando inimigos mortais são confinados em um mesmo ambiente, o destino se encarrega de dar a eles um novo litígio.

Era Natal. No salão de refeições, Roger ceava um tênder na companhia de outro banqueiro, mas não de bicho. Um italiano velho conhecido no mercado financeiro, responsável por arrombar três bancos de diferentes bandeiras.

— Rodei pra Federal também. Eles são bons, esses caras, mas não tanto quanto pensam. Não sou santo, não, mas até hoje não entenderam minhas operações. Me prenderam porque sabiam que eu tava na sacanagem. De crime eles entendem, mas não sacam porra nenhuma de economia.

Plácido interrompeu a conversa entre os dois banqueiros, dirigindo-se a Roger:

— Quero falar com você.

— Tem que ser agora? — Roger estranhou.

— Tem.

— Tô jantando com seu parceiro de cela.

— É urgente, por favor — disse Plácido, afastando com um olhar o banqueiro. Era uma discussão de família, não cabia a presença de estranhos.

— Quer me dar feliz Natal? — iniciou Roger.

— Posso até fazer essa gentileza.

Os dois se dirigiram para um canto, próximo à cozinha. O preso encarregado de preparar a ceia se afastou. Plácido introduziu o assunto:

— Não tenho nada contra seu filho Lico. Eu gosto do menino, você sabe disso. Eu o vi crescer. Ele até frequentava minha casa até nós dois, eu e você, termos... esse nosso problema.

— Hum.

— Ele tá se encontrando com a Dorinha, minha filha caçula. Isso pode acabar trazendo um problema pra nós dois.

— Problema? Pra mim? Ou pra você? — Roger não conteve o riso.

— Roger, eles são primos, têm o mesmo sangue, pode nascer um problema daí. Tem que cortar isso agora, enquanto é cedo.

— Eu não vou fazer nada.

— Não vai fazer nada...

— Você acha que eu vou cortar a onda do garoto?

— Bom, você não vai fazer nada pra cortar a onda do seu garoto, primo da minha filha ...

— Nada. — Roger gesticulou com os braços, indicando o "vazio", de forma tranquila. — Nada.

— E se eu resolver esse problema aqui, será que seu garoto vai entender o recado?

— Nem precisa de pretexto...

Então a porradaria começou a rolar.

Socos, cabeçadas, cotoveladas, pancadas duras para todos os lados. Os presos continuaram sentados, apenas movendo suas cadeiras de modo a acompanhar a briga, sem atrapalhar. Os carcereiros permaneceram impassíveis. À medida que a luta se prolongava, e as mesas e as cadeiras depredadas iam rareando, as baianas, gravatas e imobilizações tomavam o lugar dos golpes contundentes. No final, não houve vencedor, apenas dois homens extenuados e feridos. Os custodiados e os carcereiros não deram um pio, nada de opiniões nem manifestações. Apenas um dos espectadores ofereceu uma salva de palmas e um brinde aos dois lutadores.

— Não é to-to-do dia que se vê u-u-uma apresentação de-dessas. Espetáculo de alti-ti-tíssimo nível.

Era Dr. Estélio, com uma garrafa de Don Pérignon à mão:

— Estou com o al-al-alvará de sol-sol-sol-tura de vocês — o advogado sorriu para ambos, orgulhoso —, mas dá-dá-dá tempo de fazer um brinde antes. Feliz Na-Na-Natal!

CAPÍTULO X

Aquela véspera de Natal seria movimentada também para o segundo escalão do bicho. Batista soube da liberação dos alvarás para Roger e Plácido, mas não se esqueceu de Soares. Tinha que mantê-lo por perto, quanto mais agora, diante do retorno de Roger e próximo da auditoria nas contas da firma.

Batista percebeu o carro suspeito na rua vizinha ao Batalhão Prisional dos Bombeiros. Notou que os homens vigiavam a saída de um Golf, o motorista denunciando a intenção em segui-lo. Era um dos primos da Federal, como já se esperava. Outras viaturas deixaram o batalhão, e isso parecia confundir os caçadores de Soares.

De qualquer forma, Batista havia formado um pequeno exército, mesclado com tiras aposentados da Polícia Militar, agentes do Desipe e bombeiros para transportar Soares. Na verdade, tudo não passava de uma cortina de fumaça. O sargento-bombeiro já estava em local seguro, longe do Batalhão, desde a noite anterior à expedição do alvará de soltura. Soares manteve esse esquema ao longo dos três anos de cadeia: chegava junto com o Comando do Batalhão, com dinheiro bom, e conseguia suas regalias. Dormia fora quando queria, em hotéis, motéis, resorts, viajava com as amantes, fodia quem quisesse, a hora que quisesse. Na esfera militar, era ainda mais fácil resolver a questão cadeia do que no Desipe. Bastava ter o dinheiro pra pagar por essa consideração, mesmo sendo uma caserna de bombeiros.

A movimentação, a farsa para o transporte de Soares levara a uma constatação: os federais não abririam mão da cabeça do bombeiro. E mais: até onde iria sua sanha de vingança? Todo mundo soubera o que Adônis fizera com o corregedor da PF, antigo aliado da contravenção: quatro balas de 45 no peito, dentro do prédio da Mauá. O ódio dos caras era imenso, como já previra Batista.

Ficou como legítima defesa. A PF nem sequer suspendeu seu agente.

Adônis e os primos tinham o Estado ao seu lado.

Batista rangia os dentes, estava fazendo o trabalho que a cúpula deveria fazer, que Roger deveria fazer. Por que ele, sozinho, tinha que pensar em tudo, sempre?

Talvez uma forma de aliviar a consciência, porquanto estivesse roubando mais da metade do dinheiro do patrão. Bem mais do que a metade.

O comboio acompanhou o Golf que servia de isca aos federais e Batista percebeu a movimentação de duas motos estranhas ao seu exército. Em seguida, o carro que fazia a campana partiu. Agora não havia mais dúvidas: a PF estava realmente seca pelo bombeiro cheirador.

No passado, a ideia de ver Soares sem cabeça teria sido bem-vinda. Agora, com Roger de volta ao comando, Batista precisava de aliados fortes. Ninguém poderia prever o dia de amanhã. E só de imaginar o encontro com o patrão, que por anos ele desfalcou, enganou, surrupiou, Batista sentia uma tremenda fraqueza nas pernas, uma dor aguda na barriga e uma vontade de cagar nas calças que não aparecia desde criança.

Mas, afinal de contas, já que estava no mundo do jogo, essa foi a mão que lhe restara.

Cartas à mesa.

CAPÍTULO XI

Direto do presídio de Bangu VIII, Dr. Estélio queria refazer o caminho para Angra, levando Roger de volta pra casa. Fazia parte do trabalho do advogado, aquela fraternidade, quase paternidade. Mas Roger tinha outros planos:

— Me leve até meu filho.

Roger chegou à Serra de Itaipava, onde Plácido mantinha uma de suas casas, e se deparou com uma cena inusitada: duas legiões de seguranças vigiando um jovem casal que, quando muito, dava as mãos, num inocente passeio.

O burburinho dos seguranças chamou a atenção do casal, e Lico, mesmo a distância, reconheceu o pai, no alto da colina. Largou a mão de Dora e perfez trezentos metros no espaço de tempo mais curto que pôde. Abraçou Roger, queria seguir caminho com o pai, mas foi repreendido:

— Rapaz, honra teu compromisso! Olha a menina!

— Ninguém me avisou...

— Eu quis assim. Era surpresa.

— O tio Plácido falou com a Dora.

— "Tio" já é demais...

— Pô, vou virar o ano-novo com meu pai!

— Volta lá e avisa logo a ela, antes. E avisa que vai voltar. A cabeça delas não funciona igual à nossa, não, vai aprendendo.

O garoto desceu ao encontro da moça. Falaram rápido, mas demoraram no beijo. Bastante. Roger estava, agora, com quase cinquenta anos. "Aproveita, meu filho, que esse momento não volta nunca mais", o pai pensou. Roger sabia. E todo homem com cinquenta anos sabe disso.

Lico estava no comando do carro, um Passat alemão blindado e pesado, com o pelotão de seguranças acompanhando. Roger optou por uma rota que levava ao sul fluminense, passando pela pequena Lídice, até chegar a Angra dos Reis:

— Acha que o tio Plácido vai liberar?

— Não sei. Ciumeira é grande com a Dora. Tanto do pai quanto da mãe.

— É. Eu entendo. Tenho ciúme dela também.

— Muito cedo pra isso.

— Vou casar com ela.

— Calma aí, vocês são primos.

O Passat atravessou o portão do condomínio em Angra e Roger gostou do que viu, ou melhor, não viu: assédio de imprensa, polícia, nada. Mais uma bela operação comandada por Dr. Estélio, sem alarde, à prova de riscos

Desceram a rampa para a garagem, onde mais oito carros fariam companhia ao Passat alemão. Enquanto manobrava, Lico ponderou:

— Sabe, pai, nesse tempo que o senhor andou fora, pensei até em entrar pra Federal.

Roger tomou um susto. Encarou o filho com alguma perplexidade.

— Tô de sacanagem, pai! Diz aí: e se eu quiser entrar pro negócio da família?

Aliviado, mas incomodado com o susto, Roger respondeu:

— Anda, coloca o carro mais pra frente, pra ficar na sombra. Depois falamos desse assunto.

Roger não gostava de mentir para Lico, mas tinha outros planos para ele. O negócio da família jamais lhe seria revelado, exposto. Ele não precisaria nem trabalhar, se não quisesse. Poderia viver das vitórias nos esportes, das conquistas de mulheres, viver como um playboy. Só não queria ver o filho com aquela eterna e incômoda espada na cabeça que o acompanhava dia e noite, onde quer que estivesse, aonde quer que fosse, de onde quer que partisse.

Roger queria ser o último bicheiro da família.

CAPÍTULO XII

Era chegada a hora de restabelecer as coisas à ordem. O convite para o réveillon em Angra dos Reis vinha assinado pelo próprio Roger e endereçado aos seus dois homens de confiança: Batista e Soares. Roger não queria travestir Dr. Estélio, seu cérebro, mentor e salvador, em boy de luxo, por isso repassou outra missão ao advogado: pagar um décimo terceiro à viúva — e pessoalmente. Afinal, esta era uma missão que cabia tão somente ao advogado, e ele não a delegaria a quem quer que fosse.

— São três visitas, doutor: Batista, Soares e a viúva.

A missão de Estélio, contudo, não se resumia ao convite amigável para um passeio comemorativo pelo ano-novo. Ele cobraria não só os resultados dos ganhos provenientes dos caça-níqueis, mas o mapa de funcionamento das máquinas, quantidade por área, bancas de bicho escrito em funcionamento, nomes dos proprietários dos bares, nomes dos apontadores de bicho, nomes das autoridades corrompidas, identificação dos profissionais das mais variadas espécies contratados, para todo tipo de serviço e disposições gerais.

Estava anunciada a devassa. Roger tinha plena consciência do que se passara: seus homens não levaram fé que ele saísse da tranca tão cedo. Muito menos que mandasse matar algum funcionário de lá de dentro, nos tempos de claustro, tamanha a vigilância que a Federal estava exercendo sobre ele. Estava fraco, anêmico, atrás das grades e com o poderoso monstro federal a monitorá-lo. Roger sabia que Batista e Soares haviam traído a firma, traído o patrão. O relato da Federal era frio, havia até certo prazer em denunciar os ladrões. Mas Roger queria a certeza, queria encarar seus homens nos olhos, pra depois, sim, enviá-los ao seu destino.

No último dia do ano, contudo, Dr. Estélio se apresentou sozinho. Desde a soltura do patrão, nenhuma apresentação se deu: de nenhum outro funcionário, nenhuma resposta dos soldados, dos subalternos, dos gerentes, nenhum sinal de vida.

— Isso é medo do Estado. Vai passar, doutor.

— Mais provável ser me-medo de vo-vo-você.

Roger fingiu não ter ouvido a opinião de Estélio. O advogado insistiu:

— Sou seu a-a-advogado. Sei por que Batista e Soares nã-nã-não vieram. Sei o que p-pretende fazer com eles. Por isso, me vejo na obrigação de lhe avisar q-que este não é o momento.

Roger assentiu com a cabeça, com a voz baixa e tom sarcástico:

— Este não é o momento?

— Não, nã-não é o mo-momento.

Roger se aproximou de seu advogado de uma forma um tanto impetuosa, rude, talvez pelos goles de uísque a mais que tomara por conta da liberdade conquistada:

— Eu lhe tenho respeito, doutor — Roger estava sendo franco —, não é pelo seu título, não é por ter me livrado das grades, mais de uma vez. É porque eu tenho um profundo respeito pelo seu espírito e pelo seu amor à liberdade... — Roger pousou a mão direita sobre o ombro do advogado enquanto enfiava, no bolso esquerdo de seu paletó, um envelope pardo, dobrado e grampeado. No bolso direito, depositou o envelope destinado à viúva. Estélio permaneceu estático, não se deu ao trabalho de apalpar nenhum dos volumes aninhados nos bolsos de seu terno. Apenas, com um semblante afetuoso e revestido de um certo cansaço, depois de todo o esforço de anos, todas as manobras para livrar seu cliente mais ilustre da cadeia, desejou ao patrão:

— Feliz ano no-novo, Roger!

Roger ainda o advertiu, apontando para o terno:

— O seu é o mais pesado. Não confunda: é o do bolso esquerdo, doutor.

CAPÍTULO XIII

Estélio dirigiu-se direto à mansão de Rita, a bordo de seu Jaguar. Chegou à mansão antes do cair do sol, um pouco além do horário marcado previamente com Rita.

Ele estranhou a ausência de seguranças à porta da mansão. Tocou o interfone por três vezes, até que o portão eletrônico de ferro abrisse automaticamente. Estélio dirigiu-se pelo hall de entrada até o elevador de porta pantográfica. O advogado entrou no elevador e apertou o botão do quarto andar, onde ficava a área de lazer, composta pela piscina, um quiosque com bar, pia e churrasqueira, além de uma sauna seca e outra a vapor. Desembarcou no quarto andar. Deserto. Estélio pisou o platô, feito em tábuas de madeira, e logo avistou Rita, de robe preto, saindo da área da sauna. Ela usava agora os cabelos curtos, um corte radical, que realçava ainda mais o desenho de seu rosto, tão belo quanto o do corpo. Com uma garrafa de uísque às mãos e cambaleante, ela saudou o advogado:

— Dr. Estélio, quanto tempo...

— Ri-Rita! O que fez com a segurança?

— Segurança? Pra quê? Pra que segurança? Meu marido era bicheiro, encheram ele de tiro, o assassino me dá uma mesada, o advogado vem na minha casa acertar o reajuste da minha mesada, eu ganho até décimo terceiro... me diz aí: segurança pra quê?!

— Você be-bebeu...

— Bebi, bebi sim. Tô há anos bebendo, sozinha, largada nesta mansão, neste palacete! — Suas mãos tremiam.

O advogado tratou de sacar o paco do bolso do paletó e o entregou à viúva.

— Está reajustado.

Rita conferiu o montante e depositou o envelope sobre uma das mesas que circundavam a piscina.

— E agora o senhor volta mês que vem... é isso?

— Vo-voltarei se-sempre que for necessário.

Rita concordou com a cabeça. Depois levou a mão direita à boca e começou a morder os dedos, levemente, pra disfarçar o muxoxo dos lábios. Não conseguiu e o choro veio compulsivo, sincero. Estélio se aproximou com cautela, colocou uma das mãos em seu ombro. Ela baixou os olhinhos:

— O senhor nem imagina o que eu tô passando. Sozinha, neste palacete, esquecida...

— Mas é uma ca-casa tão bonita..

Rita se desvencilhou da mão de Estélio, sacudindo a cabeça negativamente, o rosto traindo o augúrio para a cólera. Deu um gole no uísque e iniciou o discurso:

— Casa bonita, Doutor? O senhor acha que eu sou alguma deslumbrada? Isto aqui é um palacete! — Rita deu mais um gole no uísque e seguiu, seca. — Só que é um palacete sem cacete — com elegância, da boca de Rita tudo sai com elegância.

Estélio fingiu que não ouviu, caminhou até o bar do quiosque e se serviu de uma dose de uísque. Rita seguiu chorando sozinha, estudando Estélio. O advogado desviou o olhar para as gárgulas cuspindo água. Finalmente, Rita se tornou agressiva:

— São anos sozinha, doutor! Ninguém quer saber de mim! Os homens têm medo de mim, a viúva do bicheiro... a viúva negra! Quer saber por que eu tô triste, doutor?

O pranto de Rita se tornava cada vez mais alto e compulsivo. A viúva abriu o robe e exibiu o corpo ainda mais incrível do que em seus dias de tenra juventude. Cobrindo suas preciosas partes, um pequeno biquíni preto. Muito pequeno.

— Tô triste porque ninguém quer me foder!

Dr. Estélio contornou o bar, o cenho fechado, e se aproximou da triste mulher. Intimidada, ela baixou o tom e murmurou:

— Os homens têm medo de mim! É como se eu fosse proibida...

Dr. Estélio não deixou que ela prosseguisse: arrancou fora a parte superior do biquíni de Rita, com furor impróprio para sua idade.

— Va-vamos a-a-acabar logo com essa palhaçada!

Rita fechou os olhos e abriu a braguilha do advogado, pedindo:

— Faz amor comigo, doutor.

— Não me chame de doutor — respondeu Estélio, agora livrando Rita da calcinha e penetrando-a com toda a força que o velho corpo ainda lhe reservava...

CAPÍTULO XIV

Roger queimou a largada e mal viu a passagem do ano. O Leão estava solto e ficou imerso no uísque, coisa que não acontecia todo dia. Seu primeiro ato no novo ano que se anunciava foi checar o quarto do filho Lico. E lá ele estava, tal qual no primeiro dia de vida, no primeiro mês, no primeiro ano: dormindo um sono profundo e tranquilo, com os braços abertos de uma criança saudável.

Só que agora era um jovem forte, de músculos bem trabalhados e o peitoral cheio de pelos.

Roger sorriu, encostou a porta e foi dar a primeira mijada do ano. Encarou-se depois no espelho do banheiro, tentou contar os fios de cabelo branco da cabeça. Não conseguiu. Os brancos já estavam derrotando os pretos. Em breve tomariam todo o couro cabeludo, assim como acontecera com seu pai e seu tio, coisa que encarava como um sinal de sabedoria.

O bicheiro dirigiu-se à casa de barcos. Verificou óleo e combustível da lancha. Abasteceu o frigobar da embarcação com uma caixa de cervejas, porque Lico já dava seus goles. Colocou duas garrafas de vinho e uma caixa de champanhe para qualquer eventualidade que surgisse. E uísque. Ainda assim o frigobar parecia vazio, e Roger achou que o primeiro dia do ano poderia parecer magro para ele e o filho. Preparou um isopor, encheu-o com gelo e o entulhou com lulas, atum, mariscos, lagostas e mais umas garrafas de cerveja belga. A geleira estava repleta. Só então assoviou para o quarto de cima.

— Pula logo que já começou o ano, filhote!

Roger empurrou a lancha pra água, ligou o motor e esperou. Lico apareceu na janela com a longa cabeleira desgrenhada, a cara e o short amassados.

— Bora! — chamou o pai novamente.

Lico mergulhou e pediu pra assumir a pilotagem. Com Rolling Stones nas alturas, pai e filho avançaram pela baía verde e azul de Angra, seguidos por cardumes de peixes pequenos. Deram sorte de ver saltos de uma arraia, além de um golfinho solitário. Assim era a Baía de Angra, uma manhã mágica de sol fluminense, e as gaivotas não hesitaram em atacar os cardumes, a água cristalina favorecendo a caça, o ecossistema funcionando como um relógio.

Ao se aproximar da procissão, Lico desacelerou a lancha e fez com que ela deslizasse até se juntar aos demais barcos, todos como alegorias da procissão: vikings, astronautas, piratas, camuflados, Zorro, polícia, bandido, bombeiro, enfermeiras, zumbis, piranhas, um baile marítimo bastante eclético.

— Vou jogar a âncora aqui, filho.

O garoto logo entendeu. O pai, de bobo, não tinha nada. Ancorou a lancha ao lado de um barco-bordel, com mulheres de todas as idades, com espartilhos esmagando-lhes os seios, saltos altos tiranos, cílios coloridos e batons brilhantes. A lancha de Roger era um belo alvo para as mulheres do barco-cabaré. Pai e filho de fina estampa, cúmplices e sem aliança, abandonados no primeiro dia do ano, na Baía de Angra:

— Vem cá, neném! Pula pro barco do amor! — disse a primeira, que vestia uma tanga de tamanho simbólico.

— Do amor, não, neném! Do horror! Deixa a titia cuidar de você — falou a segunda, com duas tetas de vaca alemã.

As mulheres estavam alvoroçadas, e não podia ser diferente. O número de bebês concebidos no réveillon concorre com o de bebês dos quatro dias de carnaval. Lico não se alterava, mesmo novo já estava acostumado ao assédio. Enquanto o jovem irradiava luz para o barco das putas, Roger era assediado por uma mocinha, possivelmente a mais jovem e ambiciosa do barco-bordel, que se esgueirava com as mãos na borda de sua embarcação:

— Titio, tenho sede. Muita sede...

Roger não podia deixar a mocinha com sede. E com mocinha gostosa não se discute. Desceu até o camarote e tomou nas mãos duas champanhes e duas taças. Travou embaixo do braço direito uma garrafa de uísque, olhou em volta e checou o bar do barco. De bebidas, estava abastecido. Aumentou o som e subiu as escadas.

Roger emergiu do camarote com o sol à sua frente. A luz destacava os fios prateados de seus cabelos castanhos, o que só deixou a mocinha e as outras putas do ano-novo mais espevitadas. O bicheiro lançou para a moça uma das garrafas de champanhe, e as outras embarcadas aplaudiram como se fossem um grande público. A outra garrafa, abriu ali na proa, pra brindar com a família. Sua verdadeira família.

— Vem, Lico.

O mar já começava a bater, os barcos recebiam chacoalhadas e golpes d'água, as putas do barco-bordel já não eram as únicas molhadas na Baía de Angra. Os pilotos de cada embarcação foram chamados ao comando, de forma a deixar o ponto em redemoinho.

Enquanto a moça do barco seguia em sua tentativa de seduzir Roger, o bicheiro reparava numa nau com alegoria diferente e original: o Zé Maria, a morte, ancorado pouco depois do barco-bordel. Havia um só tripulante no barco, com manto preto, máscara e um cajado próprio para decepar cabeças. A morte tinha nas mãos uma taça, possivelmente de champanhe.

Roger ergueu um brinde.

A Morte retribuiu.

Roger tentou ler o nome do barco pintado no convés.

Não houve tempo.

Lico girou a chave da lancha.

E tudo foi pelos ares.

CAPÍTULO XV

O *Imortal dos Mares* atracou na Praia de Aventureiro, na Ilha Grande. O comandante já despira sua fantasia de Zé Maria; o manto e o cajado da Morte descansavam no fundo do mar. Seu barquinho pesqueiro seria a embarcação mais normal e inofensiva que qualquer cidadão poderia imaginar, não fosse o seu comandante: o primeiro-sargento de Marinha José Doroteu.

Especialista em explosivos, Doroteu teve seus serviços dispensados após a queda da Ditadura. Tinha tudo para virar um velho imprestável, mas escolheu apostar na tecnologia e na oportunidade. Com seu soldo de aposentado, somado aos atentados free-lancer da Guerra Fria, pôde continuar a investir num pequeno arsenal explosivo que, a seu ver, algum dia teria emprego. Ele aprendera isso de um almirante: "Invista sempre na guerra. A paz nunca dura muito tempo. Mais cedo ou mais tarde, uma guerra estoura. E, se você estiver preparado, vai ganhar algum dinheiro."

Doroteu sentou-se no Bar do Tica, defronte à Praia de Aventureiro. A ventania fazia jus à fama do local, mas Doroteu era um militar aposentado e prevenido, levara a tiracolo um agasalho com capuz.

Soares não tardou a chegar. O bombeiro deu uma breve vasculhada no local e em seguida sentou em frente a Doroteu. O militar estava em trajes de praia. Uma camisa branca de botões, toda aberta, permitia a visão das guias de candomblé e da tatuagem de São Jorge que Doroteu trazia no peito.

— Como foi?

— Positivo.

— Porra, Doroteu! Sem essa de militar, me fala como foi.

— Ué... apertei o botão e explodiu tudo.

— Ele morreu?

— Quem tava lá dentro morreu, não tem jeito. A lancha subiu mais de cinco metros.

— Você viu o corpo?

— Não fiquei esperando. Ia fazer o quê? Recolher os pedaços e trazer pra vocês?

— Porra, essas coisas a gente tem que ter certeza.

— Você não é o melhor cara pra falar sobre isso.

— Porra, Doroteu! Tu aqui é contratado, não tem que questionar.

— Quero saber é do meu pagamento. Cadê o cara que vai me pagar?

— O nome dele é Batista. Tem que esperar o homem.

— Fiz a minha parte, o meu era pra tá na mão já — zangou o militar.

A vontade de Soares era dar um cheiradaço numa bela carreira de pó e meter uma bala nos cornos do sargento de Marinha Doroteu. Mas não podia, havia alguns pescadores e caiçaras na praia; por maior que fosse o desejo, não podia sair por aí matando todo mundo, testemunhas desavisadas, a coisa não funcionava assim. E isso o deixava triste, as regras o deixavam triste. Ademais, o sujeito era útil, podia precisar novamente de seus serviços. O orelhão em frente ao bar, talvez o único da Praia de Aventureiro, tocou. Soares correu pra atender, Doroteu ficou prostrado à mesa, contemplando a ilha e os habitantes ao redor. Ele tinha os dentes grandes, mal cabendo na boca, que, mesmo fechada, lhe conferia um ar estúpido. Soares, ao telefone, falava e gesticulava sem parar, e isso chamou a atenção de Doroteu. Em dado momento, Soares dava palmadas em sua própria coxa, impingindo a si uma penitência. Aos poucos, foi moderando os gestos, as mãos e os pés aceitando ficar quietos, ao passo que os ombros iam caindo. Doroteu franzia o cenho, com dificuldade em interpretar o que estava acontecendo. Até que Soares simplesmente largou o fone no ar, pendurado pelo fio, se juntou à mesa onde sentava Doroteu e estendeu uma carreira de pó.

— O que foi, Soares?

Soares meteu o nariz na cocaína.

— O que foi, Soares?

Soares apenas balançou a cabeça negativamente. Aspirou o pó e bateu outra carreira.

Doroteu dirigiu-se até o orelhão, ouviu de longe os gritos do interlocutor abandonado do outro lado. Doroteu tomou o aparelho nas mãos:

— Quem fala?

— Cadê o Soares?

— Eu... acho que ele não pode falar no momento.

— Você é o sargento especialista?

Doroteu hesitou:

— Quem quer saber?

— O homem que te contratou, Doroteu.

— Pode falar.

— Saiba, sargento, que a tua bomba matou o filho do patrão.

Fez-se um silêncio. Batista completou:

— O menino não tinha dezoito anos.

Doroteu pigarreou:

— Eu lamento, o garoto era grande, parecia homem feito, achei que era pra mandar embora junto. Não sou de machucar criança, não... mas jovem, rapaz, nesse contexto, nesse tipo de serviço, sabe como é... vai todo mundo mesmo.

— Esse é o problema... — explicou Batista.

— Como assim? — insistiu Doroteu, lacônico.

— Não foi todo mundo.

Doroteu ficou mudo, coçando a cabeça.

— O que eu queria, sargento, era lhe dar os parabéns, você é um homem muito corajoso. Você matou o filho do bicheiro mais sanguinário do Rio de Janeiro. E deixou o pai vivo — concluiu Batista, como quem explica para uma criança pequena.

O sargento permaneceu mudo. Do outro lado do aparelho, vinham xingamentos que Doroteu não ouvia desde seus tempos de recruta.

Doroteu largou o telefone, do mesmo jeito que Soares. Voltou ao bar, pediu um conhaque, acendeu um cigarro e se juntou ao bombeiro, cada um no seu vício.

— O que ele disse? — perguntou Soares.

— Ele... não disse muita coisa... — respondeu Doroteu, assistindo de longe à fila de cocaína que Soares aspirava como tamanduá.

Com o álcool subindo à cabeça e a auréola cinza erguida no ar pelo cigarro, o militar aposentado ainda tentou imaginar como faria para virar a mesa naquela guerra em que acabara de ingressar. Uma nova explosão, veneno, tiro, sequestro de parentes... mas pra tudo isso você precisa de dinheiro.

E então ele se lembrou do velho almirante, seu mentor, que dizia que os Estados Unidos venceram a Segunda Guerra porque primeiro se empenharam na batalha da produção, chegando a construir um porta-aviões num dia.

Roger não era americano, mas era o mais poderoso entre os novos bicheiros.

E Doroteu era um reles sargento aposentado da Marinha do Brasil.

O cifrão não estava ao seu lado.

Tampouco a surpresa.

Doroteu lembrou os berros de Batista ao orelhão.

— Se Soares nada disse, digo eu: seu pagamento está com ele e, apesar do insucesso da operação, você terá a parte que merece. — Batista fez uma pausa, Doroteu pigarreou e, antes que formulasse o "por quê?", Batista se antecipou: — Doroteu, aplique bem esse dinheiro. Desapareça. Eu, Soares e você somos homens condenados. Mas o primeiro da lista de Roger será você.

Doroteu protestou:

— Porra, sou só o operador.

— Não, você é o idiota que explodiu o filho dele. Faça bom proveito de seu pagamento, sargento.

Como militar experiente, tomou uma decisão rápida e eficiente. Ligou para a esposa, ali mesmo do orelhão, a cobrar, informando:

— Amor, faça as malas. Vamos partir.

Do outro lado da linha, a mulher ensonada indagou:

— Pra onde, querido?

— Arrume as malas. Não diga mais nada. Não pergunte mais nada. Não fale com ninguém. Não atenda ninguém. — Doroteu fez uma pausa trágica, antes de concluir. — E que Ogum nos proteja.

CAPÍTULO XVI

O celular de Dr. Estélio tocou no segundo andar da Clínica Vila Rica. Estélio cuidava, ao mesmo tempo, da segurança e do bem-estar de seu mais querido cliente; como também da autópsia do filho do bicheiro. Estélio era um homem acostumado a dissimular emoções, uma cria dos tribunais e do jogo da Justiça, mas a aparição daquele número na tela do celular lhe fez ferver o sangue:

— Meu Deus, Dr. Estélio! Eu ouvi as notícias.

O advogado retrucou, num falso tom solidário:

— Du-duras... as no-notícias... Batista:

— Como está o patrão?

— Co-coma induzido.

— Mas... — Batista fez uma pausa, fazendo muita força pra não comemorar — é grave?

Estélio sabia tolerar esse jogo cínico, mas este em especial estava difícil de digerir.

— Eu já lhe disse, co-coma induzido.

— O filho dele...

— O meu so-sobrinho? Ca-ca-caixão fechado. Por que não vem aqui, p-p-pra gente conversar melhor, Batista? Esses assuntos... é melhor a gente tra-tra-tratar disso pessoalmente.

— Eu vou, sim, doutor. Vou, sim. Meu Deus, quem pode ter cometido uma barbaridade dessas?

O advogado inspirou fundo:

— São muitos inimigos, Batista. Mu-muitos inimigos.

Assim que Dr. Estélio desligou, Batista vasculhou todos os cantos, armários, colchões, latas de cereais, ralos, cofres, versos de quadros, livros, vasos, todos os receptáculos onde guardava os reais, dólares, euros, ouro, da fortuna que se multiplicara em suas mãos. Deixou pra trás as paredes de casa, cheias de dinheiro vivo, na esperança de um dia voltar e recuperar o patrimônio. Era o seu banco privado. Depois de ouvir o tom da voz de Dr. Estélio, tratava-se de uma corrida pela vida. E pela morte.

As pessoas estavam enganadas a seu respeito. Não nascera para ser caça. Era um predador. Precisava ser, e agora, mais do que nunca.

CAPÍTULO XVII

Antenor Libanês agiu rápido. Não sabia de onde partira o ataque contra Roger, mas tinha que deixar claro que a encomenda não fora feita pela cúpula. Mandou seguranças para a Clínica Vila Rica, à revelia do coronel Veneno. Convocou, em seguida, uma reunião com todos os bicheiros comandantes de bairros, em seu apartamento, na Avenida Atlântica, sempre o endereço preferido da categoria.

Antenor mandou passar a bandeja com charutos cubanos, a praxe entre os homens, pra relaxar o ambiente. A mesa de jogo estava montada, o crupiê ansioso em lançar as cartas, mas os contraventores pareciam meditabundos demais para sentar e apostar. Nem mesmo Antenor estava relaxado. Ninguém estava. Muitas mortes, em pouco tempo. Os bicheiros da velha guarda, os herdeiros, os jovens, ninguém mais tinha preocupação com a polícia ou com a Justiça, e sim com a vida. Antenor teve essa percepção, encarando seus colegas de trabalho nos olhos:

— Sei que vocês não têm nada a ver com isso, com esse homicídio bárbaro, de um menino... mas um homem de sangue quente, ferido — Antenor deu uma baforada em seu charuto

—, deve ser poupado, evitado. — Mais uma baforada. — Penso, cavalheiros, que os bons modos acabaram.

Argemiro, o médico veterano da Segunda Guerra, resumiu:

— Eu mesmo recebi o corpo. E acabei de sair do IML. Tive que identificar o Lico. O menino foi destruído. Amanhã pela manhã vou operar o pai de novo. — O médico suspirou, nitidamente cansado. — Roger agora tem carta branca pra matar. Nenhum júri do país irá condená-lo.

Antenor, soprando a fumaça do charuto para cima, concordou:

— Lamento pelo Roger, pelo garoto dele, mas, afinal... Somos bicheiros... é isso.

Capitão Figueiredo, chefe da Região dos Lagos, encerrou, de forma pragmática:

— Nossa vida não é um conto de fadas.

Antenor sentiu-se como um artista falando para um auditório vazio. O sangue ia rolar, era claro isso. Porque uma coisa era matança entre adultos, entre homens do jogo, homens da guerra. Outra coisa era explodir o filho de um bicheiro que costumava (quase) aceitar as regras seculares da contravenção. Uma afronta.

O pai, Roger, se já era um homem duro, agora se tornava imprevisível.

Mesmo deitado num leito da Casa de Saúde Vila Rica, controlado e dopado pelo médico, bicheiro e amigo Argemiro, cercado por seguranças das terras de cima do Brasil, todos tementes ao coronel Veneno, Roger inspirava cuidados. Mais do que isso: inspirava medo. As trevas pegaram o homem pela mão e o conduziram para a estrada do ódio. E agora ele não conhecia mais o caminho de volta.

CAPÍTULO XVIII

A fila de viaturas da Polícia Militar, dos Bombeiros e da Polícia Civil que prestavam reverência ao moribundo internado na Casa de Saúde Vila Rica fazia crer que havia um beato internado na UTI. Em seu gabinete, na cobertura do hospital, o bicheiro-médico Argemiro descansava após mais uma intervenção cirúrgica realizada nos olhos de Roger. Os estilhaços da bomba haviam sido lançados contra seu rosto, e Argemiro teve que contar com a ajuda de dois oftalmologistas que não eram propriamente baratos. Mas dinheiro era o menor dos problemas. Do alto de sua torre de comando, Argemiro se perguntava acerca do abuso, da afronta em atacar a família. Já tentara tirar a informação de Dr. Estélio, mas o advogado fora ríspido e evasivo: "Vamos esperar Roger acordar. Depois falamos sobre isso." Eis que o futuro se anunciava, estavam entrando na era das explosões.

Roger não era um beato, mas sua firma abastecia todas aquelas famílias de homens esquecidos pelo Estado, que se organizavam em uma carreata estacionada, velando por sua segurança e rezando por sua saúde.

E por sua vingança.

Soares, acomodado no banco do carona de uma viatura dos Bombeiros, cheirou uma carreira de cocaína branquinha, branquinha. Ele fora obrigado a dobrar o salário de sua segurança pessoal, o risco de sofrer um ataque se tornara muito maior. Os homens estavam inseguros, ninguém sabia o que estava por trás da explosão, quem seria o próximo alvo, qual seria o futuro e, principalmente, se Soares estava envolvido no atentado.

— Não é melhor deixar pra visitar o patrão careta? — iniciou Ferreirinha, o novo chefe da guarda de Soares.

— E quem é que tá doidão aqui? Você? Você tá doidão?

Depois das três da tarde, então, o cérebro de Soares já estava derretido pela cocaína, qualquer idoso ou criança conseguiria constatar seu estado crítico.

Soares estendia uma carreira atrás da outra, esperando o momento ideal para prestar condolências a Roger. Mesmo com os ouvidos zunindo, percebeu o burburinho e o frenesi ante a chegada de um cortejo de Corollas, todos em cor preta. Do carro do meio saltou um homem magro, alto, num elegante terno gelo, sapatos e cinto de couro marrom. Elegante, o homem deixou o paletó com um dos seus seguranças particulares, que saltaram do carro dianteiro e do que guarnecia a retaguarda. Parecia o desembarque de um chefe de Estado. Não deixava de ser: Plácido viera prestar as condolências ao maior inimigo.

Sem voltar o pescoço para trás uma vez sequer, Plácido, sem paletó, com a blusa social azul-clara enfiada para dentro da calça, entrou no hospital confiante e desarmado. Viu aqueles homens estranhos armados à porta de Roger, com as cabeças mais protuberantes, e já imaginou sua procedência. Avistou Dr. Estélio e, como forma de testar aceitação, partiu para cumprimentar o advogado. Estélio o abraçou sem preocupação e em seguida, com um breve olhar, acenou para que o baiano Amynthas franqueasse a entrada de Plácido no quarto de Roger.

Do lado de fora do hospital, Soares enfiava mais uma fileira de pó pra dentro de sua poderosa mente, agora ainda mais amargurada com a visita de Plácido; o homem a quem pretendia imputar o atentado chegara ao leito do patrão antes de seu chefe de segurança. Cocaína, colocaria o atraso na conta da cocaína, a maldita. Plácido sabia de suas fraquezas, sabia da fraqueza de todos; se antecipara a todos; era onipresente, onipotente, onisciente! Plácido, Plácido, Plácido era o culpado!

Soares já havia pensado em tudo, diria que, pelos levantamentos feitos pela inteligência do Exército, patrocinados por ele mesmo, o culpado pela explosão certamente era Plácido, a despeito de a lancha ter sido mandada para a oficina por Batista. Diria que Plácido mandara grampear os telefones de Batista e Soares, de forma a esperar por um momento em que algum veículo do patrão fosse para a oficina. Era uma versão plausível, mas para sustentá-la era necessária certa dose de cara de pau.

O homem certo para isso era Batista, mas o ex-tira estava hesitante. Ele, pessoalmente, tinha levado a lancha para a oficina. A chance de ser apagado logo após a visita era grande. Já Soares gozava do benefício da dúvida; afinal, estivera preso num período simultâneo ao de Roger.

Seria muita velocidade de sua parte. Pelo menos, era nesse álibi que repousava sua crença.

Haja cocaína! Onde estava Plácido que não aparecia de volta? Que visita mais louca... O homem era psicótico de aparecer no hospital daquele jeito, pelado, sem armas, pra encarar o maior inimigo... num momento como aquele.

Plácido desceu a escadaria principal da casa de saúde do mesmo jeito que entrou, elegante, os passos cadenciados e a cabeça em pé, os olhos firmes apontando para seus homens. A porta do Toyota se abriu, ele entrou e sua comitiva partiu.

Agora, era a vez de Soares.

O bombeiro atravessou o corredor polonês de seguranças a todo vapor e com o resto de coragem que a cocaína segurava em seu sangue. Os olhos buscavam um conhecido, mas a única alma "amiga" por ali era Dr. Estélio. Soares se aproximou do velho advogado e o encarou com um olhar solidário, pesaroso:

— Mas que tragédia, doutor...

— Achei que Ba-Batista viria com você — respondeu Estélio, sombrio.

Soares coçou o nariz, já era quase um cacoete:

— Ele ficou tomando conta dos negócios. Tem que tomar muito cuidado nessas horas.

— Mu-muito cuidado... — devolveu Estélio.

Soares deu uma fungada:

— Posso ver o patrão?

— Cla-claro. Ele não pode ouvir, mas po-pode reconhecer...

— Reconhecer? Achei que ele estivesse em coma...

O advogado já começava a experimentar um certo prazer no próprio cinismo:

— Os jornais... eles nu-nu-nunca informam direito...

Soares vasculhou com os olhos os homens espalhados nos corredores, na frente dos elevadores e das escadas, encenando uma operação de guerra:

— Doutor, quem são esses caras?

— Vieram da Ba-Bahia. Homens do co-coronel Ve-veneno — respondeu Estélio, olhando para a jaqueta de Soares. Soares deixou a jaqueta pendurada numa cadeira no corredor. O próprio Estélio abriu a porta para o bombeiro. A primeira visão de Soares foi a de um homem com uma mini-Uzi no colo, sentado na poltrona de visitas. Era Amynthas. O braço direito de Roger na Bahia fez um cumprimento com a cabeça para Soares e o bombeiro se aproximou da cama de Roger. O patrão encarou o empregado com serenidade, com o olho direito. O esquerdo estava tapado por um curativo. Soares fez correr uma lágrima. O patrão observou a queda da lágrima e manteve a expressão inalterada, com o chefe de segurança em sua mira. As mãos de Soares começaram a tremer, a cocaína não estava dando conta da pressão, ele começava a se desestabilizar. Roger insistia com o olhar sereno e frio, a cabeça firme, como a imagem de uma estátua grega. Soares pegou a mão de Roger. O patrão apertou a mão do bombeiro, e, quanto mais inalterada mantinha a expressão, maior era o horror de Soares. O bombeiro quis logo se livrar do aperto, mas o patrão concentrou toda a sua força na mão que segurava o empregado. Soares, mesmo anestesiado pela coca, sentiu a dor. Ele olhou para Amynthas, quase numa súplica, achou que a hora seria aquela mesmo. Mas, finalmente, Roger permitiu que se soltasse.

Aliviado, Soares fez uma reverência ao patrão, mas sem conseguir encará-lo nos olhos. As mentiras que tinha pra contar, desistiu de todas. Fez uma reverência com a cabeça também para Amynthas, que se limitou a passar as costas da mão direita no nariz, sinalizando para o bombeiro a necessidade da limpeza. Soares limpou o pó branco remanescente em suas narinas e bateu a porta do quarto do hospital. Em seguida, desceu a escadaria cercado de espectros e sombras embalados na cocaína e no medo. E, nos últimos degraus, já estava a passos largos para a loucura...

CAPÍTULO XIX

A ambulância que tirou Roger da Casa de Saúde Vila Rica driblou a imprensa sem maiores dificuldades. Dr. Estélio pagou à equipe médica em dinheiro vivo e deixou reservado um quarto para a estada do bicheiro por mais um mês.

Para quaisquer fins, mesmo livre, Roger seguia internado.

A pedido do bicheiro, a ambulância o deixou na Praia do Diabo, a única com acesso livre para animais. Desde pequeno, o pai de Roger o levava para aqueles areais, o menino gostava de assistir à correria dos cachorros. Ele repetiu o ritual com Lico, a paixão pelos animais era comum aos dois. Mas agora Roger estava só, sem pai, sem Lico e sem os cachorros. Era quase madrugada, e os cães do Arpoador ainda não haviam batido ponto.

As viaturas com os seguranças posicionaram-se entre as cabines da PM do Arpoador. Das pedras da praia, Amynthas e Estélio ficaram observando a caminhada de Roger pela areia, naquela alvorada. Os pés descalços, uma calça jeans meio amarrotada, uma camisa branca lançada aos ombros, cenário de filme nacional dos anos setenta. Não era filme. Era real e triste. Muito triste. O homem ia e voltava, de um canto ao outro da pequena praia, sem tirar os olhos do mar.

— Acha que meu rei pirou? — perguntou Amynthas.

Estélio lançou as mãos para cima, junto com as sobrancelhas, sem resposta.

Agora Roger concentrava o olhar num velho barco pesqueiro, o arrastão passando por um imenso cardume de peixes pequenos. Acima do pesqueiro, o cerco das gaivotas apertava. Lento, o sol carioca levanta-se por trás da pedra.

— Acha que ele tá pensando em vingança, doutor?

— Se você fosse um gân-gân-gângster assassino, estaria pensando em quê-quê?

— Mas eu sou um gângster assassino...

— Então pa-para de fazer pergunta idiota e se prepa-pa-para pra gue-gue-guerra.

— Ih, todo mundo de cabeça quente, meu rei...

E o bicheiro seguiu com seu luto e alucinação pessoal, enquanto todo o Exército aguardava pelas próximas ordens.

CAPÍTULO XX

Adônis chegou ao Restaurante das Codornas por volta das nove da manhã. O garçom estendeu uma bandeja com codornas assadas e um frasco de metal com vinagrete. O agente despedaçou a primeira, enquanto dava uma olhada no restaurante tantas vezes por ele campanado quando da investigação que buscava a prisão de Roger. Mas que, na verdade, sempre teve outro objetivo: Soares.

O recado para o encontro chegara por três fontes distintas, todas ligadas de alguma forma à contravenção: um veterinário em comum, um médico em comum e uma puta em comum. O Rio de Janeiro é uma fazenda de poucos alqueires, quanto mais quando se trata de policiais e contraventores.

— Tu-tudo isso nã-não era pra ter aconte-te-cido, Adônis — iniciou Estélio, que chegara cumprimentando o policial praticamente junto com a bandeja de codornas. O advogado mostrou uma mesa armada com bebidas para Adônis, que não se fez de rogado em servir-se de uma caipirinha. — Co-co-conhecemos muitos amigos se-seus.

Adônis permaneceu mastigando sua codorna.

— Sei que não c-concorda com o qu-qu-que fizeram com o me-me-menino. Então lhe-lhe peço aju-ju-juda de po-policial.

Adônis já havia devorado a segunda codorna. Partiu pra terceira, sinalizando positivo para que o advogado fizesse sua explanação. Adônis falava pouco e ouvia muito.

— É uma causa nobre. Dois deles estão su-su-midos — prosseguiu Estélio.

O federal roeu a terceira codorna, deu um gole da bebida e iniciou:

— Quem são os outros dois?

— O se-senhor já sabe...

— Sei que são três. Conheço dois deles. Quero as coisas claras. Não fica me testando. Aqui isso não funciona.

— Batista, que era o gerente da firma; e um sa-sa-sargento da Marinha, que ninguém sabe que-quem é.

— E por que explodiram o cara?

— O se-senhor já sa-sabe.

— Quero ouvir do senhor.

— É necessá-sário isso?

— Quero ouvir que eu estava certo.

— Golpe de Estado. Queriam assu-su-sumir a presidência da firma.

— Certo. A cúpula nunca ia permitir isso. Mas eles iam tentar de qualquer forma.

— Como o se-senhor disse: mesmo que nã-não permitisse, eles i-iam tentar. Acreditavam que, se o di-di-dinheiro continuasse che-chegando, ficaria tu-tu-tu...

— Tudo certo. — Adônis fez um sinal com uma das mãos, como quem pede uma pausa. — Escuta, doutor: minha tia tem mal de Parkinson. Depois da morte do meu primo, treme igual batedeira. Minhas sobrinhas choram toda vez que me veem. Por que que eu ia ajudar o cara que fodeu a minha família?

Dr. Estélio ponderou, enquanto puxava uma codorna da bandeja:

— O cu-cu-culpado foi o Soares.

— Não fode, doutor. O Soares trabalha pro Roger.

Dr. Estélio exibiu sua habilidade de júri e esqueceu a gagueira:

— O Soares tinha autonomia na firma, mas não pra matar pai de família inocente.

— A culpa, doutor, foi da guerra. Eu não sou bicheiro, eu não tenho caça-níquel. Eu não faço parte dessa guerra. Minha família não faz parte dessa guerra.

— Agora faz. Do contrário, o se-senhor nã-não estaria aqui, po-po-policial. O senhor po-pode esperar o momento, seus pri-primos podem esperar um de-de-descuido de Soares, um vacilo na segurança. Mas a sua ti-tia, o mal de Pa-Pa-Parkinson... o tempo é curto... talvez ela não viva pra ver a vi-vingança. — Estélio mastigou sua codorna e concluiu: — Ta-ta-talvez o melhor seja não arri-riscar.

Adônis serviu-se de mais uma caipirinha:

— Pode continuar.

— Roger vai ma-manter o Soares por perto. Na verdade, va-va-vamos manter as aparências. Enquanto isso, você corre atrás dos dois. No fi-fi-fi...

— Final, trocamos.

— Na hora certa, Soares vai estar so-so-so-sozinho. Roger queria te oferecer um le-le-le-levado, mas, francamente, eu fi-fico com medo de tocar nesse assunto, sei que vo-vocês são sérios e...

Adônis interrompeu o advogado, oferecendo-lhe a mão direita. As duas mãos sujas de codorna se chocaram e Adônis encerrou a reunião:

— Pra minha família, o Soares basta. Farei contato.

CAPÍTULO XXI

A área do inspetor Esquenazi abrangia todo o sul fluminense, até a região de Resende. O policial funcionava como um curinga da Polícia Civil. Na falta de homens que pudessem dar suporte à área de Angra dos Reis, ele tomava o caminho de Lídice, que ligava Barra do Piraí a Angra, e assumia as ocorrências. E os informes sobre as atividades realizadas na área.

Esquenazi já tomara conhecimento, meses antes do atentado do desfile de barcos, no primeiro dia do ano, da explosão do carro de um sargento da Aeronáutica, em Lídice, próximo a Barra do Piraí. Por Lídice ser o retrato vivo de uma cidade pequena onde só existem cães, mulas, uma praça, uma igreja e um açougue, aquela explosão já não passaria batida pelo velho tira. Quanto mais sendo a vítima mais um homem comandado por Zeca, filho de Glauco Astuto. E, novamente, tratava-se de um militar. O velho Glauco sempre dera preferência aos homens de farda, achava que a disciplina imposta pelas instituições militares afastava a traição. Dessa vez, contudo, a dúvida era sobre a autoria do crime: se o fogo era amigo ou inimigo. Por que usar um artefato explosivo pra eliminar um reles sargentinho da Aeronáutica? Nada contra a patente, mas, afinal, que estrago poderia causar um militar situado tão na base da hierarquia de comando? Não seria mais fácil dar um passeio com o homem e enfiar-lhe uma bala na nuca? Por que jogar o cara pelos ares e chamar a atenção?

O Exército brasileiro pouco se lixou para seu guerreiro e sua violenta e misteriosa morte; já Esquenazi, com uma noção mais ampla do mal que se anunciava na forma de bombas, resolveu investigar.

A perícia do próprio Exército apontara o C-4 como o explosivo utilizado no atentado contra o sargento. Material caro e, mesmo pago em cash, difícil de adquirir no mercado clandestino. Só quem tinha C-4 armazenado eram as Forças Armadas. Portanto, a hipótese natural era que o material tivesse sido extraviado do quartel de uma das três armas.

O inspetor tinha conhecimento da ação imperialista de Zeca, que andava tentando disputar a área de Jacarepaguá com Roger. No mapa da contravenção do Rio de Janeiro, Batista aparecia como braço direito do bicheiro foragido, e agira durante muito tempo com total liberdade, uma vez que o outro capanga do bicheiro também andara preso. Considerando o potencial ofensivo de Batista como real, decidiu priorizá-lo como suspeito principal da explosão do carro do sargento.

Batista vinha utilizando as rotas marítimas em seus deslocamentos, talvez para dificultar um acompanhamento policial, ou mesmo de seus inimigos na contravenção. Mas Esquenazi, como a maior parte dos policiais da região que optavam em morar próximo a Angra, também tinha um pequeno barco, que um dia fora de um traficante. Um bom juiz bateu o martelo e colocou Tadeu Esquenazi, condutor da prisão do traficante, como depositário fiel do barco. Esquenazi fez do barco um pesqueiro que funcionava todos os dias, gerava renda para a família e afastava os maus pensamentos e as tentações que assolam mesmo os bons tiras.

O policial seguiu Batista nos meses que antecederam o atentado contra Roger, e o que mais lhe chamou a atenção foi sua peregrinação incansável pelo litoral, em busca de uma casa no perímetro Rio-Santos. Ele sempre ia sozinho visitar as locações, usando boné e óculos escuros. Os carros que utilizava contavam com placas frias, o que fazia crer que o zero-um de Roger tinha planos de desaparecer no mundo. Talvez tivesse dado um grande desfalque nas contas do patrão e fosse hora de tirar o time de campo. Ora, mas, se ele tinha realmente essa intenção, por que alugar uma casa tão próxima à do patrão?

Por conhecer a engrenagem da contravenção, Esquenazi jamais imaginou que Batista estivesse tramando explodir o próprio patrão. Havia uma máxima no bicho que o policial conhecia bem, embora não soubesse o autor: que a hierarquia existia desde os tempos dos macacos. Logo, a guerra só era permitida entre iguais, entre famílias de bicheiros. Na cabeça de Esquenazi, esse seria o motim mais inconsequente que um empregado do bicho poderia tentar até aqueles dias.

Em dado momento, julgando que o acompanhamento ao "alvo" Batista já se mostrava infrutífero, Esquenazi recebeu a visita de um velho conhecido da colônia judaica. O velho marcou num café próximo a uma sinagoga, em Angra, e contou a Esquenazi sobre Batista:

— Você não lembra dele? Ele matou um dos nossos, anos atrás, nos seus tempos de policial. O corpo desapareceu, o diabo cortou nosso irmão em fatias. Foi demitido do seu departamento. E agora me aparece aqui na Costa Verde, querendo alugar uma das minhas casas.

— Alugue.

— Alugar minha casa pra um verme desses?

— Alugue. E assim controlamos o que ele faz. E o destruímos, mais uma vez.

— De uma vez por todas, Tadeu.

Esquenazi enxergava longe, com os olhos rasgados acima do nariz curvado de bruxo. Seguia Batista quando queria, agora que tinha o endereço de seu cativeiro, alugado do velho judeu. Esquenazi anotava os passos e fotografava os encontros de Batista.

Em um desses encontros, numa pequena enseada na Baía da Ilha Grande, Batista ancorou ao lado de um barco batizado como *Imortal dos Mares*, atracado num cais de madeira velha, castigado, semiabandonado. Batista pulou para dentro do *Imortal* e cumprimentou dois outros homens.

Com uma câmera própria e uma lente de longo alcance, e a uma distância segura, Esquenazi os manteve sob sua mira. Poderiam passar por um trio gay, dado o local inusitado e privativo que utilizavam para o encontro. Afinal, eles não tinham vara de pescar. Esquenazi fotografou os dois homens com que Batista se encontrava, em todos os ângulos possíveis. Um era mulato com corte militar, na casa dos cinquenta anos, com pinta de reservista. O outro elemento já era conhecido dos álbuns policiais: com uma carcaça ainda mais sólida que a do mulato, a careca lisa e proeminente e um grosso bigode, lá estava ele, Soares, de volta ao seu business: o jogo, a guerra, as conspirações, as tramas e traições. Mas só com a parte operacional; era lento com a cabeça, a mente só era poderosa para suportar as cargas de cocaína. Esquenazi manteve a campana o quanto pôde, tomou nota dos horários, desde a chegada de Batista até o fim da reunião com a dupla e consequente separação e partida dos barcos. Anotou os dados, roupas, peso, cor da pele, corte de cabelo, cordões, anéis, como anotava tudo, sempre, não importava o que fosse, independentemente das imagens. Notou que os homens bebiam uísque e champanhe, como numa comemoração por alguma vitória, alguma conquista. Passada ou futura...

Agora, com Batista desaparecido, ele sabia o real motivo da estadia do barco naquele píer discreto. E o porquê da comemoração antecipada, dada a enorme confiança no sucesso do atentado. Mas o fato é que, como policial civil, mesmo com aquelas fotos nas mãos, pouco poderia fazer. Ou nada. Homens navegam e bebem em barcos desde as caravelas. E policiais, bombeiros, militares e bicheiros se reúnem em torno de bebidas desde os tempos do Império. Para a Justiça, para a lei, esses informes do tira Esquenazi não teriam qualquer relevância.

Mas teriam a maior importância para quem buscava algo maior do que a lei.

Por isso Esquenazi chamou Adônis na delegacia de Barra do Piraí para uma conversa entre tiras.

— Isso te ajuda?

Adônis balançou a cabeça pra cima e pra baixo, afirmativamente, a boca salivando.

— O que posso fazer por você... — perguntou Adônis, numa última sondagem. — Pra te agradecer?

Esquenazi enfiou os dedos pela cortina da delegacia. Mais uma viatura chegava com uma ocorrência. Mais um interrogatório, mais uma noite que chegaria depois da janta com a família. Esquenazi abriu a persiana e exibiu a paisagem para Adônis, a tela viva de seu dia a dia.

— Só fiz meu trabalho. Eu também tenho família, uma grande família, se é que me entende.

— O *Imortal dos Mares* deve ter um registro na capitania...

— Primeiro-Sargento de Marinha José Antônio Doroteu Xavier. Está na reserva.

Adônis bateu nas costas do colega Esquenazi. Sorriu para o homem com admiração.

— Se receber uma encomenda com endereço de Bangu, pode abrir sem susto. Não será uma bomba.

— Não posso aceitar, Adônis. Sou responsável pela sinagoga local e...

Adônis fez um gesto com as mãos, Esquenazi se deteve. Adônis o abraçou, segurou os ombros do colega e disse um "muito obrigado, em nome de minha família".

Antes que o tira judeu começasse a citar passagens do Antigo Testamento, o federal entendeu que era hora de ir embora, já tinha o que precisava.

Informaria a Dr. Estélio que enviasse um presente para a família Esquenazi. Agora, Adônis ia tirar um atraso de anos, era hora de pagar uma promessa antiga a uma tia que chacoalhava como uma batedeira, com seu mal de Parkinson e a dor pela perda do filho querido.

Fodam-se a lei, os princípios, a moral, os bons costumes e o resto da sociedade. A vingança vem antes disso tudo.

CAPÍTULO XXII

Nos bancos ao fundo da Igreja de Nossa Senhora da Penha, os homens de Soares aguardavam seu patrão terminar as preces. Na plenitude de seu delírio, o bombeiro mandara rezar uma missa de um mês para o menino Lico. Presentes, além do padre e do coroinha, apenas Soares e seus homens. Fez com que todos os homens comungassem e depois pediu um momento a sós com Deus, ajoelhado perante o altar. Quase uma hora de preces depois, os homens já se mostravam ansiosos. Ferreirinha, um de seus poucos homens de confiança, adiantou-se na nave e ajoelhou ao lado de Soares:

— Soares, os homens estão preocupados em ficar muito tempo parados num mesmo ponto.

— Como assim?

— Os caras tão preocupados com bombas, ataques. Esses boatos...

— Que boatos?

— Da explosão do patrão. — Ferreirinha enxugou suor. — Os homens tão bolados também com esses caras que vieram da Bahia...

— Tão vendo fantasma onde não existe. Tá na cara que foi coisa do Plácido.

— O Plácido foi lá no hospital ver o patrão. Já o Batista sumiu.

— E eu? Eu não fui no hospital? Se o Batista não foi, isso é problema do Batista! Se o Batista tiver alguma coisa com isso, o patrão vai saber, vai descobrir! E aí ele resolve com o Batista. Não tem nada pra se preocupar.

— Sou fechado contigo, Soares. Você mudou minha vida. Por isso fico preocupado.

— Olha bem, Ferreira. É claro que o patrão tá estranho. Tem que estar estranho... Explodiram o filho dele!

Ferreirinha olhou para os vitrais da igreja, pros santos espalhados. Depois olhou pro Cristo. E depois para Soares, inquisidor.

— Você era muito próximo do Batista...

— Por que tu tá me olhando com essa cara? Se eu tivesse culpa no cartório tinha feito como o Batista. Sumia.

— Talvez fosse mesmo a melhor opção.

— Qual é a tua, Ferreirinha? Tá querendo tomar o meu lugar?

— Não, parceiro. A gente tem uma amizade de mais de vinte anos. Não quero que nada de mau te aconteça... — Ferreirinha se aproximou mais um pouco. — Não é só do patrão que eu tô falando. Os amigos lá da Federal disseram que os primos já sabem que você voltou pra Bangu.

— Pois os primos vão ter que encarar meia dúzia de papa-mikes e bombeiros que tão ganhando salário de federal. Nem os homens que tão com o patrão ganham isso. Sou eu quem tá dando essa condição pra vocês.

— Dinheiro não é tudo, Soares. PM, Bombeiros, Desipe, a gente também tem família.

— Se quiser sair, você me fala. Tem muita gente sonhando com o teu lugar.

— Sou frouxo não, Soares. Tu sabe que eu sou fechado contigo. Tô te passando o sentimento do pessoal.

— Passa pra eles que quem quiser ralar pode ralar. Nessa firma aqui tem aviso prévio não.

— Ninguém vai sair não, irmão. Os caras só tão bolados, acham que era bom você dar um tempo fora. Mas se é assim, falo com eles depois.

Soares subiu o tom:

— Depois, não! Fala agora!

Ferreirinha apertou os lábios, ressentido:

— Vou lá fora falar com os caras.

Soares permaneceu sozinho na igreja, trocando olhares com o Cristo crucificado. Alguém tocou em seu ombro. Soares gelou. Enfiou, num reflexo, a mão na arma que trazia à cintura. Escutou uma voz infantil:

— Moço...

Soares voltou o pescoço para trás e se deparou com uma criança que não tinha sequer dez anos completos. O menino trazia um bonito envelope nas mãos, semelhante a um convite de casamento:

— Mandaram entregar pro senhor.

Soares hesitou um instante em pegar o envelope, chegou a pensar em carta-bomba, veneno, o diabo. Depois raciocinou melhor, avaliou rapidamente seus inimigos e se deu conta de que estava em território sagrado. Não o explodiriam na casa de Deus, o jogo do bicho era cristão. Não arriscariam também explodir uma criança inocente, como ele mesmo fizera. Não, seus inimigos não eram tão filhos da puta assim...

Fez então um afago na cabeça do menino e lhe passou uma nota de dez reais, um pouco de caridade pra tentar salvar a alma. Rasgou o fino selo do envelope e estendeu o cartão, escrito em letras estilizadas, ante os olhos.

"O senhor Soares está convidado para o seu funeral, que será realizado nessa mesma Igreja de Nossa Senhora da Penha. Os pagamentos e as taxas correrão às expensas do próprio anfitrião. Não é necessária a confirmação de presença. A data será informada no momento oportuno."

Soares voltou as costas para a porta da igreja. Nos bancos, apenas duas ou três beatas isoladas umas das outras. Olhou para a frente e viu o sacristão fazendo a higiene do ostensório. Sentiu vontade de mandar fechar a igreja e revistar e interrogar as velhas, subir-lhes as saias, revistar o sacristão junto e mandar chamar o padre negligente que permitia aquele tipo de ameaça vil em sua paróquia. Mas logo o coração de Soares disparou e ele sentiu que o melhor era ficar parado e evitar um enfarte. Engoliu um remédio para pressão. As velhas não deviam ter nada a ver com isso, tampouco os administradores da paróquia. Céus, o inimigo podia estar em qualquer parte, qualquer lugar...

A Federal, Roger, Plácido... eram tantos... chega um ponto na vida em que só o que resta é rezar. E foi o que Soares fez, ajoelhando novamente ante o Cristo. Mas desta vez a prece não era pela salvação. Apenas pelo perdão dos pecados. Não sabia por que se dava ao trabalho de pedir, não acreditava nesse Deus tão generoso, que absolvia assassinos de homens, policiais e até crianças.

Nunca fora um homem de fé. E talvez fosse tarde demais pra se converter em um. O prazo já devia estar expirado.

Desconfiou até da imagem de Cristo: aqueles olhos impregnados de sangue, culpando o bombeiro assassino.

Pior do que ser um homem condenado à morte era ter a sensação viva de que se tornaria uma alma penada.

Por isso, ainda ali, ajoelhado ante o altar, mandou mais uma carga de cocaína pra dentro da conturbada e incansável mente...

CAPÍTULO XXIII

Em Itamaraju, primeira cidade baiana após a fronteira com o Espírito Santo, um Golf dourado progredia devagar pelas ruas de barro, onde crianças jogavam bola indiferentes à lama, com sandálias Havaianas como balizas improvisadas. Tratava-se de um bairro simples dentro de uma cidade simples. O motorista do carro avistou, por uma janela, toda uma família grudada num televisor. Eles assistiam, maravilhados, à invasão da polícia estadual do Rio de Janeiro ao morro do Alemão. Uma das crianças da família, desgarrada do televisor, se aproximou da janela da casa e pulou para a rua, para se juntar a um dos times da molecada.

O motorista encostou o Golf e se aproximou do garoto. Agachou junto ao menino, a fim de se manter na mesma altura e angariar confiança. Mostrou ao garoto um papel com anotações, nomes de ruas e bairros. O menino passou algumas instruções, ganhou uma nota de dez e logo o Golf seguiu viagem.

Alguns quarteirões adiante, o Golf pegou uma vicinal lodosa, recuperando-se da chuva dos últimos dias. O carro parou pouco atrás de uma casa de alvenaria numa cor também próxima ao dourado, na verdade um amarelo-ovo.

Dentro da casa, feita terreiro de candomblé, o pai de santo conhecido como Priscilo repassava a orientação espiritual a um casal:

— O teu perna de calça vai ter futuro bom, com dinheiro. Ele é pé-preto e tem saúde, *suncê* tá seguro na terra de todos os santos, na Bahia ninguém vai achar *suncê*....

Aquelas palavras traziam conforto à esposa de Doroteu. Seu marido era pé-preto e guerreiro. Ela sabia o quanto o sargento especialista em explosivos lutava para conquistar um espaço na sociedade, para conseguir, finalmente, dinheiro que sedimentasse o sonho da casa própria. Era um último lance, uma última cartada, uma última explosão, um último corpo voando no espaço... e eles teriam a tão sonhada casa própria!

Tinha muito orgulho daquele marido corajoso, capaz de se enfiar em jogos de guerra com militares, comunistas e até bicheiros, guerra travada que ela considerava o auge de sua carreira. Doroteu dividia tudo com sua esposa, contava-lhe cada detalhe de suas aventuras, desde os tempos da Ditadura. Ela ficava excitada, vibrava com as histórias do submundo.

Apesar de não ter saído a contento, a ação de Doroteu no desfile de barcos em Angra gerou um outro motivo para o pagamento: o seu silêncio. O novo dinheiro funcionava também como sinal para o último serviço: explodir Roger. Era questão de dar um tempo para que a ordem das coisas fosse restabelecida. Então, a surpresa viria...

Mas surpresa mesmo teve a esposa orgulhosa ao ver, no meio da consulta espiritual, o cano de pistola encostar na cabeça do seu príncipe, do seu Doroteu, e disparar, espalhando o sangue e miolos do sargento no seu rosto. Amynthas, o pistoleiro encarregado, deu mais um disparo e novos flocos de miolos foram ter com o rosto da esposa de Doroteu, agora já conformada e banhada com o sangue do marido. O papel de uma mulher comum seria o de correr e gritar, mas ela apenas confortou a cabeça do marido no colo. Mais apaixonada do que nunca, ela acariciava a cabeça destroçada e repetia:

— Meu Doroteu, meu Doroteu...

Priscilo, o pai de santo, cobriu os olhos:

— Eu não vi nada! Eu não vi vocês! Eu nem conhecia ele... E eu não conheço ela também não... Não me mata, pelo amor de Deus!

— Fica quieto, meu rei, não seja frouxo... é por essas coisas que não levam a Bahia a sério...

O parceiro de Amynthas fez um sinal pro chefe da empreitada, indagando se deixariam as testemunhas vivas. Amynthas apenas colocou a arma na cintura e deixou o cortiço.

A esposa permaneceu estatelada na saleta dos santos com o seu Doroteu, a cabecinha do sargento aninhada entre as pernas da mulher.

Priscilo manteve os olhos cobertos, esperando o som do motor do carro desaparecer. O caboclo que tinha dentro de si subiu, e esse, o pai de santo tinha certeza, nunca mais iria descer...

CAPÍTULO XXIV

O domingo era de sol no Rio de Janeiro, com mar calmo e verde, de ondas omissas, mas o carioca só queria saber de seu televisor, assistindo à retomada dos territórios à margem da Avenida Brasil, que por anos viveram sob o jugo do tráfico de drogas. Enquanto o Comando Vermelho se esvaía pelos canos de esgoto do Complexo do Alemão, como uma matilha de cães assustados, Soares tentava experimentar um primeiro banho de mar em muitos dias.

A praia vazia dava uma sensação de segurança a Soares, de esquecimento, de uma vida bucólica pela qual ele poderia optar, com o dinheiro que ganhara na carreira. Contribuía para a sensação de Soares o fato de toda a polícia do Rio estar nas ruas. Não era um bom dia para o homicídio de um policial, um militar ou um bombeiro. Os ânimos estavam quentes entre as forças de segurança. No mais, estava terminando de ler a Bíblia e acreditava, piamente, que era merecedor do perdão divino.

Soares fez algumas flexões e abdominais, deu mais um mergulho e subiu para o quiosque no calçadão da praia. A mesma moça anfitriã — uma raimunda gostosa metida num short curto e um bustiê amarelo amarrado ao pescoço — que o recebera, junto com seu grupo de seguranças, estava à frente do balcão, numa tietagem explícita aos policiais cariocas que a televisão exibia.

A mocinha estava lá, tudo bem.

Mas nada dos homens de Soares.

Soares resolveu sondar com a mulher do quiosque:

— Você viu os caras que chegaram comigo?

— Eles saíram não tem cinco minutos. Pediram pra mim guardar suas coisas.

Soares arregalou os olhos e girou o corpo, caminhando até sua moto e apanhando, na caixa acoplada à traseira, uma mochila e um capacete. Ao constatar que o conteúdo da mochila — basicamente, duas pistolas com seis carregadores, além de vários papéis de cocaína e um celular — estava em ordem, praguejou, falando sozinho: "Tão querendo duelo?... Vão ter... Querem guerra, né?... Vão ter."

Soares retornou à frente do quiosque carregando a mochila nas mãos. Pousou a mochila no balcão e abriu o zíper, deixando a arma ao seu alcance. Então vestiu rapidamente sua indumentária de motoqueiro. Uma vez composto, espetou na cintura as duas pistolas carregadas. Pôs os carregadores sobressalentes nos bolsos da jaqueta e fez contato pelo celular com Ferreirinha, sem sucesso. "Filho da puta..." Soares sentia a faca roçando em suas costas, o punhal pontudo e afiado da traição. Ele olhava para todos os lados à procura de um sinal, de um engano, mas a praia deserta nada dizia.

— Vai querer alguma coisa, senhor?

— Uma água de coco.

Uma água de coco. Ele nunca bebia água de coco.

Soares começou a bater com o bico dos pés no chão, de forma alternada. Pé direito, pé esquerdo. Pé direito, pé esquerdo. Precisava dar um teco. A atendente do quiosque, que já sacara que Soares tinha alguma posição na segurança pública, como também sacara que ele tinha sido abandonado, apontou para a TV do quiosque, com as cenas da invasão do Alemão:

— Vai ver teus amigos foram pra lá.

Soares concordou lacônico:

— É... vai ver que foram...

— O senhor devia ir pra lá também... mais um pra somar... combater a bandidage.

— Onde é o banheiro?

A todo tempo a cena da fuga dos "bandidos descalços", da Vila Cruzeiro para o Alemão, era reprisada na TV. Enquanto a mocinha vibrava com sua cidade pacificada e livre do crime, Soares, egresso do banheiro e com o nariz de um urso-polar, deixava uma nota de cinquenta sob o coco intacto.

Com duas pistolas na cintura, mochila com carregadores e Bíblia às costas e com a maior a carga de cocaína possível girando forte em seu sangue, Soares acelerava sua moto pela Praia da Reserva. Sua velocidade era tão louca quanto seu raciocínio, mas atrás dele havia alguém mais louco, com mais velocidade. E lúcido.

O Astra preto colidiu com a roda traseira da Harley-Davidson de Soares. O corpo de Soares decolou, mas ele ainda teve sorte de encadear uma série de rolamentos pela grama plantada junto ao acostamento. A mochila, as armas, os carregadores, tudo se espalhou pela pista. Um segundo Astra preto, vindo da direção contrária, estacionou defronte ao motoqueiro. O contraventor estava vivo, incrivelmente vivo, e procurava se levantar. Adônis desceu do Astra apontando um fuzil para Soares. Ao seu lado, quase aos seus pés, parada caprichosamente, a Bíblia.

Ainda de capacete, Soares tentou fazer o sinal da cruz. Antes que terminasse, Adônis e seus primos fuzilaram o assassino, que deixou, como legado para a humanidade, um largo rastro de mijo, além da Bíblia que ele nunca terminaria de ler.

CAPÍTULO XXV

Em uma tela branca gigantesca, as cenas da invasão do Alemão se tornavam, mais do que nunca, puro cinema. O som do home theather também era o mais puro, assim como os móveis clássicos feitos de nogueira, o luxo de louças, vasos e quadros espalhados pela casa, e, num canto protegido, um altar com Nossa Senhora, trajada com um manto de veludo azul-marinho.

Depois de espoliar a empresa do bicheiro Roger por todos os anos em que o patrão esteve preso, Batista acumulara um patrimônio que lhe permitiria desaparecer para sempre e viver com um certo conforto.

Mas Batista não queria desaparecer. Conhecera um mundo exótico, luxuoso, esbelto, erótico, inebriante; conquistara um lugar, um espaço neste mundo; e então, mais uma vez, vinha um fora da lei, ressuscitado como uma fênix, lhe dar um tapinha nos ombros e dizer que acabou? Que não dá mais? Que esse aqui não é o seu mundo? Sai daqui? Não, era tarde demais para alijá-lo do poder. Era um sócio, merecia respeito. Exigia respeito!

Por isso ele se mantivera próximo do olho do furacão, arriscara-se um pouco, era bem verdade. Mas mantinha uma casa no litoral, na Rodovia Rio-Santos. Tinha muito dinheiro, muito mais dinheiro do que Soares, Roger ou Raul Estrela poderiam imaginar. Fez mágica com os caça-níqueis, com os cassinos clandestinos, com os carteados, com os bingos, com a importação de novas máquinas. Ludibriou todos, até a cúpula.

Batista assistia aos locutores de televisão, que a todo tempo repetiam que a polícia do Rio estava fazendo história naquele dia, que estava retomando o território ocupado pelo tráfico, que era o fim do crime organizado. Com um copo de uísque à mão, solitário e metido num robe de seda, Batista gritava sozinho: "Eu fiz história! Eu sou o crime organizado! Não esse bando de pés-descalços!"

Batista nunca se conformara com a transferência desses impérios pelo sangue dos bicheiros, das famílias com seus parcos exércitos de cem, duzentos homens cada uma. Viviam de homicídios praticados por empreitada, não de um poder estabelecido como Estado paralelo, com uma grande fortaleza murada e uma guarda armada ostensiva. Um castelo feudal. Eles queriam viver à luz do dia, como cidadãos cariocas, fluminenses, mas deveriam entender que isso era impossível. Pelo menos, diante de um adversário como Batista.

O ex-tira queria montar seu próprio Estado paralelo, seu Estado policial, com grampos, informação, chantagens a políticos corruptos, gays, adúlteros, pedófilos, todo tipo de culpa, crime e pecado, de esquerda ou de direita. O projeto de poder foi crescendo dentro de seu peito a ponto de quase fazê-lo derramar sangue improvável, invadir um daqueles apartamentos de jogatina dos chefões e crivar o corpo de todos eles com seu AK-47.

Batista estava sob pressão, sofria, sim, a privação do isolamento, estava bebendo mais que o normal, não era homem disso, era trabalhador, centrado. Logo se recolocara na trilha certa e compensara a solidão com planejamento minucioso de ataque ao ex-patrão, fazendo de seu dia a dia uma estratégia de guerra para eliminar Roger e quem mais se colocasse em seu caminho. Este era o jogo, afinal. Quem era capaz de matar quem, em qualquer circunstância, em qualquer lugar. À luz do dia, ou na bruma da noite. Não havia mais escrúpulos, não havia mais máscaras, não havia mais falácias ou mentiras. Tratava-se de dinheiro e poder. Negócios.

Errara, sim, ao deixar o instável Soares tomar a frente para escolher o profissional que daria cabo de Roger de uma vez por todas. O sargento Doroteu, que servira com Soares nos tempos de Marinha do Brasil, era um profissional experiente, de fato um especialista em explosivos. Mas fizera uma economia porca, ao concentrar uma única carga de C-4 num ponto da lancha de Roger. Acreditando na expansão da explosão, cumulada com o combustível, Doroteu apostou na cremação imediata dos dois tripulantes da lancha, ou seja: Roger não teria chance.

Mas era pra isso que existia o plano B. Batista alugou uma mansão com praia particular, píer com lancha, tudo num luxo muito próximo ao do ex-patrão. Comprou uma bancada de freezers de metal, bebidas e mantimentos para uma trincheira de anos. Adquiriu um verdadeiro arsenal, distribuindo as armas entre o sótão e o porão. Ao contrário dos derrotados, Batista tinha colhões para aturar a reclusão. Ele se autoimpingira uma cadeia, mas construída nos seus moldes. Uma cadeia que lhe possibilitasse o contra-ataque, porque, assim que a oportunidade aparecesse, ele navegaria até as proximidades da casa de Roger. Quando o bicheiro saísse do luto e colocasse seu barco dentro d'água novamente, Batista o alvejaria em alto-mar. Seria o primeiro forasteiro sem sangue azul a vencer a contravenção.

Deixara Doroteu de sobreaviso, mas não, não esperaria pelo sargento da Marinha. Faria ele mesmo o serviço.

Naquele momento glorioso da polícia carioca, Batista caçoava de bandidos e policiais, o som tocando "Only the Strong Survive" no volume máximo, o copo de uísque numa das mãos e a garrafa na outra, dançando com seus demônios.

Do alto de um platô, na Rodovia Rio-Santos, o homem por trás da mira acoplada ao fuzil G-3 não estava interessado no luxo nem nos vasos Ching ou Ming de Batista. O homem por trás da mira não procurava dinheiro, poder ou negócios. Isso ele já tinha e corria em seu sangue, azul como o de um rei. O homem por trás da mira viu que, naquele dia, Batista estava fragilizado. Bêbado. O homem por trás da mira deixou que Batista dançasse e urrasse, sozinho, em seus delírios, assistindo à tomada do Alemão, até que estivesse no ponto. No seu ponto. O salão de Batista era como uma bolha de vidro. Distante da estrada, mas não o suficiente para um G-3. O homem tinha o tempo e a paciência ao seu lado. Esperou que Batista parasse, cansasse de dançar, até que ficasse de frente para a estrada. Então disparou o primeiro tiro, explodindo a parede de vidro e atingindo a região pubiana de Batista. Aos gritos, o ex-policial arriou de joelhos no chão. Instintivamente, Batista levou as mãos ao escroto. Um segundo tiro perfurou-lhe as duas mãos e novamente atingiu o pau e o escroto. Sangue e outros materiais desciam pelas pernas de Batista, que não podia crer que seu cativeiro fora descoberto. Ele se arrastou pelo salão, estendendo a mão, tentando tocar a imagem de Nossa Senhora Aparecida na prateleira. Uma vida de eunuco, naquele momento, parecia um grande negócio. O terceiro tiro pegou Batista de costas e estraçalhou a próstata, esfíncter, o inesgotável escroto e qualquer coisa que ainda pudesse distinguir o sexo masculino. Batista já transitava entre este mundo e o outro, aquele que não conhecemos, mas que ele duvidava que pudesse ser melhor para sujeitos de sua categoria. Seu corpo estava prostrado no chão da sala, o piso de luxo, feito da melhor cerâmica, agora colorida de vermelho tinto, com pedaços de carne esparramados, além dos pelos que desciam junto com a corredeira de sangue. O ex-tira já delirava, com a imagem do Leão devorando-lhe as entranhas. Teve forças apenas para levantar a cabeça e contemplar a bandeira do Rio de Janeiro sendo hasteada no morro do Alemão, decretando a retomada do território.

Batista foi abatido com um tiro na cabeça e suas luzes se apagaram. O locutor da TV, desinformado, proclamava o fim do crime organizado. Da estrada, Roger elevou a mira do fuzil até o telão. Pelo telescópio, contemplou o tremular da bandeira do Rio de Janeiro, no topo do Alemão. Não se deteve por muito tempo. Guardou o fuzil numa caixa e desceu a pirambeira que levava à casa de Batista. Invadiu o salão pelo portal de vidro estilhaçado. Conferiu o morto e cuspiu em seu rosto. Dirigiu-se à prateleira e tomou a imagem de Nossa Senhora, seu espólio de guerra. Retornou à estrada pela pirambeira. Tomou a direção de seu carro. Estava solitário e com fome. Parou na primeira churrascaria de estrada, a mais comum. Roger aceitou a cerveja trazida pelo garçom numa bandeja de metal. O restaurante acabara de abrir e contava apenas com uma mesa com um casal de anciões e uma outra com dois policiais militares ao fundo. Os anciões comiam churrasco à gaúcha e os policiais uma galinha caipira. Roger ficou na cerveja até que o casal de anciões e a dupla de policiais fossem embora. O garçom, diligente, foi oferecer o cardápio ao cliente solitário.

— Temos o churrasco à gaúcha e a galinha caipira. O churrasco é pra quem está com muita fome.

— Pode pedir ao chef um churrasco e uma galinha caipira.

— O senhor deve estar com fome mesmo. Vou mandar caprichar.

— Quantos tem trabalhando na casa?

— Como, senhor?

— Quantos na casa, trabalhando?

— Ah, senhor, hoje é domingo, o dia que mais enche, só que começa a pegar mesmo depois do meio-dia. Tem eu, que chego mais cedo pra abrir a casa. Tem a caixa, o cozinheiro, o ajudante... mas depois chega o reforço e...

— Você tem filho?

— Tenho... tenho dois...

— O cozinheiro tem filho?

O garçom olhou pela janela do restaurante. Viu a Land Rover zerada estacionada e logo desconfiou que se tratava de mais um daqueles loucos excêntricos que vêm de Angra dos Reis e querem conhecer a vida dos fodidos como ele.

— Olha, mestre, aqui todo mundo tem filho. Sabe como é, pobre faz filho igual coelho, é esporte.

— Qual o seu nome, rapaz?

— Floriano, senhor.

— Então, Floriano, manda suspender os pratos. Tira o dia de folga e vai ficar com teus filhos.

O garçom Floriano riu, sem graça e sem saber o que dizer ao cliente lunático:

— Eu não posso, senhor. Eu... tenho que trabalhar... tem o patrão, ele vem todo dia.

— Seu patrão sou eu. Avisa a cozinha, a caixa e aos que estão por vir. Hoje é feriado pra vocês. Vão ficar com a família.

O garçom ouviu chamarem seu nome. Ele voltou o olhar para a caixa do estabelecimento. Ela tinha em mãos o telefone fixo e acenava para que Floriano fosse atender. O garçom atendeu a chamada e livrou-se do avental. Mandou o chefe de cozinha, o ajudante e a caixa para casa, para que aproveitassem a folga e suas famílias. Era feriado, decretado pelo novo patrão, ele acabara de saber ao telefone.

Floriano foi ao vestiário e trocou seu uniforme. Colocou as botas de peão, sua outra atividade, sua calça jeans e camisa xadrez, e, antes de deixar o restaurante, dirigiu-se ao patrão para agradecer:

— Prazer conhecer o senhor. E obrigado pela folga.

— É um dia importante para o Rio de Janeiro. É justa a folga.

— O cozinheiro deixou um churrasco pronto para o senhor. As guarnições estão no fogão de ferro. Tá desligado, mas o calor vai durar ainda.

— Bom domingo, Floriano.

Floriano fechou as portas do restaurante, conforme as instruções do ex-patrão. Viu quando Roger se levantou e se dirigiu à cozinha. Floriano temeu pelo pior, o homem estranho se trancar lá dentro e ligar o gás; ou se enfiar no fogo da churrasqueira; ou ainda meter uma bala na cabeça e todos acabarem sem emprego. Havia um ponto cego do lado de fora do restaurante, de onde se conseguia ver a cozinha. Floriano montou guarda no ponto, queria saber o que se passava com aquele estranho cliente-patrão.

Viu que ele tinha a chave do cadeado de um enorme freezer, que o ex-patrão mantinha sempre trancado. O homem abriu o freezer e retirou um cordeiro, já abatido e limpo. Ele não era um amador, não teve dificuldade em preparar um fogo bem alto em minutos. O homem preparou o cordeiro com a habilidade de açougueiro. Floriano ficou satisfeito com o que viu e, certo de que o novo patrão era um homem do ramo, que manteria os bons profissionais, foi-se embora.

Floriano perdeu o momento em que, após a fumaça subir, o homem se pôs de joelhos e fez suas orações...

EPÍLOGO

Ano de 2012 — Complexo do Alemão
Últimos dias da ocupação do Exército na cidade do Rio de Janeiro

O caminhão-baú foi parado por um soldado do Exército, bem na entrada do Complexo do Alemão. Eles vinham do Centro-Oeste e do Sul do país, de estados diversos, Goiás, Santa Catarina e Rio Grande do Sul. Eram em geral jovens de baixa patente, com idade inferior a vinte e cinco anos, e viviam a experiência única de devolver a urbanidade às favelas cariocas.

O motorista desceu do caminhão e recebeu a ordem para abrir o baú. Constrangido, o motorista obedeceu. Na caçamba, havia centenas de caça-níqueis. Em suas carcaças de madeira pintada de preto estampava-se o símbolo da águia. O soldado chamou o capitão responsável pela guarnição.

— Capitão!

O capitão checou o interior do baú e liberou o motorista do caminhão.

— Pode seguir, piloto.

O soldado estatelou os olhos para o capitão:

— Mas capitão...

— Não pondera, militar!

O caminhão progrediu para o coração do Complexo do Alemão, enquanto, na pista, o capitão distribuía o arrego para os praças. A noite a tudo acobertava. Deixado para o final, o soldado que parou o caminhão foi confrontado com um paco de notas. Ele chegou a coçar a cabeça, meio perdido, indeciso. O capitão manteve o braço estendido com o paco. Na companhia da farda e na escuridão da noite, o soldado meteu a mão no paco e enfiou o dinheiro no bolso. Eram todos filhos de Deus.

Era uma mesa de carvalho com tampo grosso e a base talhada em lenha pesada. No centro da mesa, o símbolo da águia e, sobre ela, o café da manhã. A mesa de carvalho contava um século e, ao longo deste tempo, servira para almoço, jantar e reuniões. Reuniões de uma das mais tradicionais famílias da contravenção, desde a criação do jogo do bicho.

Dispostos em bandejas de louça italiana, pães, manteiga em blocos, patês diversos, azeitonas, salame, berinjela, grana padano, presunto de Parma, rosbife, bacon e uma peça de cordeiro com molho de hortelã. Um café bestial.

A sala de jantar era separada dos demais cômodos por colunas de madeira e pedra, acentuando o aspecto rude da arquitetura, sem perder o ar nobre da construção.

Àquela hora da manhã, a luz do sol batia no canto da sala, mas era fria demais para incomodar. Já Morreu se sentia à vontade para cortar as azeitonas pretas e verdes com uma faca, livrando-se dos indesejáveis caroços. Depois ele unia os pedaços de azeitona à manteiga e ao salame e enfiava no pão. Jamais apelava para o azeite, deixava tudo ao encargo das azeitonas. Pretas e verdes, tinha que ter das duas, em quantidade igual; ele era metódico na montagem de seu sanduíche. Já Morreu procurava não desviar os olhos de seu interlocutor, que fazia desde cedo um desabafo sobre a vida, ao mesmo tempo em que tecia um panorama sobre o passado e o futuro da contravenção:

— Eu pago bem aos médicos, Já Morreu, pago em cash, nunca tive plano de saúde. A medicina não é uma ciência exata. Desde que se tenha algum dinheiro guardado, fazem de tudo pra manter você acordado por mais um dia. — O homem bebia cerveja de um copo. — Todo doutor tem uma putinha fora de casa, e isso custa dinheiro... Mas não foram os médicos que me salvaram, não, não... Fui eu que matei meu câncer, Já Morreu! Fui eu!!!

Já Morreu, o homem mais perigoso da contravenção, seguiu mastigando o sanduíche, acompanhando a voz com o olhar. O homem seguiu com o pronunciamento, agora com o tom mais mansinho:

— Fui eu...

Já Morreu não parava de mastigar, estava com fome. Sem mulher e com um boteco pra cuidar, acabava comendo mal. Do ovo rosa e da carne assada do próprio balcão de seu bar, não queria saber. Então, quando apareciam estas oportunidades, acabava se excedendo. Enquanto comia, preparava outro sanduíche com outros ingredientes, ao gosto de seu anfitrião:

— Meus colegas de trabalho... *deviam* ter pensado com mais sensatez, antes de atirar o corpo do meu menino numa rua suja, pros cães lhe lamberem a boca. Eu sempre vesti a camisa da firma, fui bom sócio, justo. Eu sou o mais antigo, e mesmo assim dei a descarga a eles... Renunciei ao lucro do banco da contravenção, e ainda assim nunca reivindiquei a chefia. Mas tudo que é diferente, que é independente, incomoda.

O velho Glauco Astuto, o sangue-azul mais antigo do mundo do bicho, o pai de Zeca, depois de centenas de dias em coma, estava de volta daquele lugar de que todo mundo pensa que não dá pra voltar:

— Eles me deram como morto, Já Morreu. Eles me deram como morto...

Já Morreu entregou um sanduíche ao velho Glauco. O velho agradeceu, deu uma breve mordida e deixou o sanduíche de lado:

— Já Morreu, entenda bem: você pode ser leal à mão que te alimentou; mas a lealdade absoluta, a inegociável, é aquela entre pai e filho. Você entrou pra contravenção pelas minhas mãos, você nasceu pro jogo do bicho graças a mim. A primeira vez que você puxou o gatilho, eu estava lá, ao seu lado, com a mão no seu ombro. Logo, neste nosso mundo... eu sou seu pai. Eu sou seu pai, Já Morreu! Sou eu que vou dizer quando você vai poder voltar pro seu bar, pra sua aposentadoria, pra sua paz!

Já Morreu só fazia balançar a cabeça, sempre na afirmativa. Glauco deu outra mordida no sanduíche e novamente o largou de lado. Olhou para a mesa posta, praquele café farto, com desdém. Voltou-se novamente para Já Morreu:

— Vá pegar uma bebida pra nós. Foda-se os médicos, chega de conversa de bico seco.

Já Morreu percorreu parte da casa que ele conhecia havia mais de trinta anos. No caminho, pra todo canto, além das águias esculpidas, porta-retratos com fotos de Zeca estavam espalhadas: por cada mesa, cada prateleira, cada pia, cada superfície sólida. Já Morreu finalmente venceu a cozinha e chegou à área, toda trabalhada em ladrilhos brancos. Foi direto ao freezer horizontal, que era mais amplo e mantinha a cerveja estupidamente gelada. Ao abrir o freezer, logo se via a cabeça de um homem congelada, o cocuruto todo coberto de gelo. Já Morreu se debruçou sobre o freezer aberto, afastou a cabeça de cadáver para o lado com um leve tapa e pegou uma garrafa de Skol, oculta sob uma grossa crosta de gelo. Enquanto a mão de Já Morreu remexia o fundo do freezer, a cabeça parecia querer ganhar vida, girando em torno de seu eixo. Já Morreu apanhou mais uma garrafa de cerveja e, com mais um tapa, reposicionou a cabeça num canto bem abrigado do freezer.

A movimentação fez a língua do cadáver correr para fora da boca, como se quisesse falar.

Cervejas à mão, Já Morreu fechou a tampa do freezer. Com seu chaveiro em forma de abridor, chegou à mesa do café já com as duas garrafas abertas. Os dois homens brindaram.

Já Morreu finalmente se pronunciou:

— Vai mandar pra eles hoje?

Glauco parou por um instante com a garrafa de cerveja na mão, olhando cheio de ternura e saudade uma foto do filho Zeca sobre o aparador:

— Não, não... sem pressa. Vamos esperar uma data especial...

Marquês de Sapucaí, domingo de carnaval. A Padre Miguel evolui pela avenida. No camarote da Liga das Escolas de Samba, Antenor Libanês, Argemiro e Capitão Figueiredo assistem ao desfile da Mocidade. Roger está em seu próprio camarote, dividido em duas partes, com Plácido. O camarote era herança de Nabor e território sagrado, eles não poderiam se atacar ali jamais. Mas existia um motivo a mais para a trégua.

Já Morreu confere os camarotes. Estão todos lá, homens da contravenção, homens do bicho, orgulhosos de seu ouro, orgulhosos de seu sangue, em seu hábitat natural, criado por seus pais ou por eles mesmos. Ele vê Dora, a filha de Plácido, as mãos pousadas sobre a barriga grávida. Já Morreu entende o motivo da trégua entre Plácido e Roger, um novo puro-sangue está a caminho. Já Morreu faz o terço na testa e em seguida o sinal da cruz. Pra quem se chama Já Morreu, até que o valor que atribui à vida é maior do que seus amigos e inimigos imaginam. Já Morreu aguarda a hora certa, o seu momento, ele sempre foi bom nisso, sempre oportuno. E a voz de Glauco Astuto ecoa em sua mente: "Chega uma hora na vida em que a solidão bate forte, no fundo da alma. E você se sente velho e abandonado, um leão sem dentes. É aí, é nessa hora, que você se lembra dos seus inimigos... são eles, são eles que te mantêm vivo, Já Morreu! São eles, meu filho..."

Já Morreu relembra o momento de sua convocação pelo antigo chefe, aquele que todos consideravam desenganado, um bicheiro que era coisa do passado, de um passado bem remoto. Lembra-se de cada palavra dita na mesa do café da manhã, na casa do patrão. Ele se lembra dos olhos azuis ressuscitados de Glauco Astuto falando por trás do líquido amarelo, balançando no copo; os olhos quase flutuando na cerveja. O velho rosto de lorde, a beleza que teima em ir embora, o rosto barbeado, o nariz aquilino, a boca sedutora. Seu mentor. O braço do chefe estendido, segurando o punho de Já Morreu. A cabeça de Glauco meneando levemente, pra cima e pra baixo, os cabelos compridos mantendo solta a franja com mecha branca, deslizando sobre a testa.

O homem sempre está além do que os outros imaginam. Para o bem, ou para o mal.

Na avenida, a madrinha de bateria, Rita, viúva de Saulinho, coberta (ou descoberta) por uma fantasia minúscula que a deixa ainda mais estonteante, encanta o público, homens, mulheres, gays e assexuados, porque é a estrela daquela noite. Não obstante a fantasia exuberante, os saltos altos e o brilho da purpurina no corpo, o seu samba a destaca ainda mais do resto da escola.

Já Morreu se aproxima do vão de saída da Sapucaí. Volta os olhos para a avenida. Não sabe o dia em que poderá ir novamente pro seu palco iluminado, com todas aquelas gostosas enfiadas em biquínis prateados, lantejoulas, saltos enormes e com peitos de fora; e com as mulheres elegantes, ricas e carentes, das fantasias com penas de pavão, de cor roxa, amarela, vermelha, laranja, azul, rosa, lilás, e nem por isso sem os peitos expostos. A madame e a empregada desfilando no mesmo palco, com a mesma safadeza, o mesmo desejo. O hedonismo, o exotismo, o sexo, a zona, o samba, a língua na boca, a mão no peito, a mão na bunda, a mão dentro da calcinha, da cueca, o consentimento, o carnaval, elas todas conhecem, eles também: todo mundo lá embaixo, naquela avenida, conhece.

Mas o mundo para onde Já Morreu será mandado de volta agora, mais uma vez, é estranho para a maioria. É marginal, é diferente, é complicado, é sem amor. Mas é o seu mundo, ele faz parte desse ecossistema, para Já Morreu a entrega é eterna. A lealdade não tem aposentadoria.

Já Morreu sabe disso e não reclama nem chora. Já Morreu nunca chorou na vida, não teve tempo pra isso. Já Morreu não chorou nem quando foi parido, alguém lhe contou isso, mas ele achava que era lenda.

Não era.

Já Morreu deve deixar pra trás o palco iluminado, ele foi convocado para a guerra, não há o que fazer. O matador grava na mente a imagem, a beleza e o som da avenida, sua casa, Sapucaí. Os olhos do homem mais perigoso da contravenção brilham, mas as lágrimas se recusam a descer. Nem umazinha, ele não é competente para tanto. Só o que vem à mente do velho soldado é a voz de seu mentor, Glauco Astuto, de volta à condição de senhor da guerra: "A verdade é que, se o mundo fosse acabar amanhã, Já Morreu, os homens comuns iam escolher passar os instantes finais com seus filhos, beijar a mulher, abraçar os pais, os entes queridos..."

No trecho final da avenida, de frente para as arquibancadas, a bateria da Mocidade faz sua paradinha. O mestre de bateria aguarda o momento de retomar o samba. No espaço entre o mestre de bateria e a formação "paramilitar" dos sambistas, é lançada uma esfera, que descreve uma parábola da arquibancada até a pista. Sob o olhar da bateria e de seu mestre, a esfera rola pela avenida, até parar caprichosamente aos pés da madrinha da bateria, Rita, viúva de Saulinho. Aos seus pés, a esfera se revela: a cabeça de Dr. Estélio. A cabeça tem os olhos arregalados, e a língua para fora da boca é roxa e pálida. É a expressão final de um dos nossos maiores advogados.

Os gritos de terror da madrinha de bateria, Rita, foram abafados pelo reinício da batucada. O único a perceber o primeiro agudo de Rita foi Já Morreu, a voz estridente explodindo em sua cabeça junto com o dogma de Glauco Astuto: "Eu não abraçaria minha mulher, meus filhos, Já Morreu, não, não; meu tempo final, os últimos momentos desta existência, eu dedicaria a caçar meus inimigos. Na minha família, o jogo é assim..."

As alas da escola avançam pela avenida, homens e mulheres acobertados pelo rufar da bateria e pelo som dos apitos, chacoalhando seus corpos, embalsamados em suor, purpurina, lança-perfume, cocaína, indiferentes à cabeça-cadáver de advogado que rola pela pista; as passistas e os sambistas marcham para uma batalha em que não há tempo para rezar pelos mortos.

"Se alguém achou que já tinha visto o bicho pegar, Já Morreu..."

As mulheres seguem exuberantes e seminuas, com seus sexos depilados e os seios desafiadores, defendendo suas alas e procurando pelo amor do fim de noite, regado a mais álcool, mais lança e outros produtos; as baquetas explodem contra a pele dos tambores, com ritmo e fúria; negros e negras sambam muito mais que brancos e brancas, como deve ser, como tem que ser; e as deusas do Rio de toda raça mantêm-se absolutas no topo dos carros alegóricos, o Olimpo carioca.

"Achou errado", sentencia a voz de Glauco Astuto.

Já Morreu dá as costas para a Sapucaí.

Ficamos com o Maior Espetáculo da Terra.

Alexandre Fraga nasceu no Rio de Janeiro, em 1973. É formado em Direito pela Universidade Federal do Rio de Janeiro e é policial federal há 18 anos. Além de *Oeste*, escreveu os romances *Quando os demônios vão ao confessionário* e *Canibal de Copacabana*.

Este livro foi composto na tipologia Minion Pro,
em corpo 12/16,1, e impresso em papel off-white,
no Sistema Cameron da Divisão Gráfica
da Distribuidora Record.